De avond is ongemak

無法平靜的夜晚

Marieke Lucas Rijneveld

瑪麗珂・盧卡絲・萊納菲爾德 ———著

郭騰傑 ———譯

「不安為想像提供了翅膀。」

——比利時作家茅里斯・希利亞姆斯（Maurice Gilliams）

上面寫著：「看哪，我教一切煥然一新！」
但和弦是悲傷的曬衣繩，
刀一般鋒利的陣陣狂風毀壞了
想逃離這殘暴伊始之人心中的信仰。
凍雨將花鞭笞成玻璃狀的爛泥，
狗子在暴虐之中把毛皮甩乾。

——荷蘭詩人揚・沃克斯（Jan Wolkers），《詩選》（*Verzamelde gedichten*，二〇〇八年）

第一部

The Discomfort of Evening

1.

我十歲，從那天起，我不脫外套。那天早晨，母親用抗寒牛乳房軟膏把我們一一擦過。這軟膏是一罐黃色的博格納牌乳膏，通常用來擦乳牛奶頭上的龜裂、老繭和菜花狀硬塊。罐子的蓋子很油膩，得包著茶巾才能擰開。它聞起來像是燉過的牛乳房排[1]，上面撒了鹽和胡椒粉，切成厚片，偶爾會放在火爐上，加點高湯塊用湯鍋燉煮。火爐令我戰慄，就像塗在皮膚上那臭臭的軟膏。但母親還是持續她的動作，用肥膩的手指按壓我們的臉，就像是輕輕戳著乳酪的外皮、看看它是否熟成了一樣。我們蒼白的臉頰，在沾滿蒼蠅大便的廚房燈泡散發出的光芒底下閃閃發亮。多年來，我們一直想要一個燈罩，一個帶花朵的漂亮燈罩；但是當我們在村裡看到一個不錯的燈罩時，母親卻遲遲無法下定決心。她已經猶豫三年了。那天，聖誕節[2]前兩天的早晨，她油膩的拇指不斷搓揉我的眼窩，我一度擔心她用力過猛，眼球會掉進腦子裡，像彈珠一樣滾動著。她會說：「那是因為你的眼睛沒有仔細盯著一個地方看、老是東張西望，不像真正的基督徒那樣，彷彿天空隨時會裂開般地好好仰望上帝。」但這裡的天空只會在暴風雪的時候裂開，沒什麼好盯著看的，只會讓自己看起來很愚蠢。

早餐桌的中央放著柳條編織的麵包籃，上面擺著有天使圖樣的餐巾。祂們拿著喇叭或槲寄生枝條遮住自己的小雞雞。就算我對著燈泡盯著餐巾瞧，還是看不見小雞雞的模樣。我猜它應該是像一塊捲起來的薄肉片。母親把麵包整齊地鋪在餐巾上：白麵包，摻有罌粟籽的全麥麵包和黑醋栗麵包。她用篩子把糖粉精準地撒在麵包的酥皮上，就像今天早晨草地上的「水泡頭」品種乳牛在被我們趕進牛舍之前，落在牠們背上的點點初雪一樣。麵包袋的夾子一定要放在餅乾盒上，要不然我們準會弄丟，而且母親不喜歡在麵包袋口打結。

「先吃鹹的再吃甜的。」她像往常一樣說著。這是規定，這樣我們才能變得跟《聖經》中的巨人歌利亞一樣強大，像參孫一樣有力。除了這條規定以外，我們還得喝一大杯鮮奶，這些牛奶常常已經從儲乳槽裡舀出來、放了幾個小時，不冷不熱，而且有時還殘留淡黃色的奶油層，喝得太慢的話會黏在上顎。最好的方式就是閉上眼睛、快速把杯子裡的牛奶喝光。母親認為這麼做「不敬」，但《聖經》裡沒說牛奶應該快喝還是慢喝，也沒說吃牛到底行不行。我從麵包籃拿出一片白吐司，放倒在盤子上，讓它看起來像學步兒白白的屁股，特別是用巧克力醬塗抹了一半的話。我和我的哥哥們總是覺得很有趣，他們每次都說：「妳又在舔

---

1 一種荷蘭傳統菜餚。

2 傳統荷蘭人過的聖誕節是聖尼可拉斯節，每年十二月五日是其年度最盛大慶典——聖尼可拉斯夜（Saint Nicholas Eve），荷蘭人認為聖尼可拉斯（Sinterklaas, Saint Nicholas）才是真正的聖誕老人，黑彼得（Zwarte Piet）是助手，每年過節時，聖尼可拉斯會跟幫手們到各地拜訪小孩，乖巧的孩子會收到禮物。

屁眼兼舔屎了嗎？」雖然好玩，但我還是得先吃鹹的，才能碰巧克力醬。

「如果把金魚放在暗室中太久，牠們會變白。」我低聲對馬諦斯說，同時在我的麵包擺上六片香腸，它們剛好緊貼著吐司邊緣鋪滿。**「你有六頭牛，其中兩頭被吃掉了。現在還剩幾頭牛？」**每次不管我吃什麼東西，都聽得見老師的聲音。我不知道為什麼那些愚蠢的算術總要用食物——蘋果、蛋糕、披薩和餅乾——出題，但老師已經不指望我有一天可以學會算數，也不期待有一天我的筆記本會是雪白的，沒有因為答錯而被畫半條紅線。例如，我花了一年才學會看時鐘——父親和我在廚房桌子旁一起坐了幾個小時，桌上擺著學校的教具鐘，他有時會絕望地把時鐘往地上砸，發條彈出來以後那該死的東西就會叫個不停。即使到了現在，我盯著指針看時，指針偶爾還是會變形成我們在牛舍後方用農叉鏟出來的蚯蚓，我們都拿牠們去釣魚。如果你用拇指和食指把牠們抓起來，牠們還會往各種方向扭動，你得彈牠們幾下才會平靜片刻，乖乖躺在你手中，變得像是范勞克糖果店賣的那些死甜的紅色草莓鞋帶糖。

「大家在一起的時候妳不能講悄悄話。」我的妹妹哈娜說。哈娜坐在我餐桌對面的奧貝旁邊。如果她不喜歡某件事，她的嘴唇就會從左邊撇到右邊。

「有些話太大了，塞不進妳的小耳朵的。」我嘴巴含著食物說。

奧貝無聊地用手指攪拌著自己杯子裡的牛奶，撈出薄膜，然後快速抹在桌布上。薄膜像白稠的鼻涕一樣黏。這看起來很噁心，而且我知道桌布明天有可能會翻面來用，黏有乾掉牛奶薄膜的那一頭就會跑到我這邊來。那樣我會堅決抗拒把盤子放上桌。我們都知道，餐巾擺在那兒只是用來裝飾，不是給我們擦髒手和嘴巴，早餐後母親都會把它們鋪平，收回廚房抽屜裡。不知何故，我也覺得天使很可憐，把草莓果醬抹上祂們白色的頭髮，或者像捏蚊子一樣把餐巾揉爛，好像折斷天使的翅膀似的，想到就讓我覺得難過。

「我的臉色看起來好蒼白，我得出去呼吸新鮮空氣。」馬諦斯小聲說道。他笑著全神貫注地把刀戳進賓樂雙色巧克力醬罐子裡白巧克力的部分，避免沾到棕色的牛奶巧克力。只有在節日的時候我們才能吃賓樂雙色巧克力醬。我們已經期待了好幾天，現在聖誕節假期已經到了，終於到了——最棒的時刻就是母親撕掉鋁箔紙，再仔細地剝掉罐口殘膠，然後讓我們快速看看罐子裡棕色和白色相間的紋路，那看起來很像剛出生的小牛身上帶有的獨特圖案。那個禮拜誰的學校成績最好，誰就可以第一個往罐子裡挖，而我總是排在最後一個。

我在椅子上來回滑動，腳趾還搆不太到地板。我真希望把每個人都留在室內，像香腸薄片一樣分散在整個牧場的空間裡。小學五年級的老師昨天總結一週課程講到南極時，提到有些企鵝會去釣魚、然後再也沒有回來，可不是說說而已。即使我們不是住在南極，這裡的天氣還是很冷。冷到整座湖都被冰封了，乳牛的飲水槽裡滿是碎冰。

我們每個人的早餐盤旁邊，都擺了兩個淺藍色冷凍袋。我舉起其中一個袋子，疑惑地看著母親。

「給妳套在襪子上的。」她笑著說，臉頰出現酒窩。「這樣熱氣會保留在裡面，妳的腳就不會弄濕。」她邊說邊幫父親準備早餐，父親正在幫一頭乳牛接生。每塗完一片麵包，她就會用拇指和食指滑下刀刃，直到奶油全落在兩指指尖，然後再用刀的鈍面抹下奶油。父親現在應該正坐在乳牛旁的擠奶凳上收集初乳，從他汗濕的背後望去，呼出的空氣和香菸煙霧繚繞不絕。我注意到他的盤子旁沒放冷凍袋，可能是因為他的腳太大了，特別是他的左腳；他差不多二十歲的時候，操作聯合收割機發生了意外，之後左腳就有些畸形。在母親身旁的桌上擺著一支銀色乳酪匙，用來評估自己早上做的乳酪味道如何。在切下一小塊乳酪之前，她會先將匙子插入整球乳酪、穿過塑膠層，轉兩圈，再慢慢抽出匙子。接著她會緩慢而專注地吃下一塊孜然乳酪，那姿態就像她在教會聖餐禮上領白麵包一樣虔誠。奧貝曾經開玩笑說耶穌的身體也是乳酪做的，因此每天我們的麵包只許放上兩片，否則很快就會把祂耗完。

在母親做完晨禱，感謝完上帝「賜予生命必需與豐饒；許多人吃著勞碌得來的飯，而祢溫柔地餵飽我們」以後，馬諦斯往後推開椅子，將黑革冰刀鞋掛在脖子上，再把幾張母親要他投進鄰居信箱的聖誕賀卡放進外套口袋裡。馬諦斯提早過去湖畔，他和幾個朋友一起參加了我們當地的環繞圩田[3]滑冰比賽。這是一條長達三十二公里的路線，贏家可以獲得一客牛乳房排三明治佐芥末醬，和一塊鑲有二〇〇〇年份的金牌。我本來也想在他的頭上套個冷凍袋，再把封口沿著他的脖子封好，讓他能長時間保暖。他隨手撥了撥我的頭髮，我很快又把頭髮撫平，順手拍掉了睡衣外套上的麵包屑。馬諦斯總是讓自己的頭髮中分，前面的幾撮頭髮抹上髮膠，看起來很像盤子上的兩塊奶油螺卷。母親總在聖誕節期間擺上奶油螺卷，過節的時候她不會直接從盒子裡挖奶油出來，她覺得那是平常日子的動作，沒有過節氣氛。耶穌的誕生可不是平常的日子，就算每年都有聖誕節，就算祂每年因我們的罪而死，聖誕節還是一個不平常的日子，我覺得很怪。我常常在想：那個可憐蟲已經死了那麼久，大家一定早就已經忘記了。但我還是什麼都別說的好，否則就吃不到糖珠花圈巧克力[4]，也聽不到東方三王和伯利恆之星的聖誕故事了。

馬諦斯走到門廳的鏡子前檢查前額的頭髮，雖然酷寒的天氣很快就會讓他的頭髮變得像石頭一樣堅硬，他的兩撮捲髮也會貼平在額頭上。

「我可以跟你一起去嗎？」我問。父親已經把我學滑冰的菲仕蘭木冰刀鞋從閣樓拿下來，還用棕色皮革綁帶把木冰鞋綑在我的鞋子上。我穿著它，雙手背在身後在牧場裡前前後

---

3 荷蘭常見地景，指沿江河或湖海修築堤壩後將水排出所取得可利用的土地，水位通常比周圍低。

4 荷蘭聖誕節期間常有的甜食。

後試走了幾天，冰刀裝上了保護套，這樣它們就不會在地毯上留下太多痕跡，母親也就不必費力地拿著吸塵器的扁平吸頭，抹去我想跟去參加比賽的願望了。我的小腿變得好僵硬。現在我練習夠了，不用推著折疊椅也能走上冰面。「不行，妳不能去。」他說。然後他突然用只有我能聽到的音量小聲說：「因為我們要滑到對岸去。」

「我也想去對岸。」我低聲說。

「等妳長大一點，我就帶妳去。」他戴上羊毛帽，笑著說道。我看見他牙套上藍色的鋸齒狀橡皮筋。

「我會在天黑以前回家。」他對母親說，然後走到門口。這時他再次轉身向我揮手。日後，我腦海會不斷重現這一幕，直到他的手臂不再舉起，直到我開始懷疑我們是否連再見都沒說。

2.

我們家沒有商業頻道，電視裡只有荷蘭國家頻道一、二和三台。據父親說，這幾台看不到裸體；他說出「裸體」這個詞的時候還啐了一口，好似嘴裡飛進一隻果蠅一樣。這個詞老是讓我聯想到母親每天晚上剝完馬鈴薯皮後馬鈴薯掉進燉鍋裡與水撞擊發出聲音，想到那啪啦聲。我可以想像，如果你花太多時間想著裸體的人，你體內會有東西像是發芽的馬鈴薯一樣長出來，你得用刀尖把它們從柔軟的薯肉中挖掉。我們都把像是鹿角的綠芽拿去餵雞，牠們超愛吃。我趴在藏著電視的橡木櫃子前尋找木冰鞋上的釦子，因為我在客廳角落脫下冰鞋時憤怒踢掉了一顆釦子，它滾到櫃子下面去了。我年紀還太小，不能跟著滑到對岸去；但要在牛舍後面的糞肥溝上溜冰，我的年紀又太大了。那根本不能叫作溜冰，它比較像是拖著腳步移動，活像那群上岸緩慢覓食的鵝一樣；在那裡的冰上每劃出一道痕跡，都會散發出糞肥的氣味，溜冰鞋的冰刀還會變成髒髒的褐色。去那邊溜冰看上去一定很白癡，我們會像一對笨拙的幼鵝站在溝渠上，包得緊緊的身體踏著蹣跚的腳步，只能傻傻地從長滿草的溝岸走向另一頭溝岸，而不是環繞著大湖上的圩田滑冰。村裡的每個人都被吸引過去了。

「我們不能去看馬諦斯比賽，」父親說：「有一頭小牛在拉肚子。」

「可是你們明明答應過了。」我喊著。我的腳已經套進冷凍袋裡了。

「這是例外狀況。」父親說，一邊將黑色貝雷帽拉到眉頭上。我點了點頭。例外狀況讓人沒轍，誰都拿牛沒辦法，牠們就是得到偏愛。就算牠們餵得飽飽的笨重身體塞滿整個牛欄，不想出任何風頭，其他人還是得閃邊站。我悶悶地環抱雙臂。我踩著菲仕蘭木冰鞋進行的所有練習都是白忙一場，我的小腿甚至比站在大廳裡、和父親一樣高的瓷製耶穌雕像還要硬。我故意把冷凍袋丟進垃圾桶，還把它們壓到咖啡渣和麵包皮底下，不讓母親有機會能像餐巾那樣重複使用。

櫥櫃下滿是灰塵。我找到一個髮夾，一顆乾掉的葡萄乾，還有一塊樂高積木。如果有親戚或歸正會的長老來拜訪我們，母親就會關上櫥櫃的門，不能讓他們發現我們一到晚上就放縱自己偏離上帝之道的模樣。母親禮拜一必定觀賞拼字遊戲節目《林果》[5]，我們所有人都必須像老鼠一樣安靜，這樣她才能站在熨衣板後面跟著猜字，只要她猜出正確答案，我們就會聽到熨斗嘶嘶作響，蒸汽上升。遊戲裡的詞彙通常不曾在《聖經》裡出現過，但母親好像還是知道，她稱之為「羞羞話」，因為這種詞有時會使人臉紅。我曾經聽過奧貝說，螢幕變成黑色的時候，電視就是上帝的眼睛，而母親關上櫥櫃的門是希望祂不要看到我們。她一定覺得我們丟人現眼，因為有時候就算《林果》沒播，我們還是會大聲講出「羞羞話」。這時她會拿一塊綠色肥皂洗我們的嘴，把那些話從我們嘴巴內洗掉，就像幫我們去學校穿的漂亮衣服洗去油漬和泥巴一樣。

我把手伸進櫥櫃底下，想摸出我的釦子。從我趴著的地方往廚房看去，我突然看到父親的綠色工作靴出現在冰箱前，兩側沾了稻稈和牛屎。他一定是來放蔬菜的抽屜拿另一束紅蘿蔔纓的，然後他會用工作服胸前口袋裡的修蹄刀來切紅蘿蔔的莖和葉。這幾天他一直在冰箱和兔子棚之間來回走動。哈娜七歲生日時剩下的奶油夾心蛋糕讓我每次開冰箱都會流口水，結果現在也被父親拿走了。蛋糕還在的時候，我忍不住用指甲偷偷摳了蛋糕的粉紅糖衣一角，塞進嘴裡；在冰箱中變稠的奶油夾層當然也不會被我放過，我用手指戳了戳，奶油像一頂黃色帽子一樣戴在我的手指上。這些父親全沒發現。我們家信仰比較虔敬時的奶奶有時會說：「他腦子一旦有了主意，就固執得像坨硬屎。」這就是為什麼我懷疑他在打兔子杜葳特的主意——他想把這隻鄰居琳恩送給我的兔子養肥，為的是兩個晚上以後做成一頓聖誕大餐，端上前廳餐桌。要不然他對兔子壓根沒興趣，他覺得那種「小牲口」比較適合放在盤子上；而且他只喜歡能佔據他整個視線的動物，而我的兔子連一半都不到。他還曾經說過，頸椎是身體最脆弱的部分——我聽見那幾塊骨頭在我的腦子裡喀啦喀啦響，聲音就像是母親在平底鍋上折斷一把生的義大利細麵條——還有，最近在閣樓上，有一根繩子從屋樑懸吊下

---

5 Lingo，荷蘭老牌電視拼字猜謎節目。

來，上面還有個套索。「那是做鞦韆用的。」父親說，但是到現在鞦韆還是毫無蹤影。我不懂為什麼這繩子不是掛在放滿父親的螺絲起子和各式螺帽的棚子裡，而是掛在閣樓上。也許，我猜，父親在警告我們要好好注意，犯了罪的下場就會像這樣。我腦海中很快閃過一個畫面：我的兔子垂著斷掉的脖子，鬆垮垮地掛在馬蹄斯床後面的閣樓繩索上，讓父親可以輕鬆剝皮。那動作肯定就像母親早上用馬鈴薯削刀剝掉香腸的腸衣一樣。他們接下來只需要把杜葳特全身抹上一層奶油，放進大大的砂鍋裡、再端到瓦斯爐上最大的灶口開火，整棟房子裡就會充滿烤兔肉的味道。而我們穆德家的人大老遠就能聞到聖誕晚餐快要上桌了，他們可以準備空腹回家。我也注意到，雖然我以前都得省著點餵飼料，但是現在我卻可以給杜葳特滿滿一匙，而且牠已經吃過紅蘿蔔纓了。雖然杜葳特是公的，但我還是以《聖尼可拉斯新聞》[6]那位捲頭髮女士的名字來幫牠取名，因為我覺得她真是太美了。我想把她排進我聖誕願望清單上的第一位，但是我等了一段時間，還是沒在因特玩具店的型錄上見到她。

我的兔子絕對不會無緣無故得到這麼大方的款待，這點我很確定。所以，當我在吃早餐前和父親一起把牛趕進牛舍進行冬令養護時，我向父親建議了其他動物。我手裡拿著一根棍子趕牛。最好的方法是從側面敲牠們，牠們就會繼續往前走。

「我們班上的小朋友都吃鴨子、雉雞或火雞，他們還拿馬鈴薯、大蒜、韭菜、洋蔥和甜菜從屁股塞進牠們的身體，直到完全滿出來為止。」

我側頭看著父親，他點了點頭。在村子裡有很多種點頭方式，唯有靠它才能區別你我。所有點頭方式我全都認得。剛才父親點頭的方式，也會用在牛販身上，特別是當他覺得報價太低、但也不得不接受的時候，因為這些可憐的傢伙身上有點毛病，不接受這個價錢的話，就賣不掉牠。

「這裡滿是雉雞，尤其在蘆葦叢裡。」我看著牧場左側雜草叢生的地帶說。有時我會看到雉雞坐在樹上或地上。當牠們瞧見我時，會突然像石頭一樣栽倒在地，一動不動地裝死，直到我離開後才又再次抬起頭來。

父親再次點點頭，棍子重重地打在地上，對乳牛喊著：「唏——走！」趕著牠們向前走。這番對話結束以後，我跑去冰箱看了看：在牛豬混合的絞肉和煮湯用的蔬菜間，還是沒看到半隻鴨子、雉雞或是火雞。

父親的靴子再次從視線中消失了，只留下幾根稻草在廚房地板上。我把釦子放進口袋，只穿著襪子走上樓梯，來到我在院子那端的臥室，蹲在床邊，想著父親剛才和我把牛趕進來後，他把手放在我頭上，一起走回牧場檢查捕鼴鼠的陷阱。如果陷阱一無所獲，父親的雙手會牢牢地插在褲袋裡，沒有要獎勵我們的意思；陷阱逮到動物的話，我們就得用生鏽的螺

6　針對聖尼可拉斯節製作的兒童電視新聞節目，主持人為杜葳特・布洛克（Dieuwertje Blok）女士。

絲起子，把血淋淋、折成兩半的動物屍體從夾子上撬出來。我彎下腰撬著，這樣父親才不會看到我只因為目睹了一條毫無防備的小生命踩進陷阱就哭哭啼啼，淚水沿著臉頰流個不停。我想像父親會用我頭上的那隻手扭斷兔子的脖子，就像扭開防止兒童誤啟的氮氣鋼瓶口一樣——正確的開瓶方法只有一種。我還想像母親將我那死掉的杜葳特放在一個銀色盤子上，那個盤子平常是她禮拜天去教會做完禮拜後拿來擺俄羅斯沙拉拼盤的。她會先在盤底鋪上野萵苣，並用小黃瓜、番茄塊和紅蘿蔔絲和一小把百里香點綴。我看著自己的手，看著手掌上不規則的紋路。我的手還是太小了，除了拿東西外，沒有其他用處。父親和母親依然抓得住我的手，但我的手卻抓不住他們的，這是他們和我之間的差別：他們的手可以直接掐住兔子的脖子，或是抓起剛翻面的、泡在鹽水裡的乳酪。他們的手隨時都在找事情做；如果你的手無法溫柔地握住某個人或一隻動物，那你最好放手，把注意力轉移到其他地方。

我的額頭更用力地抵著床緣，感覺到冷冷的木頭壓在我的皮膚上。我閉上了眼睛。有時我覺得禱告必須在一片漆黑中進行是件奇怪的事情，雖然這可能就像我的夜光羽絨被一樣：唯有夠漆黑的時候，星星和星球才會發光，在黑夜中保護著你。上帝的做法肯定也是同樣的道理。我將交扣的雙手放上膝蓋，生氣地想起馬諦斯，他現在應該在冰上的熱飲攤位喝著熱巧克力，想著等一下如何頂著通紅的臉頰繼續進行比賽，想著明天冰會融——捲頭髮的女士已經警告過了，因為屋頂濕滑，加上瀰漫的霧氣，彼得可能會迷路，或許馬諦斯也會迷路，但那是他自作自受。有一瞬間，我腦海中出現了冰鞋的畫面，它們就在我面前，上好了油，準備要收進盒子、放回閣樓了。我又想著，我還是太小了，但又沒有人告訴你什麼時候你才算夠大，門框上的標記要有幾公分才夠高。我問上帝，祢可不可以不要帶走我的兔子，要帶就帶我的哥哥馬諦斯吧。「阿門。」

3.

「他沒死。」母親對獸醫說。她從浴缸旁邊站起來，將手從一條淺藍色法蘭絨巾裡抽出來。她正在幫哈娜洗屁股，否則她可能會長蟯蟲。蟯蟲會像啃白菜葉的菜蟲一樣，在你的身體裡咬出一個個小洞。我已經大得可以自己清潔了，保證不會長蟯蟲；忽然間獸醫沒敲門就闖進了浴室，我馬上用雙臂抱著膝蓋，好讓自己看起來沒那麼光溜溜。他用匆忙的口氣說：「就在對岸，因為航道經過，那裡的冰太薄了。他遙遙領先了很長一段時間，後來就沒有人看到他了。」我馬上知道這和我的兔子杜葳特無關，牠剛才還坐在籠子裡啃著牠的紅蘿蔔纓。從獸醫的口氣聽起來，事情好像很嚴重。他經常過來串門子，聊牛的事情。很少有人來我們這兒卻不談牛的事情，但這次不太對勁，他到現在甚至連一次都沒提起過牛，即使他口中的牛指的實際上是我們——孩子們——小牛們最近好不好啊？趁著他低下頭的當兒，我抬起上半身往浴缸上方的窗戶望去。天快黑了，一群身穿黑衣的執事往家裡走來，越走越近，最後近得可以伸出手臂摟住我們。他們每天都會親自送來夜晚。我告訴自己，馬諦斯只是忘記時間，這種事常常發生，所以父親才會給他一只帶有夜光指針的手錶；我告訴自己，他說不定只是不小心把手錶戴反了，要不然就是還在送聖誕賀卡。我跌坐回浴缸裡，下巴靠在潮濕的手臂上，瞇著眼偷看母親。最近，我們在前門的信箱翻蓋前裝了一個像是刷子的風擋，好讓風不會一直吹進屋內，有時我會透過風擋偷看外頭；現在我透過睫毛看著他們，所以我同樣感覺母親和獸醫好像沒發現我在偷聽，我可以在腦海中把母親嘴巴和眼睛周圍的皺紋擦掉，它們不該出現在那裡，還可以用拇指將酒窩壓進她的臉頰。母親不是那種唯唯諾諾的人，她話太多了，但現在她只是點了點頭，而我第一次這麼想：母親，拜託妳說點什麼，就算只是講打掃家裡、小牛又拉肚子了、接下來幾天的天氣預報、臥室門一直卡住、我們不懂得感恩、我們嘴邊老是殘留乾掉的牙膏，隨便什麼都好。她沉默地看著手中的毛巾布手套。獸醫拉出洗手檯下的凳子，坐了上去。他的體重使凳子嘎吱作響。

「農夫艾弗特森把他從湖裡撈出來了。」他停了半晌，眼神從奧貝轉到我身上，繼續說道：「妳的哥哥死了。」我把目光移開他身上，望向掛在水槽旁的掛鉤上凍硬了的毛巾。我希望獸醫站起身來說這一切全都搞錯了，牛與兒子沒什麼太大差別，就算他們有天會一頭栽進廣闊的世界，但太陽一下山，餵食時間開始前他們還是會回到牛舍裡的。

「他還在溜冰，」母親說：「他馬上就回來了。」

母親把法蘭絨巾捏成一團，擰乾上面的水。水滴點點落入浴缸，泛成層層水圈；她撞上了我抬起的膝蓋。為了讓自己看起來有事情做，我把妹妹哈娜蓋的樂高積木船放在波浪上。她聽不懂剛才那些話，我意識到我也可以假裝自己的耳朵打結了，而且永遠解不開。洗澡水開始變涼，我不知不覺撒了泡尿。我看著土黃色的小便暈開，與洗澡水融為一體。哈娜沒有注意到，要不然她會馬上尖叫著跳起身來，大叫：「髒鬼。」她手裡拿著一個芭比娃娃，剛好落在水面之上。「要不然她會淹死。」她說。那個娃娃穿著條紋泳衣，有一次我把手指伸進泳衣下面摸摸塑膠乳房的觸感，沒有人看到。它們感覺比父親下巴上的囊腫還硬。我看著哈娜和我一樣的裸體。只有奧貝的身體不一樣。他站在浴缸旁，還穿著衣服，準備等我們洗好以後用同一缸水洗澡，他原本正在講某個把人像大番茄一樣射爆的電腦遊戲。我知道他下面有個水龍頭可以尿尿，底下還掛著個像火雞肉垂一樣的東西。有時我很擔心他有個東西掛在那兒，大家卻絕口不提。也許他得了大病。母親稱它為小雞雞，但實際上可能是癌症，只是她不想嚇壞我們，因為我信仰比較不虔敬時的奶奶就是死於癌症。父親說，她死前剛弄好一杯蛋黃酒，他們發現她的時候上面的鮮奶油已經餿了，他還說只要有人死掉，不管是意料之中還是意料之外，一切都會變臭變酸，這搞得我好幾個禮拜睡不著覺，因為我總是在黑暗中看到奶奶躺在棺木裡的臉孔，她半開的嘴巴、眼窩和毛孔開始滲出像蛋黃一樣細的蛋酒汁液。

母親用力抓住我們的上臂，把我和哈娜從浴缸拉出來，她的手指在我的皮膚上留下白色的掐痕。通常她還會在我們身上裹上一條毛巾，問我們有沒有完全擦乾，身體要擦乾才不會生鏽，更糟的是還會像浴室瓷磚間的縫隙一樣長黴菌；但現在她卻讓我們腋窩帶著殘留的泡沫，牙齒打顫地晾在浴室踏腳墊上。

「好好擦乾。」我低聲對發抖的妹妹說，同時遞給她一條像石頭一樣硬的毛巾，「不然我們等一下還要除妳身上的水垢。」我彎下腰檢查腳趾，黴菌會從這裡開始孳長，這樣才沒有人看到我的臉頰像兩顆火球糖[7]一樣紅通通的。**如果兔子和男孩賽跑，落後的必須每小時快幾公里才能贏得比賽？**學校老師的聲音飄進我的腦海中，他還用教學棒戳我的肚子，逼我回答。看完腳趾以後，我迅速檢查一下指尖——父親有時開玩笑說，如果我們泡在水裡太久，皮膚會鬆弛、脫落，那他就會把我們脫下的皮釘在農舍的木牆上，緊鄰著剝下的兔子皮。當我再次起身，用毛巾把自己包好後，父親突然出現在獸醫旁邊。他渾身發抖，臉色死白，連身工作服的肩膀上躺著斑斑雪花。他不斷捧起雙手，對著手心吹氣。剛開始我想到的是老師講過的雪崩，雖然雪崩不可能發生在平地農村。直到父親開始哭泣，我才明白過來那不是雪崩，而奧貝的頭也像是雨刷一樣左右擺動，想要甩乾眼淚。

應母親的要求，我們的鄰居琳恩當晚就把聖誕樹拆了。我穿著睡衣和奧貝坐在沙發上——儘管睡衣正面的畢特和恩尼[8]的笑臉稍微掩飾了我的情緒，但我的恐懼卻籠罩在他們

---

7 荷蘭知名糖果，色彩鮮豔，糖衣嚼盡以後會變成口香糖。

上頭；我的雙手手指比著交叉的十字不放，就像在學校操場上不小心說錯話、想要收回諾言、或是祈禱那樣——我們悲哀地看著聖誕樹被抬出房間，只留下一條亮片和松針。直到此時我才感覺胸口被刺了一刀，甚至比獸醫帶來消息時還要疼；馬諦斯一定會回來的，但聖誕樹不會。幾天前，我們才獲准開始裝飾聖誕樹，一邊歡唱著包德萬・德・赫羅特的〈吉米〉[9]，一邊用矮胖的聖誕老人、閃亮聖誕球、小天使、串珠項鍊還有巧克力花環來裝飾聖誕樹。我們能一字不差地唱出整首歌，還很期待唱到歌詞裡有我們被禁止說的字眼的那一句。現在我們只能透過客廳窗戶看著琳恩把聖誕樹放上一台獨輪手推車，罩上橘色帆布，丟在路邊，只露出樹頂的銀色星星；他們忘記將它拿下來了。我什麼也沒說——如果樹沒了，星星還有什麼用？琳恩把橘色帆布挪過來挪過去，好像這麼做可以改變我們眼前的景象、我們眼下的處境似的。馬諦斯沒多久以前還用同一台手推車載著我玩，我雙手抓緊車緣，上頭有層乾掉的薄薄糞肥。那時我注意到他的背變得有點駝，他奮力推著我，用力到自己好像要栽進土裡似的。我的哥哥突然開始加快速度，每顛簸一下我都會彈飛起來。但其實應該相反過來才對，我現在想，那天應該換我用獨輪手推車在牧場院子裡推著馬諦斯到處跑，一邊發出引擎的轟隆聲，雖然他實在太重了，我沒辦法把他運到路邊丟掉，再像死掉的小牛一樣拿橘色帆布蓋住他，這樣一來，就會有人把他撿走，我們也會忘了他。隔天他又會再被生出來，沒有什麼事情會讓今晚和其他所有夜晚有所不同。

「天使是裸體的。」我低聲對奧貝說。

天使們躺在我們面前的餐具櫃上，旁邊是已經融化在包裝紙裡的星星巧克力。這回天使的小雞雞前面已經沒有小喇叭或槲寄生擋著了。父親沒注意到祂們沒穿衣服，不然他一定會把它們放回鋁箔紙裡頭。我以前有一次折斷過天使的翅膀，想看看它會不會自己長回來，上帝肯定做得到。我想看到某種證明祂存在的神跡，證明祂在白天裡也照看著我們。那樣對我來說會方便得多，因為祂可以觀照很多事情，比如看好哈娜、讓乳牛不會得到產乳熱或乳房感染之類的。結果什麼事都沒發生，天使翅膀上的白色裂痕依然清晰可見。我把天使和菜園裡一堆用剩的紅蔥埋在一起。

「天使一直都是裸體的。」奧貝輕聲說道。他還沒進浴缸，脖子上還掛著一條毛巾，雙手抓著兩端，好像準備要打架似的。我剛尿在裡面的洗澡水現在應該冷得跟石頭一樣。

「祂們不會感冒嗎？」

「祂們像蛇和水蚤一樣都是冷血的，不用穿衣服。」

我點點頭。琳恩又進來了，出於防備心理，我把手放在其中一個天使的瓷質小雞雞上。

8 Bert and Ernie，「芝麻街」卡通人物。

9 包德萬・德・赫羅特（Boudewijn de Groot）的〈吉米〉（Jimmy）為荷蘭七十年代流行歌曲。

我聽見她在門廳花了比平常還久的時間磨擦鞋底。從現在開始，每個進屋來的客人都會花超過必要的時間在門口磨擦鞋底。於是我學到了，死亡會逼使人們注意一些小細節來延緩痛苦——像是母親檢查自己的指甲縫裡有沒有殘留製作乳酪時的凝乳酶乾屑一樣仔細。有那麼一瞬間，我希望馬蒂斯和琳恩是串通好的；他躲在牧場後面的空心樹幹裡，終於受夠了準備爬出來，畢竟現在外面天寒地凍。然而因為寒風，湖面再度結冰了，我的哥哥在冰下找不到出路，只好獨自在一片漆黑中摸索整座湖。現在連滑冰俱樂部的工業用照明燈也熄了。琳恩擦完腳後去跟母親說話，聲音很輕，所以我聽不見。我只看到她的嘴唇在動，母親的嘴唇則緊緊抿在一起，就像兩隻在交配的蛞蝓。趁著沒人注意的時候，我鬆開手滑下天使的小雞，同時看見母親走進廚房，在髮髻裡多插了一支髮夾，然後越插越多，好像在固定她的頭，才不會忽然一下子攤開來，展示出裡頭發生的一切。她拿著糖珠花圈巧克力走了回來。那是我們一起在市集上的「小人行道」糕餅鋪買的，我一直期待品嚐它酥脆的內餡和彩色糖珠在嘴裡嘎吱裂開的滋味，但母親卻把它們送給了琳恩，她接著還從冰箱拿出米粥派和父親從肉鋪帶回來的肉卷；連那捆紅白相間、長達八十公尺的綁肉繩都送了出去，那繩子可以用來綁住我們，這樣我們的身體才不會裂成肉片。有時我會想，空虛就是從這裡開始的。這與馬蒂斯的死無關，而是那幾天裝在平底鍋裡的聖誕假期，連同空空的俄羅斯沙拉盒一起被送了出去。

4.

前廳放著一具棺木，我哥哥就躺在裡面。棺木是橡木材質，上面做了個跟他的臉一樣高的玻璃窗，還有金屬把手。棺木已經在那裡放了三天。第一天，哈娜用指節敲敲玻璃，小小聲說：「馬諦斯，我已經覺得不好玩了，不要再搞怪了。」接著她一動也不動地沉默了一陣子，像是擔心他或許正小小聲地回話，但要是四周沒有完全安靜下來，她會聽不到他說什麼。但他沒有任何回應。哈娜走回沙發玩洋娃娃，瘦巴巴的身體像蜻蜓一樣發抖，我好想用虎口圈住小小的她，從嘴巴呵出熱氣幫她取暖。但是我不能告訴她馬諦斯會永遠沉睡下去，從現在開始，我們的心中只剩下一個小窗口，而我們的哥哥躺在這扇窗後面。除了我們信仰比較不虔敬時的奶奶以外，我們不認識半個睡著了就永遠起不來的人，我們總是會再醒來。「遵從上帝的旨意而活」，這是信仰比較虔敬時的奶奶常掛在嘴邊的話。她每天早上醒來時僵硬的膝蓋都會找她麻煩，同時伴隨著那「就像我吞了一隻死麻雀一樣」的口臭。那麻雀和我的哥哥永遠不會再醒過來。

棺木放在餐具櫃的白色鉤編布上，這塊布通常會在生日宴會的時候拿出來用，上面擺放著乳酪餅乾棒、堅果、裝在玻璃缸裡的雞尾酒；人們也像參加宴會一樣，越來越多人圍成幾個小圈圈站著，鼻子埋進手帕或是別人的脖子裡。他們說了些我哥哥的好話，但死亡依舊醜陋而且難以消化，就像有一次我們辦完生日宴會的幾天後在椅子後面或電視櫃底下發現的虎堅果一樣。棺木裡馬蹄斯的臉突然看起來像是蜂蠟做的，又光滑又緊緻，護理師們在他的眼皮下方塞了棉紙，讓雙眼保持閉合，但我寧願他的眼睛是睜開的，這樣我們才能再一次眼對眼地看著彼此，這樣我才不會忘記他眼睛的顏色，這樣我才能確定他也不會忘記我。第二批人走了以後，我試著掀開他的眼皮，猛然想起我在學校裡用充當花窗玻璃的彩色棉紙，還有瑪利亞和約瑟人形雕像紙製作的耶穌降生場景；吃聖誕節早餐的時候，我們會在場景後面放一盞小小的蠟燭，薄薄的棉紙亮了起來，耶穌就能在充滿光輝的馬廄裡出生。但是我哥哥的眼睛灰暗無光，沒有花窗玻璃的圖案，所以我很快闔上他的眼皮，關上小窗。他們試著重現他抹上髮膠的髮縷，但是那兩條髮縷現在看起來就像枯萎的棕色豆莢一樣掛在他的額頭上。母親和奶奶給馬蹄斯穿上了牛仔褲和他最喜歡的毛衣，一件藍綠色的毛衣，胸前寫著大大的「英雄」。我在書裡面讀到的英雄大多從高樓掉下來或是身陷火海都不會怎樣，頂多留下幾道擦傷。為什麼馬蹄斯做不到？為什麼從現在開始他只能在我們的心裡永存不朽？這我實在不懂。他曾在千鈞一髮間從聯合收割機前救下一隻蒼鷺，再晚一步，牠就會被切成碎片、混進乾草捆，進到乳牛肚子裡。

我躲在門後，聽到奶奶幫我的哥哥穿衣服時對他說，「你一定要往暗處游，這你知道吧？」我實在無法想像一個人要怎麼只往暗處游。暗不暗只是顏色差異。冰上積雪時，你得往有光的地方游，但要是沒積雪，冰面會比冰上的坑洞還要亮，這時你得往暗處游。這是馬諦斯親口告訴我的，滑冰之前他穿著羊毛襪來到我房間向我展示雙腳要怎麼併攏再往外張開，然後重複動作。「就像騎著兩條魚一樣。」他當時這麼說。我從床上看著他，一邊用舌頭彈著上顎發出咔嗒聲，就像電視轉播滑冰比賽時冰刀劃過冰上的聲音一樣，我們覺得那聲音真是美妙。但是，我嘴裡的舌頭現在越來越不聽使喚，像是嘴裡有著一條凶險莫測的航道。我不敢再發出咔嗒聲了。

奶奶手裡拿著一瓶瑞莎嬰兒液體皂走出前廳——也許這就是他們在他的眼皮下放一層棉紙的原因，這樣肥皂就不會跑進去刺痛眼睛。打理好他以後，他們大概會把棉紙拿掉，就像我的耶穌降生場景總有一天也得吹熄背景後方的小蠟燭一樣，畢竟瑪利亞和約瑟還是得繼續過他們的生活。奶奶把我緊摟在她懷中，我聞到初乳煎餅配培根和糖漿的味道：我們午餐吃剩的煎餅還擺了一大堆在流理檯上，它們用奶油煎得肥滋滋的，邊緣酥酥脆脆。父親一個一個問我們，到底是誰在他的煎餅上用黑莓果醬、葡萄乾和蘋果擺出一張臉；他的眼神轉向奶奶，奶奶回了他一個和煎餅一樣燦爛的微笑。

「這可憐的孩子被打扮得很好。」她說。

她的臉上出現越來越多褐色斑點，就像她切成薄片、當作嘴巴裝飾煎餅的蘋果一樣。上了年紀的人到最後都像是熟爛的水果。

「我們不能把煎餅捲起來放進去嗎？這是馬諦斯最喜歡的食物。」

「那樣會發臭。妳想引來蟲子嗎？」

我把頭從她的胸口移開，看著被放在樓梯第二階的天使，祂們已經被收進盒子，準備要放回閣樓裡。我獲准將祂們一個個臉孔朝下地放回鋁箔紙中。我還是沒有哭，我試過了，但還是哭不出來，即使我努力地想像馬諦斯掉進冰洞的細節也一樣：他用手摸索著冰洞，他究竟是往亮處還是暗處游，還有他的衣服和冰鞋在水裡會變得多重。我一瞬間屏住呼吸，但連半分鐘都撐不下去。

「不想，」我說：「我討厭那些噁心的蟲。」

奶奶對我微笑。我希望她別再笑了，我希望父親拿叉子攪爛她臉上的所有東西，就像他對自己的煎餅所做的一樣。只剩下她一個人在前廳時，我才聽到她壓低的啜泣聲。

接下來幾天晚上，我一直溜下樓去看看我的哥哥是不是真的死了。我總是先在床上翻來覆去，或是把腿抬到空中，再把雙手撐在屁股下面，做出「蠟燭」姿勢。清晨天光照進來的時候，死亡似乎再明顯不過，但天一黑，懷疑就不斷湧現。如果我們搞錯了，他被埋進地裡才醒過來的話怎麼辦？每次我都希望上帝改變主意，不要聽我的話，不要理會我求祂保護杜葳特的祈禱，就像另一次——當時我肯定已經七歲了——我想要一輛新的腳踏車，一輛紅色、至少有七段變速的腳踏車，還要有柔軟的坐墊和前後避震器，這樣當我放學後必須逆風騎車回家時，胯下才不會痛。結果我從來就沒有得到那輛腳踏車。如果我現在下樓，我希望，躺在白色亞麻布下的不是馬諦斯，而是我的兔子。我當然也會難過，但那畢竟和我額頭上砰通砰通跳的血管不一樣——我嘗試在床上屏住呼吸來了解死亡，或者我做了太久「蠟燭」姿勢，導致所有血液像燭蠟一樣往我的腦袋裡流。最後，我將雙腿放回床墊上，輕輕打開臥室的門，躡手躡腳走到樓梯口，然後下樓。父親搶先了我一步：我從樓梯的欄杆間看到他坐在棺木旁的椅子上，頭靠在小窗的玻璃上。我往下看著他那頭亂蓬蓬的金髮，就算他剛泡過澡也還聞得到牛的氣味。我看著他駝背的身影，他在發抖；他用睡衣袖口擦了擦鼻子，我想鼻涕乾掉以後，那塊布料應該會變得跟我的外套袖子一樣硬。我看著他，開始感覺到我的胸口一陣陣輕微地刺痛起來，這不像我在看荷蘭一台、二台、三台，受不了的話隨時可以轉台。父親坐了好久好久，我的腳開始發冷。當他靠上椅子，回去床上睡覺後——父親和母親有一張水床，父親現在應該已經又沉進床裡了——我走下樓梯，坐在他剛坐過的椅子上。椅子還有溫度。我將嘴巴壓在像是夢中出現的浮冰一般的小窗上，然後吹了口氣。我嚐到了父親眼淚的鹹味。馬諦斯的臉像茴香根一樣慘白，冷卻機使他保持在冰凍狀態，也讓他的嘴唇發紫。我寧願關掉那台機器，讓他在我的懷裡解凍，然後把他抬上樓，兩個人一起睡到隔天——就像我們太調皮的時候，父親會規定我們不准吃飯，直接上床睡覺——我會問他，用這種方式離開我們到底對還是不對。

棺木放在前廳的第一晚，父親看到我坐在樓梯上，雙手緊緊抓住樓梯的欄杆探出頭來。他吸了吸鼻子說：「他們把棉球塞進他的肛門，以免大便跑出來。他的身體裡面一定還是溫暖的，這讓我放心多了。」我又再一次屏住呼吸，然後數秒：憋氣三十三秒。我只要再撐久一點，就能把馬諦斯從睡夢中撈出來，就像我們春天時從牛舍後面的水溝中拿漁網撈起青蛙卵，裝進水桶裡，看著它們慢慢長出蝌蚪的腿和尾巴，馬諦斯也會像這樣慢慢地活過來，變回原本活蹦亂跳的樣子。

隔天早上，父親站在樓下的樓梯口問我想不想跟他去農夫揚森那裡拿飼料甜菜，把它們載去新農地。我比較想待在我哥哥身邊，這樣他才不會在我不在的時候融化，像雪花一樣從我們的生命中融化、消失，但我也不想讓父親失望，我把紅色外套穿在連身工作服外頭，拉鍊直直往上拉，直到抵住下巴。我們坐的拖拉機太舊了，每一下顛簸都把我震得前後搖晃，我得緊緊抓住打開的車窗邊緣。我不安地轉頭看向父親，他臉上還留有剛睡醒的痕跡，水床在他的皮膚上劃出了一道道河流，河水正在流淌。母親起伏的身體、他自己同樣起起伏伏的身體，以及身體落入水中並隨波晃漾的想法，都教他睡不好覺。明天他們會去買一張普通的床墊。我的肚子發出咕嚕咕嚕聲。

「我想要大便。」

「剛剛在家的時候妳為什麼不拉？」

「我那時還不想。」

「胡說八道，妳明明會有感覺。」

「可是真的是這樣啊，而且我覺得我要拉肚子了。」

父親把拖拉機停在農地上，熄了火，從我面前伸過一隻手幫我推開車門。

「去蹲在那棵樹下，那棵白臘樹。」

我迅速爬出駕駛座，將工作服和內褲褪到膝蓋上，一邊想著稀屎會像奶奶做米布丁用的托瓦牌焦糖醬一樣噴得草叢到處都是，一邊夾緊屁股。父親靠在拖拉機的輪胎上，點起一根香菸盯著我看。

「妳要是蹲得太久，鼴鼠就會從妳大便的洞洞爬進去。」

我開始冒汗，腦海裡出現三天前父親說過的棉球、我的哥哥下葬後鼴鼠會怎麼迅速地在他的身體裡挖出隧道，還有鼴鼠會怎麼翻出我體內的一切。大便雖然是我拉的，但一旦進了草葉之間，它們就屬於這個世界了。

「用力擠就對了。」父親說。他走到我身邊，遞給我一塊用過的手帕。他的眼神嚴肅，帶著我不認得的表情，雖然我知道他討厭等待，因為那樣他只會抽更多的菸來打發無所事事的時間。這個村子裡沒有人喜歡發呆，作物可能會枯萎，而我們只認得土地裡長出的作物，卻不知道自己的身體裡長了些什麼。我吸了父親的二手菸，所以他擔心的事也變成了我擔心的事。然後我快速向上帝簡短地禱告，祈求自己不會因為吸入父親吐出的這口菸得到癌症，條件是我長大以後會幫忙蟾蜍順利完成遷徙。我曾經在《聖經》裡讀到：「義人顧惜他牲畜的命。」從這個角度來說，我應該不會得病才對。

「我沒事了。」我驕傲地重新穿回褲子和工作服，併起外套，拉鍊拉到下巴。我可以忍住大便，從現在起，我不必再失去我想留住的東西。

父親把菸屁股扔在一座鼴鼠丘上踩熄。「多喝水，這對小牛也管用。要不然妳吃進去的東西有天就會換成從另一頭跑出來。」他把手放在我頭上，我盡量在他的大手下用直挺挺的姿勢走著。所以我現在要擔心的變成兩件事：上吐和下瀉。

我們走回拖拉機。這塊新農地的年紀其實比我還大，但大家還是這麼稱呼。就像堤防底那邊以前住了一個醫生，現在那裡變成有一座滑不動的溜滑梯的遊樂場，但如果要跟其他朋友約在那裡一起玩，我們還是會說去「老醫生那邊」。

「你認為害蟲會把馬諦斯吃掉嗎？」在和父親走回去的路上，我問他。我不敢看著他。父親有次朗讀《以賽亞書》的一段：「你的威嚴和琴瑟的聲音都下到陰間。你下面鋪的是蟲，上面蓋的是蛆。」現在，我擔心這也會發生在我的哥哥身上。父親沒有回答，只拽開了拖拉機車門。我腦袋發熱地想像我哥哥的身體像種草莓用的塑膠墊，上頭蛀滿大大小小的孔。

我們來到飼料甜菜面前，發現有一些裡面已經爛了，撿起來的時候看起來像是膿一樣的糊糊白色液體會黏在我手指上。父親漫不經心地把它們扔進身後的拖車，它們發出低沉的砰砰聲。每次他看向我的時候，我都會感覺雙頰發燙。在我看來，我們應該約法三章，規定父親和母親在哪些時間不可以看著我，就像看電視的時間。也許這就是馬諦斯那天沒回家的原因，因為那天電視櫃的門是關著的，沒人看著我們。

我不敢再問父親有關馬諦斯的任何問題。我將最後一顆飼料甜菜扔進拖車，爬上拖拉機，再次坐回父親的駕駛座旁邊。後照鏡生鏽的邊緣貼了張貼紙，上面寫著：**榨牛奶，不要榨農夫**。

回到牧場後，父親和奧貝合力把深藍色的水床拖出屋外。他拉下注水閥和安全蓋，讓水流進院子，沒多久這灘水就形成了一層薄冰。我不敢站在上面，我怕我一踩，父親和母親共度的每個夜晚就會應聲嘎吱破碎，我也會跟著掉進去。深色的床墊慢慢收縮，像一包真空封裝的咖啡包。接著父親將水床捲起來放在路邊，擱在裝了聖誕樹的獨輪手推車旁，廢棄物處理公司禮拜一會來收走。奧貝輕推我一下，說：「他來了。」我凝視著他所指的地方，看到那台漆黑的靈車正駛近堤防，就像一隻大烏鴉越來越靠近；接著它向左轉，開進了我們的院子，輾過水床留下的薄冰：它還真的發出了嘎吱聲。倫克瑪牧師下了車，後面跟著我的兩個叔叔。除了他們以外，父親還找了農夫艾弗特森和揚森一起將橡木棺木抬進靈車，送往教堂。樂隊奏起《讚美詩》第四百一十六首的旋律，以前馬諦斯在同一個樂隊裡吹過伸縮喇叭——那個下午唯一做對的事，就是把英雄高高扛在肩上。

第二部

The Discomfort of Evening

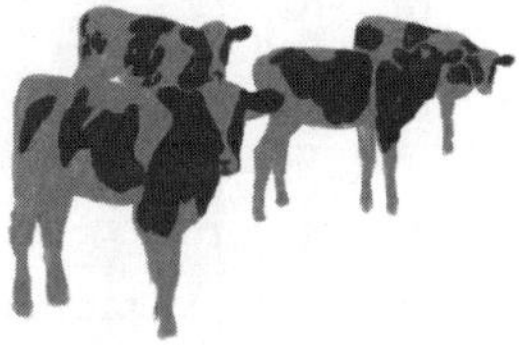

1.

蟾蜍背上的疣近看很像續隨子。我覺得那綠綠的花苞吃起來很噁心。如果你用拇指和食指去捏續隨子，它會像蟾蜍的毒腺一樣流出酸性物質。我拿起一根棍子戳了戳蟾蜍胖嘟嘟的背部。牠的背上有一條黑色條紋，不過牠動也不動。於是我更用力推牠，看著牠粗糙的皮膚圍繞著棍子皺了起來；有一瞬間，牠光滑的肚子貼上了溫暖的柏油路面，柏油已經被春天的第一縷陽光曬得熱烘烘的，所以黏糊糊的生物喜歡蹲在上面。

「我只是想幫你的忙啊。」我小聲說。

我把歸正宗教會發給我們的燈籠擱在一旁的圩田路上。燈籠是白色的，中間有皺褶。「上帝的話是你們腳前的燈，路上的光。」倫克瑪牧師發燈籠給所有孩子時說。現在還不到八點，我的燈籠裡的蠟燭已經縮水了一半。我希望上帝話語中的光芒不會同樣越來越少。

在燈籠的照耀下，我發現蟾蜍的前腿上沒有蹼。也許牠天生就沒有蹼，或是某隻蒼鷺把牠的蹼啄掉了，就像父親畸形的腿一樣，他總是拖著那條腿在院子裡走動，就像青貯飼料堆上一條條超重的管狀沙包。

「大家來拿檸檬水和星河巧克力喔。」我聽到一位教會志工在我背後說。想到附近沒有廁所卻要吃銀河巧克力，我的胃部就緊緊地縮了起來。你永遠不知道有沒有人在檸檬水上面打噴嚏、吐口水，有沒有人檢查星河巧克力的有效期限，包著麥芽糖的巧克力層可能已經變白，就像你生病的時候會臉色泛白一樣。臉色一白，死亡就會很快到來，我敢肯定是這樣。我試著不要再去想星河巧克力。

「如果你再不快點的話，等下你的背上不只會有一條線，還會有輪胎印哦。」我對蟾蜍小聲說。一直蹲著讓我的膝蓋開始發疼。蟾蜍依然動也不動。另一隻蟾蜍想跳到牠的背上搭便車，不斷拿前腿去夾牠的腋下，但卻一直滑下來。牠們一定跟我一樣怕水。我再次站起身來，拿起燈籠，趁沒人看到的時候迅速將兩隻蟾蜍塞進我的外套口袋中，然後轉頭在人群中尋找兩個穿螢光背心的人。母親堅持要我們穿上螢光背心：「否則你很快就會像路上的蟾蜍屍體一樣被輾得扁扁的，沒人想要這種事情發生在自己身上。這些背心會讓你變成燈籠。」奧貝聞了聞背心。「我才不要穿這種髒兮兮、汗臭得要命的東西走來走去。那裡沒有人穿背心的。」

母親嘆了口氣：「我怎麼做都不對是吧？」然後任由自己的嘴角垂落。最近她的嘴角好像總是垂著，就像花園桌子上那塊四角吊著水果形狀鉛塊的桌布。

「您做得很對，母親。我們當然會穿上。」我說，然後給奧貝打了信號。那些背心只有小學六年級的腳踏車騎乘考試[10]才會用上，每年母親都在考試裡負責重要任務。她會坐上一把釣魚椅，守在村子裡唯一的十字路口，帶著憂慮的眼神噘起雙唇——就像花苞沒打開的罌粟花。她的任務是確保每個人都會乖乖地伸出手來[11]，以及交通能夠安全又順暢。但在那個十字路口，我第一次覺得母親很丟臉。

有件螢光背心朝我靠近。哈娜右手拿著一個裝了蟾蜍的黑色水桶，半開的背心兩側隨風飄揚。我慌了起來，說：「快把背心扣好。」哈娜揚起眉毛，然後像是被釘書針牢牢地釘在她畫布般的臉上，她用這個表情盯著我看了好長一段時間，還帶有一點不耐煩。現在，白天的陽光越來越熱，她的鼻子周圍出現越來越多雀斑。我腦中湧現一幅景象：哈娜被壓得扁扁的，緊緊黏著路面，就像支離破碎的蟾蜍一樣，雀斑散落四周；我們得用鐵鍬才能把她從路面上鏟起來。

「可是我好熱。」哈娜說。

就在這時奧貝加入了我們。他的金髮很長，油膩膩地垂在臉上。他一次又一次把頭髮撥到耳後，然後頭髮又慢慢地向掉回原位。

「你看，那個人看起來很像倫克瑪牧師，你看到那肥肥的腦袋和鼓鼓的眼睛嗎？倫克瑪也沒有脖子。」他的手掌上坐著一隻棕色的蟾蜍。我們笑了，但沒有很大聲：你不可以嘲笑牧師，就像你不可以嘲笑上帝一樣，他們是你最好的朋友，面對最好的朋友，你得謹慎小心。我還沒有最好的朋友，但在新的中學一年級班上，有很多女孩可能會變成我最好的朋友。奧貝比我大五歲，已經在高中接受大學預科教育，哈娜還在讀小學四年級。她的朋友跟上帝的門徒一樣多。

突然間奧貝把燈籠移到蟾蜍頭上。我看到牠的皮膚映出淡黃色的光芒。牠閉上眼睛。奧貝露出微笑。

「牠們喜歡溫暖，」他說：「所以冬天裡牠們才會頂著醜陋的腦袋在泥濘中爬行。」他的燈籠越拿越近。如果你把續隨子拿去炒，它們會變得黑黑又酥酥脆脆的。我想揮開奧貝的手，這時那個本來在發檸檬水和星河巧克力的女人走了過來。奧貝馬上把蟾蜍放進水桶。檸檬水女人穿著一件寫著**注意！蟾蜍遷徙**的襯衫。她一定看到了哈娜恐懼的表情，因為她問哈娜妳還好嗎，還問我們那些壓扁的屍體有沒有讓我們不舒服。我親熱地用胳膊摟住妹妹，她噘起了嘴唇。她隨時會哭出來，我知道，就像今天早上奧貝用木鞋打死一隻停在農舍牆上的蚱蜢一樣。我覺得主要是聲音嚇到了她，但她堅持說自己是為了一條小生命而哭，她捨不得看到蚱蜢的翅膀被反折到頭的前方，像是一座迷你蚊帳。她看到的是生命，奧貝和我看到的是死亡。

10 荷蘭小學生會在小學結束前接受腳踏車騎乘考試。

11 在荷蘭，騎腳踏車轉彎時要伸出手表示所轉方向。

那個檸檬水女人歪嘴微微一笑，從外套口袋掏出星河巧克力，分給我們每人一條，我出於禮貌收下了，趁她沒看到時拆掉了塑膠包裝、讓它掉進水桶裡跟蟾蜍作伴：蟾蜍永遠不會肚子痛或胃痙攣。

「三位國王都很好。」我說。

自從馬諦斯沒回家的那天起，我就管我們三個叫作三位國王，因為有一天我們會找到我們的兄弟，即使我們要走上很長一段路，還要沿途帶著禮物。

我朝一隻鳥揮舞燈籠，嚇跑了牠。蠟燭危險地來回晃動，一滴燭蠟滴在了我的防水靴上。那隻鳥倉皇地飛上樹梢。

無論你在村裡還是沿著圩田騎腳踏車，到處都看得見路上躺著爬蟲類乾屍，像是小小的桌布一樣。我們和所有來幫忙的兒童還有志工一起提著滿滿的水桶、打著燈籠走到了另一頭的路肩，再往下走就是湖泊。今晚的湖水看起來天真無邪得不像話，遠方工廠的輪廓、亮著幾十盞燈的高大建築物以及隔開村莊和城市的橋樑我都看得一清二楚，就像《聖經》上說摩西伸手分開大海：「摩西向海伸手，上主就掀起了一陣強烈的東風，把海水吹退。吹了一夜，海底變成乾地。以色列人下到海中，走在乾地上，水在他們左右成了牆壁。」

哈娜站在我旁邊，凝視對岸。

「看看那些燈，」她說：「也許他們每天晚上都有燈籠遊行。」

「不，那是因為他們怕黑。」我說。

「**妳自己**才怕黑。」

我搖了搖頭，但哈娜忙著清空她的水桶。幾十隻蟾蜍和青蛙漂散在水面之上。輕柔的水花飛濺聲教我頭暈目眩。我突然感覺到外套的布料黏住了腋窩。我抖了抖手臂來散熱，動作很像一隻準備要撲翅起飛的小鳥。

「妳有想過要到對岸去嗎？」哈娜問。

「那裡又沒什麼好看的，連牛都沒有。」我站在她面前，擋住了她的視線，把她的背心左側拉到有魔鬼氈貼條的另一側，用力按住，把它們黏緊。

我妹妹往旁邊邁了一步。她把頭髮紮成馬尾辮子，她每動一下，馬尾都會在背上像是鼓勵般地輕輕一推。我真想拔掉她頭髮上的橡皮筋。這樣她才不會覺得自己無所不能，然後有天穿上溜冰鞋就一走了之。

「妳不想看看那裡長什麼樣子嗎？」

「當然不想，妳這傻瓜。原因妳知道的……」我沒把話說完，只是把空的水桶扔到身邊的草地上。

我從她身邊走開，一邊數著自己走了幾步。數到四的時候，哈娜又走到了我旁邊。四是我最喜歡的數字。牛有四個胃，一年有四季，椅子有四隻腳。剛才我胸口那種沉重的感覺，現在就像湖底的氣泡一樣，浮到水面上，又輕輕地劈啵裂開。

「那裡沒有牛，一定很無聊。」她很快說了一句。

燭光下，你看不到她的鼻子在臉上彎曲的弧度。她的右眼斜視，好像不斷在調整視線、好把你看清楚，就像照相機的快門速度一樣。我好想幫她的眼睛換一卷新底片，確保她的視線清晰安全，永遠不會想跑去對岸。我向哈娜伸出手，她握住了。她的手指感覺黏黏的。

「奧貝在和一個女生說話。」她說。

我回頭看了看。他瘦瘦長長的身體突然似乎比較懂得怎麼擺動，他用手做了幾個誇張的動作，還發出好久沒有聽過的笑聲。然後他蹲在湖邊。現在他一定在說關於蟾蜍的感人故事，在說我們有多善良，但不會講到湖水，湖水幾乎沒被陽光曬熱，蟾蜍正在裡頭游泳，而一年半前我們的哥哥就躺在水底。奧貝跟那個女孩一起沿著堤防走回來，走了幾公尺後我們再也看不見他們，他們溶解在黑暗之中。我們只在柏油路上發現他燒了一半的燈籠。綠色蠟燭被踏得扁平，就像旁邊的鵝糞一樣。我用鐵鍬刮起燈籠。整晚我們盡忠職守，到了最後收尾也不能馬馬虎虎。回到牧場後，我把它掛在那棵長著樹瘤的柳樹上。柳樹排排站好，紛紛向著我的臥室垂下頭，就像一群教會長老在偷聽我們講話。突然我感覺到蟾蜍在我外套口袋裡動來動去。我小心翼翼地把手放在牠們身上。我半轉過身子，對哈娜說：「不要跟父親和母親說對岸的事情，他們聽了只會更難過。」

「我不會說的。說了就太笨了。」

「非常笨。」

我們從窗戶望進屋裡，父親和母親坐在沙發上。從背面看去，他們就像我們燈籠中燒得疏疏落落、平平鈍鈍的蠟燭。我們吐了一點口水熄滅蠟燭。

2.

母親對自己盤子裡該盛多少食物越來越迷糊。每次她盛完食物坐下來都會說：「從上面看起來確實比較多。」我有時候會擔心這是我們造成的：我們像巨大的黑蕾絲蜘蛛一樣，從肚子裡面啃食母親。生物課的時候老師講過，黑蕾絲蜘蛛生下幼蛛以後會犧牲自己，讓飢餓的幼蛛把自己吃乾舔淨，連一條腿也不留。牠們完全不會因為失去母親感到哀傷。母親總會把一塊藍帶豬排放在盤子邊緣，說：「最後一塊最好吃。」像是把她自己保留給幼獸——也就是我們，如果我們還沒填飽肚子的話。

時間拉長以後，重新回顧我們家，我發覺馬諦斯的缺席已經不再那麼明顯。桌邊空出來的地方只剩一張椅子和椅背的欄杆，我的哥哥已經不會再大喇喇地往後仰，父親也不會再憤怒地哼道：「椅子有四隻腳！」誰都不能去坐那張椅子。我想這是為了哪天他回來所留下的。「耶穌歸來的那天，就像其他任何一天一樣。生活還是要繼續正常過下去。就像諾亞造方舟一樣，人們會忙著工作，吃喝和結婚。我們滿懷期待馬諦斯的歸來，將像期待祂再次回來。」父親在葬禮上說。如果馬諦斯回來的話，我會把他的椅子往桌子推，靠得緊緊的，緊到他的胸口碰到桌子的邊緣為止，這樣他就不會讓食物滴到桌子底下，也不會無聲無息地偷偷偷離開。他死掉以後，我們總在十五分鐘內吃完飯。當時鐘的長針和短針形成一條垂直線時，父親就會站起身來。他會戴上黑色貝雷帽去給牛擠奶，就算剛擠完奶也照去不誤。

「我們要吃什麼？」哈娜問。

「小馬鈴薯配豆子。」我掀起其中一個鍋蓋，探頭看了看以後說。我從鍋蓋背面的倒影中看到了自己蒼白的臉。我小心翼翼地對自己微笑，只有短短的一瞬，否則母親會一直盯著你看，直到你拉下嘴角為止。沒有什麼好微笑的。只有在我們父母看不見的育種場後方，我們才能夠毫無顧忌地笑出聲來。

「沒有肉？」

「燒焦了。」我小聲說。

「又來了。」

母親拍了拍我的手，我放開蓋子，蓋子掉了下來，桌布上留下了一道圓形的濕痕。

「不要那麼貪心。」母親說，然後閉上眼睛。大家都立刻照做，不過奧貝跟我一樣，總是睜開一隻眼睛，好觀察周遭情況。餐前禱告和父親開始餐後禱告從不會事先宣布，你必須自己體會。

「願我們的靈魂不要執迷於這短暫的人生，要遵行祢所吩咐的一切，最終與祢永遠同在。阿門。」父親用肅穆的語調說道，然後睜開眼睛。母親用撈勺一個接一個把食物盛進盤子上。整間屋子都聞得到燒焦牛排的味道，窗戶上也起霧了——母親忘記打開抽油煙機。但也因此沒人能從外面看進來，沒人會看見母親還穿著粉紅色晨袍。村子裡有很多人會往別人屋裡看，觀察其他家庭回家以及團聚的溫馨模樣。父親坐在桌前，雙手捧著頭。他整天頭都抬得高高的，但是來到桌子前卻垂了下來，變得太重了。他偶爾會抬起頭，將叉子放進嘴裡，然後又垂下頭來。我的肚子開始感到刺痛，好像胃膜上刺穿了孔。沒有人說話，只有刀叉劃過盤子的聲音。我把外套的抽繩拉得更緊了些。我比較喜歡蹲在椅子上。我的肚子漸漸脹了起來，疼痛減輕了，視線也變得比較清楚。父親發現我的坐姿不敬，會一直拿叉子敲我的膝蓋，我只好乖乖用屁股坐著。有時我的膝蓋會出現紅色條紋，像是不斷劃記著沒有馬諦斯的日子，一條一條扎進我的皮膚。

奧貝突然俯身對我說：「你知道人行地下道事故看起來是什麼樣子嗎？」我正用叉子戳四季豆，四季豆冒出四個孔，滲出汁液，像是一根直笛。我還沒來得及回答，奧貝已經張開了嘴。我看到滿口稀爛的馬鈴薯，到處都有四季豆的殘塊，還有一些蘋果泥。看起來像嘔吐物。奧貝笑了，接著把事故一口吞下。他的額頭有一條淡藍色的條紋，因為他睡覺時頭撞到床沿。他還太年輕，根本不擔心這種事情。根據父親的說法，孩子們不會有擔憂，因為只有在你必須自己下田耕地的時候擔憂才會出現，儘管我發現自己內心有越來越多的擔憂，它們不但讓我徹夜難眠，而且似乎正在滋長。

母親變得越來越瘦，衣裙也越來越寬鬆。我擔心她很快就會死掉，然後父親也會跟著離開我們。我整天都在跟在他們後面，只想確定他們不會就這樣忽然死掉、消失。我的眼角總有他們的蹤影，就像想起馬諦斯而泛起的淚珠。只要我沒聽見父親的打呼聲，以及床墊彈簧發出兩次吱嘎聲，我絕不會關掉床頭櫃上地球儀的燈——在找到合適的睡姿以前，母親總是會先往左再往右翻身。然後我躺在北海的光芒下，等待一切安靜下來。但是，如果他們晚上去拜訪村裡的朋友，我問母親他們什麼時候回來，而她只聳聳肩的話，我就會呆呆地盯著天花板躺上好幾個小時。接著我會想著如果自己成了孤兒該怎麼自救，還有該怎麼告訴老師他們的死因。總有個十大死因排名。我在學校的休息時間用谷歌搜尋過，肺癌排名第一。我私下也整理了一份排名：前三大死因是溺水、交通事故和溺死在畜舍的化糞池。

想通了要給老師的說法，結束耽溺的自憐後，我將頭深深埋進枕頭裡——我的年紀已經大得不再相信牙仙子的童話，但是我又還小得無法不盼望她真的存在。奧貝有時會開玩笑地稱她為「牙婊子」，因為從某一天開始牙仙子再也沒有給他錢[12]，而他得到的只有放在枕頭底下血跡斑斑、帶著牙根的臼齒，因為他從來沒有把那些牙齒沖乾淨。如果牙仙子有一天來找我，我會揍扁她；這樣她就得留下來，聽我對她許願祈求一對新的父母。我願意用我的智

12 相傳牙仙子會在孩子換牙時送給孩子一枚錢幣。

齒騙她來。有時我的父母還沒回家，我就會一直頻繁地跑下樓去。然後我會穿著睡衣坐在沙發上，在黑暗中併攏膝蓋，緊握雙手，向上帝發誓說如果祂將他們安全地帶回家，我願意再拉一次肚子沒關係。我無時無刻都在等著電話響起，聽到另一頭說他們的汽車方向盤或腳踏車龍頭失控的消息。但是電話始終沒有響起來，時間一久我開始覺得冷，只好回到樓上，繼續在被窩裡等著。直到我聽到臥室的開門聲，以及母親踩著毛拖鞋走路發出的悶響，我才感到他們又活了過來，才能安心入睡。

在我們該上床睡覺之前，哈娜和我玩了一會兒。哈娜坐在沙發後面的地毯上。我看著我的高筒襪，襪口翻了兩褶。我把它們撫平。我妹妹坐在雷鳥神機隊基地島玩具旁邊——它本來是馬諦斯的，但我們經常一起玩，我們會把火箭射向空中、與敵人戰鬥，還可以選擇自己扮演的角色。奧貝的胸口趴上了沙發椅背，耳朵掛著全罩式耳機，看著坐在地上的我們。他的灰色T恤上有一道法國形狀的美乃滋汙漬。

「誰能毀掉跑道旁邊的樹，誰就可以用我的CD隨身聽聽十分鐘最新的『熱門金曲』。」

奧貝讓耳機從耳朵旁滑落，環掛在脖子上。我的班上除了土包子以外，幾乎每個人都有一台CD隨身聽。那些土包子就像一袋英國甘草糖中的甘草棒，沒人想鳥他們。我不想成為土包子，所以我也開始存錢買一台，我想買帶有防震系統的飛利浦隨身聽，這樣我騎車上學遇到路面不平的時候才不會一直斷電。我還想買個與我外套顏色相同的保護袋。我只需要再存一點就達標了。父親每個禮拜六都會給我們兩歐元，獎勵我們幫忙牧場的工作，他會鄭重地把錢交到我們手上，然後說：「存著長大以後搬出去用。」但對隨身聽的期待教我忘了周遭的一切，就算父親希望我們快快長大離家也一樣。

從前基地島玩具上的樹木顏色是橄欖綠，但經過許多年，它們褪了色，油漆四處剝落。像是有人把我推往正確方向似的，我不知不覺掐斷了一整排塑膠樹。我聽著它們在我的指頭間啪嚓折斷。任何可以用一隻手破壞的東西都不值得存在。哈娜馬上尖叫出聲。

「我開玩笑的，呆瓜。」奧貝很快說道。

母親從廚房出來，他轉身將耳機掛回耳朵上。母親勒緊晨袍的束帶。她的眼神從哈娜射向我，再射向奧貝，然後看到我手中碎裂的塑膠樹。她什麼也沒說，直接拽著我的手臂拉我起身，她的指甲戳進我的外套——我甚至連在室內也不想脫下外套——穿透了布料。我忍住不作反應，更加刻意避開母親的視線，以免她像剝馬鈴薯皮一樣，毫不留情地剝下我的外套。她拖著我到樓梯口才放開。

「去拿妳的撲滿來。」她說，從臉上吹起一縷金髮。我每走一步就心跳加快。突然間我想起《聖經．耶利米書》裡的一句話。奶奶讀報紙時會用口水沾溼拇指和食指翻頁，報紙上面的世界問題才不會糾纏在一起，有時她會一邊喃喃說著：「人心比萬物都詭詐，壞到極處；誰能識透呢？」

沒人識透我的心。它深深藏在我的外套、我的皮膚和我的肋骨底下。在母親肚子裡的九個月，我的心跳很重要，但是一旦離開了肚子，就沒人在乎它每小時跳動的次數夠不夠，也沒人擔心它會不會因為緊張或害怕突然停止跳動，或是跳得太快。

我只得把撲滿拿下樓，放在廚房桌子上。這是一頭陶瓷做的乳牛，背上有個投錢孔。乳牛的屁眼附近有個塑膠蓋，你可以從這裡把錢挖出來，不過上面貼了膠布。所以在拿自己的錢去買些廢物以前，我得突破兩道屏障。

「因為妳犯的罪，所以祂了躲起來，不想再聽妳說話了。」母親說。她遞給我一把羊角鎚，把手感覺還很溫暖，她一定等我很久了。我試著不去想自己有多麼想要一台隨身聽。父親和母親的損失嚴重多了——你存了再多錢也換不到一個新兒子。

「它有塑膠蓋……」我試著做最後掙扎。

母親拿羊角鎚用來拔釘子的那一端輕輕地抵著我的肚子，它們看起來像兩隻金屬兔耳朵，我想起自己為了保住杜葳特的性命做出了什麼樣的犧牲。我迅速接過鎚子，舉高，對著撲滿用力地砸了下去。撲滿瞬間裂成三大塊。母親小心翼翼地挑出紅色和藍色的紙鈔，還有一些銅板。她拿來掃把與畚箕，將乳牛的碎片清掃乾淨。我緊緊握住鎚子把手，握到自己的手指關節都泛白了。

3.

我躺在恐龍羽絨被上，腦海裡滿是黑白圖像。我的兩隻手臂緊貼著身體，雙腳微微打開，就像稍息的士兵，而我的外套就是鎧甲。今天學校教到第二次世界大戰，我們也看了公共電視教學網製作的影片。想到這裡我馬上又感到如鯁在喉。我看到猶太人像烤牛排一樣疊成一堆的畫面，貨車上站著光頭德國佬——那些德國佬看起來像父親的蛋雞，牠們拔過毛的屁股也是粉紅色的，上面留著點點黑色毛渣；一旦爆發互啄羽毛的事件，絕對沒人可以脫身。

我從床墊上半坐起，從斜角天花板上刮下一顆螢光星星。父親已經取下了幾顆星星，每次我從學校帶著糟糕的分數回家，他都會這樣做，而且當晚也會由他給我蓋好被子，跟我道晚安。以前父親都會編一個叫做小揚的傢伙惡作劇的故事。他老是調皮搗蛋。但現在小揚乖得很，因為他不想再受罰——但也有可能只是父親忘記講他的故事了。

「小揚在哪裡？」我問。

「悲傷讓他累壞了，支離破碎了。」

我馬上就知道，父親的頭很累、支離破碎，因為小揚就住在那裡頭。

「他會回來嗎？」

「別期待太高。」父親用沮喪的嗓音說道。

父親取下星星時，會將白色膠塊留在天花板上——這些膠塊代表了我的犯錯紀錄。我把刮下來的星星貼在外套上，高度和心臟的位置一樣。學校老師在講話時，我正納悶親吻像希特勒這樣的小鬍子男人是什麼感覺。父親只有在喝啤酒時才有小鬍子，那時他的嘴唇上方會出現一排泡沫。希特勒的小鬍子至少有兩根手指粗。

我的手擺在桌子下，貼在肚子上，想平息像是蟲子爬過的撓癢感。我的肚子和胯下越來越常出現這種感覺。我甚至可以自己產生這種感覺，只要我想著自己躺在小揚身上。有時我在猜，這是不是他支離破碎的原因，但是只要父親的頭還是圓的、還連在他的軀幹上，我就不以為意。我很少問問題，因為我本來就沒有什麼想問的。但這次我舉起了手指[13]。

「您覺得希特勒一個人的時候有哭過嗎？」

老師盯著我看了很長一段時間才開口回答。她也是我的導師，眼睛總是閃著光芒，眼睛後方好像有兩個用電池供電、耐力持久的小茶燈。也許她在等我哭出來，以便判斷我是好人還是壞人。畢竟我還沒有因為我哥哥的事情哭過，連默默流淚都沒有。我的眼淚老是卡在眼角。我猜是我的外套造成的。教室裡很溫暖，我的眼淚在流淌到我的臉頰之前肯定早就蒸發掉了。

「壞蛋是不會哭的，」老師那時是這麼說的：「只有英雄會哭。」

我垂下目光。奧貝和我是壞蛋嗎？母親哭的時候一定會背對我們，而且非常小聲，所以你聽不到。所有從她身上出來的東西都是安靜的，甚至連她放的屁也是。

老師接著說，希特勒最喜歡的活動是作白日夢，還說他害怕生病。他患有胃痛、濕疹和脹氣的毛病，不過脹氣主要得歸咎於他太常喝豆子湯。希特勒失去了三個哥哥和一個妹妹，他們都沒有活到六歲。我尋思著：我其實很像他，這不能讓人知道。我們連生日都一樣，都是四月二十日——心情好的時候，父親會在他抽菸常坐的椅子上告訴我，我出生那年的四月是那幾年來最冷的一次，我出生那天是禮拜六，出生的時候臉色泛藍，他們得趕快將我從子宮裡挖出來，像是鑿出一座冰雕。在我的出生紀念相簿裡，第一次照超音波的照片旁就貼了一個避孕環：材質是銅管，上端呈弧形，附有許多白色小鉤子，就像迷你鯊魚牙齒，可以咬死每顆精子，而下端有一根細線，看起來像一道黏液留下的痕跡。我當時設法繞過了避孕環，游了過去。當我問到母親為什麼要在她身體裡面裝鯊魚牙齒，父親說：「人要不斷繁衍後代、生養眾多，但要確保房間夠用。避孕環是權宜之計，上帝知道的，但偏偏那時你跟牛一樣頑固。」我出生後，母親就不再裝避孕環了。「兒女是上主所賞賜。」這是你不能拒絕的。

---

13 荷蘭學生舉手發言時，習慣舉起手指。

後來，我偷偷用谷歌搜尋過我的生日——我們要上網只能先拔電話線、插上網路線，連上網路的時候會發出刺耳的嗶嗶聲；我們只能上一下子，因為父親母和親有可能接到重要的電話。但從來就沒有什麼重要的電話打進來過，那些電話往往只是告訴他們新農地上又有牛逃脫了；他們認為網路上所有東西都是不信神的、邪惡的，但就像父親有時候講的：「我們活在這個世界，而不屬於這個世界。」我們還是偶爾可以用網路完成學校作業，雖然如果有人說從我們這些歸正會信徒的嘴臉就看得出來自哪個村莊，我確實會懷疑起父親說的那句話，那句話是從《約翰福音》來的——我搜尋的結果是那天颳大風，父親卻宣稱那天外頭非常平靜，連結柳都虔敬地保持文風不動。四月的那一天，阿道夫[14]死了四十六年。他和我之間的唯一不同是，我害怕嘔吐和拉肚子，但我不怕猶太人。雖然我還沒有親眼見過猶太人，但他們可能仍然躲在閣樓或地窖裡，這可能就是我們不准進入地下室的原因——禮拜五晚上母親都會把滿滿兩袋從德克超市買來的食物拿去地下室，這應該不是沒有原因的。因為袋子裡面有熱狗香腸，但我們再也沒吃過熱狗香腸。

我從外套口袋裡拿出老師要我們寫的作業，是寫給安妮．法蘭克[15]的信。信已經被揉得皺巴巴的。我覺得這個作業實在太怪了。安妮．法蘭克已經死了，而我知道村子裡的郵筒只有兩個投遞孔：一個給你投「其他郵遞區號」，一個給你投「郵遞區號八〇〇〇至八六一七」。上面沒有寫給天堂的信該投哪裡。就算有寫也是很怪，因為我們想念死人比活人多得多，死人會收到太多郵件。

「這個作業要大家發揮同理心，」老師說。根據她的說法，我很有同理心，但比較放不開。有時候，我黏在另一個人身邊的時間太久了，只因為那比一個人發呆容易。我把椅子移近貝菈。我們從中學一年級的第一週開始就坐在一起，她的招風耳從稻草般金黃的頭髮之間伸出來，而且她的嘴有點歪，就像個還沒完成就乾掉了的黏土娃娃，所以我立刻喜歡上了她。生病的牛也總是比較討人愛，牠會平靜地任你撫摸，不會突然往後踢。貝菈突然靠過來，輕聲說：「妳難道穿不膩妳的制服嗎？」我順著她用眼線筆畫過的眼睛——上下兩條線看起來像一道數線上兩道跳得太遠的弧，答案已不可運算——她的目光投向我的外套。我外套的兜帽抽繩因沾過口水而發硬，死死地垂在胸前。它們被風吹起時，會像臍帶一樣纏繞在我的脖子上。

我搖了搖頭。

「操場上有人在講妳的事情。」

「什麼事情？」

14 希特勒全名阿道夫．希特勒。

15 Anne Frank，荷蘭猶太人，《安妮的日記》作者。

我一邊稍稍打開桌下的抽屜。我是班上唯一還有抽屜的人，這張桌子其實是從隔壁的小學搬過來的。鋁箔包裝紙的景象使我平靜下來：簡直是里加餅乾的亂葬崗。我的肚子咕嚕叫起來。有些餅乾已經變軟了，好像有人先把它們放進嘴裡、又將它們吐回鋁箔紙裡。食物進入腸子以後就會變成糞便。這裡的馬桶底部都有個平面，好像把我的大便放在白板上端給我，我不喜歡那樣。我得忍住才行。

「他們說妳沒有胸部，所以妳才老是穿著外套而且從來不洗。我們都聞到牛的味道了。」貝菈用她的鋼筆在紙上標題後方點了個點。有一剎那我好想成為那個藍點，而且後面什麼都沒有：沒有各種清單，想法或欲望。什麼都沒有。

貝菈滿心期待地看著我。「妳就像安妮．法蘭克一樣，妳把自己藏起來了。」我把削鉛筆機從書包裡拿出來，將鉛筆推進滾刀中，開始轉動把手，直到筆芯變得非常尖為止。我弄斷了兩次。

我在原本屬於馬諦斯的床墊上翻滾，然後趴在上面。現在我已經搬到他的閣樓房間，也在他的床上睡了幾個禮拜，哈娜則接管了我本來的房間。有時我認為小揚住在我本來的房間裡，他覺得閣樓太恐怖了，因為從那以後父親一直沒再講關於他的事，只不斷強調他不在。我哥哥的身體在床墊中間留下一個凹坑，這是死亡留下的凹坑。不管我怎麼翻轉床墊它還是存在，我就是不想躺進這個凹坑裡頭。

我在找我的小熊玩偶，但到處都找不到。不在床腳下，不在我的羽絨被底下，也不在床底下。我腦中立刻響起母親的聲音：「有夠噁心。」當她突然闖進我的房間，看到裡面的樣子後就會這樣說，而且強調「噁——心」。這是個醜陋的詞，唸出這個詞的時候好像你真的噁心欲吐了。她會先說「有夠噁心」，然後逐字唸出來：有—夠—噁—心，鼻翼還跟著豎起。突然我知道我的熊在哪裡了。我從被子的開口滑下床，從臥室的窗戶向外看去，往下看著花園，我的熊確實掛在曬衣繩上，兩隻耳朵各夾了兩個紅色的木製曬衣夾。風粗魯地吹著它，它忽前忽後的動作跟我躺在它身上時完全一樣，使得母親昨天看到後拍了三下手，好像要把烏鴉從櫻桃樹上趕走似的。她看到我用胯下磨蹭小熊蓬鬆的屁股。自從我到閣樓睡覺後，我就一直這樣做。我會一邊閉上眼睛、一邊擺動身體，首先想想一天發生的事情，重新回想每個人對我說過的話；然後我才會開始想我那夢寐以求的飛利浦隨身聽，想著兩隻交配中的蝸牛彼此交疊，有一次奧貝甚至用螺絲起子把牠們分開，想著杜葳特．布洛克，想著冰上的馬諦斯，想著脫下外套的自在生活。沒多久我就想尿尿了。

「偶像，就是你去見上帝之前想要逃去寄託的對象。」當我後來到樓下喝杯溫暖的茴香牛奶的時候，母親對我說。她現在把我的熊拿去洗、掛在曬衣繩上，當作懲罰。我穿著襪子偷偷溜下樓梯，穿過大廳滑到後院，踏進不冷不熱的夜色裡。院子後方的工業用照明燈還亮著，因為父親母親睡覺前還得餵小牛喝奶，我不可以忘記調配的比例：一匙蛋白質粉加兩公升的水。這樣小牛就能獲得額外的蛋白質，喝完後鼻尖都有香草味。我聽到牛奶桶發出的嗡嗡聲，還有飲水槽的嘩啦聲。我迅速穿上母親放在門旁的木鞋，衝過草地、直奔曬衣繩，移開小熊耳朵上的夾子，緊緊摟進懷裡，輕輕地來回擺動，就像它是馬諦斯一樣，就像我把他從死亡的夜裡，從黑暗的湖裡打撈出來一樣。它感覺還有點濕濕重重的。它還得晾個一整夜才能全乾，至於洗衣精的味道要完全消失則要花上一週。它的右眼進水了。當我沿著草坪走回去時，父親和母親講話的聲音越來越大。他們聽起來好像在吵架。我受不了吵架，就像奧貝受不了別人回嘴一樣，他會用手摀住耳朵，開始哼歌。因為我不想在黑暗中引起注意，只好一隻手遮住外套上的螢光星星，另一隻手抱著小熊，躲在兔子棚後面。兔子身上溫暖的阿摩尼亞氣味穿過木材縫隙散發出來。奧貝從糞肥堆裡找出一些長尾蛆蟲，想拿去釣魚。當他將魚鉤穿過蛆蟲小小的身體時，我趕快撇開視線。從這裡我可以聽到爭吵的內容，我看到母親拿著糞肥叉站在糞坑旁邊。

「如果你當初不堅持拿掉孩子的話……」

「哦，都是我的錯就對了。」父親說。

「所以上帝才把我們的長子帶走了。」

「我們那時還沒有結婚……」

「我敢肯定，這絕對是第十災[16]。」

就像兔子棚的裂縫越來越多一樣，母親講話的聲音似乎也出現越來越多裂縫。我屏住呼吸。我的外套感覺濕濕的，因為熊還抵著我的胸口，頭垂向前方。我一度好奇，希特勒有沒有跟他的母親講過自己的計畫，要弄得天下大亂。我沒有告訴任何人我那時祈禱杜葳特能活下來。第十災難道會是我造成的嗎？

「生活還是得繼續過下去。」父親說。

我從照明燈的角度看到他的身影。他的肩頭比平常高，就像他把衣帽架掛得更高，因為我們現在長高了一樣，現在他的肩膀看起來也高了幾公分。母親笑了。她平常不會這樣笑，只有當她覺得某件事情不好笑的時候才會這樣笑。這很難懂，但大人常常很難懂，因為他們的頭腦就像俄羅斯方塊一樣，隨時都得將所有擔憂擺在正確的地方。擔憂如果太多就會累積起來，堵塞在一起。然後一切就掰了。

「我還寧可從飼料塔上面跳下去。」

我的肚子又開始感到刺痛。我的肚子好像奶奶的針墊，針要戳在上面才不會弄丟。

「妳又沒跟人講過嬰兒的事情。其他家人才不會那樣想。只有上帝知道，祂會寬恕一千

16 耶和華降臨在古埃及的十個災禍，第十災為擊殺長子。典出《聖經·出埃及記》。

次。」父親說。

「你有在數就好。」母親轉過身說。她幾乎和斜靠在農舍牆壁上的糞肥叉一樣單薄。直到現在我才搞懂她為什麼不再吃飯。在蟾蜍遷徙的時候，奧貝說過蟾蜍冬眠後直到交配以前都不會進食，絕無例外。父親和母親不再觸摸彼此，連短短一下子都沒有。這表示他們一定也沒再交配了。

回到臥室以後，我看著桌子下面水桶裡的蟾蜍。牠們仍然沒有疊在彼此身上，萵苣葉也完好如初地躺在水桶底部。

「明天你們要交配。」我說。有時你得開誠布公，制定規則，要不然每個人都會踩在你頭上。

然後，我站在衣櫥旁邊的鏡子前，用髮梳把頭髮沿著臉梳直。希特勒也是這樣梳頭髮的，他想遮住臉上因子彈劃過而留下的疤痕。梳好頭髮後我就躺平了。透過地球儀發出的燈光，我可以看到有根繩子懸掛在頭頂上方的閣樓樑上。現在還是沒有鞦韆，上面也沒有掛著兔子。繩索尾端有個繩套，剛好夠掛一頭野兔的脖子。我試著安撫自己說，母親的脖子至少是這個繩套的三倍粗，而且她有懼高症。

4.

「您在生氣嗎？」

「沒有。」母親說。

「難過嗎？」

「沒有。」

「快樂？」

「正常，」母親說：「我感覺正常。」

不對，我對自己說，母親絕對不正常，連她做的歐姆蛋都不正常——裡面有蛋殼，底部黏住鍋子，蛋黃和蛋白都乾掉了。她也不再使用奶油，又忘了加鹽和胡椒。最近，她的眼窩也陷得更深了，就像我那顆老舊又漏氣的足球，在牛舍旁的糞坑裡越沉越低。我將放在流理檯上的蛋殼扔進垃圾桶，垃圾裡頭還看得到我敲碎的乳牛碎片。我挑出乳牛的頭，除了牛角以外其他地方仍完好無損，我迅速把它塞進外套口袋，然後拿起洗手檯旁的黃色抹布，擦掉破雞蛋留下的蛋汁痕跡。突然一陣顫慄湧上：我不喜歡乾掉的抹布，就算它乾掉了上面還是一堆細菌，濕抹布感覺還沒那麼噁心。我把抹布拿到水龍頭下沖洗，然後再次挨近母親，越挨越近，希望她握著平底鍋、把歐姆蛋添進流理檯上擺好的盤子時會不小心碰到我。一下子就好。皮膚對皮膚，飢餓對飢餓。父親強迫她在早餐前一定要踏上浴室裡的體重計量一量，否則他就不跟去教會。這只不過是虛張聲勢，我簡直無法想像沒有父親在場的禮拜是什麼光景，我有時想知道如果父親沒去做禮拜，又會對上帝產生什麼影響。為了強調自己是認真的，他在早餐後立刻穿上禮拜天專用的鞋子，沒有跟我們的鞋子排成一排、等著擦亮——母親有時會說，只有鞋頭閃亮的時候我們才能來到上帝面前。尤其是今天，因為今天是莊稼祈禱日，對村裡所有農夫來說都是重要的一天。每年在收成季節之前與過後，我們歸正會信徒們會聚在一起，祈禱並感謝田地和莊稼，一切都能興旺生長。但母親卻只會越來越削瘦。

「連一隻半的小牛都不到。」母親總算站上體重計以後，父親說。他彎下腰看著體重計的指針。奧貝和我站在門縫前，我們對看了一眼：我們都知道小母牛過輕的結局是什麼。牠們太瘦所以不能送宰，但養肥牠們又太貴了。所以最終大多數這種小母牛都得面臨挨一針、然後一命嗚呼的結局。父親要她站著的時間越長，指針越像蝸牛一樣緩慢地向後退爬，母親越來越沉默、好似萎縮著，彷彿整年的收成就在我們眼前枯死了，而且我們還束手無策。我真希望可以在上面放一包煎餅麵粉和細砂糖，這樣父親就可以不要再這樣對待母親了；他曾經說過，一頭小牛可以餵飽大約一千五百個人。所以我們如果要完全把母親吃光、或者啃到只剩下骨頭，需要很長的時間。我們所有人一直注意她，導致她不再吃飯；我的兔子杜葳特也一樣，只要牠知道我還在附近，就不會把插在飼料桶上的紅蘿蔔拿來啃。稍後父親把體重計重新推回洗手檯下方，我迅速拔出體重計的電池。

母親開始分配歐姆蛋時，一次都沒碰過我，連不小心碰到也沒有。我退後一步。悲傷會壓在你的脊椎上，母親的背越來越駝了。這次少了兩個盤子：馬諦斯和母親的。她不再和我們一起吃飯，儘管她裝出要進食的樣子給自己準備了一份吐司，也還與父親分別坐在桌子兩端。當我們將叉子送往嘴邊時，她用狐疑的眼光盯著我們看。我腦海裡突然閃現一個死掉的嬰兒，還有我們每次去奶奶家過夜，奶奶用那條毛茸茸、讓你脖子發癢的毛毯將我們蓋好時，跟我們講的大野狼的故事。有天牠們把大野狼的肚子剖開、將七隻小羊救出來，再把石頭裝回牠的肚子縫合起來。我想，牠們也一定在母親的肚子裡填了一塊石頭回去，所以她才會有時如此冷酷無情。

我咬了一口麵包。晚餐時，父親在講那些不想躺在牛欄裡卻睡在橫木上的乳牛，這對牛的乳房不好。他叉起一塊歐姆蛋，懸著。

「沒加鹽。」他擺出一個難看的表情，啜飲一口咖啡。蛋雖然沒有加鹽，但配咖啡還是可以的。

「而且底下燒焦了。」奧貝說。

「裡面有硬硬的東西。」哈娜說。

他們三人都看著母親，母親突兀地從桌子旁站起來，把塗了孜然乳酪的吐司倒進垃圾桶，然後將盤子放進水槽。她想讓我們覺得她不想吃吐司，還要我們知道現在我們就是她一直瘦下去的原因。她沒看任何人，就好像我們是她吐司的麵包皮一樣；麵包皮是無論如何都會存在的負擔，她總是會精準地切掉麵包皮，放在盤子旁邊。她背對著我們說：「看吧，你們都站在他那邊。」

「就只是一顆糟糕的蛋。」父親說。他的嗓音變得低沉，表示他等著有人發表不同意見；有時就算沒人有異議，他還會冒稱別人有不同意見。他一直皺著鼻子盯著空中的歐姆蛋。由於氣氛緊張，我將小指放進鼻孔，勾出一顆鼻屎。我盯著淡黃色、圓圓的鼻屎看了一會兒，然後塞進嘴裡。鼻屎的鹹味使我平靜下來。當我想再次伸出小指時，父親將我的手腕往下一拉。「現在是莊稼祈禱日，妳不必急著收割。」我只好迅速再次放下手臂，一邊盡力讓舌頭頂住小舌，同時吸鼻子。這一招有效。我的嘴現在塞滿鼻涕，我又可以吞下鼻涕了。母親轉過身來。她看起來很累。

「我是個糟糕的母親。」她說。

她注視著廚房桌子上方的燈泡。該在上面裝個燈罩了，有花或沒有花的圖案都沒差，我們需要讓母親振作起來。每當我們提起燈罩，她就說不值得花這個錢，她已經老了，審判日就快來了，再買燈罩或其他東西只會在他們死了以後我們分家產時增添麻煩。我迅速拿起盤子，站在她旁邊。學校踢足球的時候，分配任務也很重要；必須有人當隊長，有人當前鋒，有人負責防守。我將一口有點太大的蛋往嘴裡塞。

「真是完美的蛋，」我說：「不太鹹也不太淡。」

「對啊，」哈娜說：「蛋殼有鈣質。」

「老婆，聽好，」父親說：「妳沒那麼糟。」

他咯咯笑了笑，然後讓刀子沿著舌頭滑下，深紅色的舌頭底部有藍色條紋，活像一隻交配季節中變色的田蛙。他從麵包籃裡挑出一個麥片球，然後從每個角度瞧了瞧。每個禮拜三，我們都會在上學時間以前到村子裡的麵包店拿麵包。那些麵包通通都已經過期了，實際上是拿來餵雞的，但是大部分還是我們自己吃掉。父親對此的說法是：「如果雞沒有因此生病，那你們也不會。」然而，我時不時地擔心黴菌會在我體內生長，我的皮膚有一天會變成藍色和白色，就像之前有一次我們吃香料麵包，父親用大刀將發霉的地方切掉後端給我們吃，久了以後我也會變成雞飼料的。

通常麵包都還很好吃，去麵包店也是一整個禮拜當中最愜意的蹓躂。父親會自豪地炫耀他的戰利品：帶有糖霜和葡萄乾的咖啡麵包，雞蛋糕，酸麵包，肉桂餅乾和甜甜圈。母親總是把可頌麵包挑出來，雖然她認為可頌麵包太油膩了。她會把品相最好的麵包挑出來，如果我們吃掉那些麵包，她就會感到安心；其餘的麵包都拿去餵雞。我認為那一刻我們是快樂的，即使只有短短一瞬，雖然父親聲稱快樂不適合我們，我們受造不是為了變得快樂，就像我們白皙的皮膚無法待在陽光下超過十分鐘，很快就想要回歸陰影和黑暗。這次我們用飼料袋多要了一點麵包。這肯定是要給地下室的猶太人的。也許母親為他們做了好的歐姆蛋，可能還給他們一個大大的擁抱、以至於忘記怎麼抱我們，那樣的擁抱可能就像我有一次緊緊摟著鄰居琳恩的貓，我可以感覺到牠的肋骨隔著皮毛緊貼著我的肚子，牠小小的心臟緊挨著我的心臟跳動著。

在堤防上的歸正會教堂裡，我們總是坐在最前排的長椅上——早上，晚上，有時連下午也要去做兒童禮拜；這樣每個人都能看到我們來了，而且知道儘管我們承受失去的痛苦，還是來到上帝的家，無論如何都依然相信祂——儘管我越來越懷疑，跟上帝約定的時候祂其實沒那麼和藹可親。我發現失去信仰的方式有兩種：有些人在找到自己時失去了上帝，有些人則是在失去自己時失去了上帝。我想我會屬於後者，我禮拜天專用的衣服緊緊地貼在四肢上，彷彿它們是針對比較舊的我所量身設計的。奶奶把去教會三次比喻作綁鞋帶：首先繫一個平結，然後打個圈、綁緊鞋帶，最後再繫雙結，確保不會鬆脫，所以正確的觀念要實踐三次才不會忘記。禮拜二晚上，我和奧貝還有一些以前的小學同學必須去倫克瑪牧師家上教理課，為堅振禮做準備。在那裡，他的太太會給我們檸檬水和一片菲士蘭薑餅蛋糕。我喜歡去那裡，但主要是為了蛋糕而不是上帝的話語。

在做禮拜的時候，我越來越常偷偷希望坐在最後一排長椅上的其中一個老頭——那些老頭通通坐在最後一排，這樣他們才能最早回家——暈倒或身體不適。這種情況經常發生，你會聽到一個老頭像歌本闔上一樣發出「砰」的一聲巨響；一旦有人必須被帶出去，總會在整個會堂造成騷動，這種騷動比起《聖經》中的話語更有凝聚力。我也越來越常被這種騷動影響，但我不是唯一一個。我們的脖子都會轉個半圈，望向那個昏倒的人，直到他消失在轉角，才開始唱另一首《詩篇》。奶奶也很老了，但她從沒有中途被帶出會堂。在講道過程中，我有時會幻想她倒下，我可以像英雄一樣扶著她，每個人都為我轉過頭來。但是奶奶仍然像健康的小母牛一樣勇健。根據她的說法，上帝就像太陽：祂總是與你同在，即使你車騎得飛快想逃離祂，祂總是與你同行。我知道她是對的。我曾經試過跑在太陽前面、或是跟太陽玩捉迷藏來擺脫它，但它依舊會在我背後或眼角現形。

我看著長椅上坐我旁邊的奧貝。他已經闔上了歌本，薄薄的書頁實在太像母親的皮膚，我們每翻過一個新的《詩篇》好似就此把她給忘記似的。他在摳他的手掌上的一顆水泡。現在夏天即將來臨，所有畜舍都必須清理乾淨，以期冬天以前能夠一塵不染。我們從沒真正好好地過眼前的季節，老是在為下一個季節努力。

水泡的軟膜會隨著時間變硬，你可以用拇指和食指把它搓掉。我們的身體不斷進行自體更新，但父親和母親的身體卻不會再更新了。他們就像《舊約聖經》一樣，不斷重複自己的話語，行為，做法和儀式，就算我們——也就是他們的追隨者——離他們越來越遠，他們也不會改變。牧師要我們閉上眼睛，為田地和莊稼禱告。我為父親和母親禱告，祈求母親把飼料塔從她頑固的頭腦中拿掉，還有在我的房間裡撢灰塵時不要注意到閣樓樑上的繩子。現在，只要看到學校作業本上的圈圈[17]或是麵包袋上面的結，我都會想到她，因為麵包袋的夾子現在已經不再是放在餅乾盒上了。我懷疑是父親故意把它們藏在工作服的口袋裡。有時，當我趴在床墊上、壓著熊擺動時，我會幻想我們的廚房裡有一台小機器，那是市集上「小人行道」攤子也有的機器，你可以把裝好麵包的塑膠袋穿過機器，每次穿過機器就會纏上一條紅色綁帶。這樣一來，我們就算弄丟麵包袋的夾子也沒關係，母親也不必再為此難過。

我瞇著眼偷瞄父親。他的臉頰濕了。也許我們不是在為莊稼祈禱，而是為村裡所有孩子的豐盛祈禱，願他們得以成長茁壯。但願父親現在體悟到他沒把自己的田顧好，還讓其中一塊地泡進水裡。除了吃穿以外，我們還需要關懷。但他們似乎越來越常忘記這點。我再次閉上眼睛，為桌子底下的蟾蜍祈禱，祈禱牠們可以交配，祈禱這個效果會擴及到母親和父親，也為地下室裡的猶太人祈禱，雖然我覺得他們能享用玉米片和熱狗香腸不太公平。直到我感到一陣薄荷糖帶給喉嚨的刺痛，我才睜開眼睛。

「祈禱太久的人都有很多罪孽。」奧貝低聲說。

17 在荷蘭，老師批改作業時會以類似繩套的圈圈符號表示正確或核准。

5.

奧貝的額頭從側面看起來藍藍的，好像一塊腐壞的烤麵餅上的黴菌。每隔幾分鐘，他就會觸摸自己的髮旋，然後用三根手指把那周圍的頭髮撫平。根據母親的說法，我們每個人的頭型都難搞。但我認為那是因為沒有東西壓在我們頭皮上所致——父親不再把手放在我們頭上。他的手緊緊插在工作服的口袋裡，而髮旋則是我們成長的起點，是所有頭骨交會的地方。也許這就是為什麼奧貝必須不斷摸它，才能確定自己的存在。

父親和母親看不見我們的小動作。他們不會理解，規則越少，我們自己發明的規則就越多。所以奧貝認為我們應該聚一聚，在禮拜結束之後我們去了他的臥室。我和哈娜坐在床上，哈娜懶洋洋地靠著我，我輕輕地撓著她的脖子搔癢。她聞起來有父親焦慮的味道：他吸菸的味道留在她的背心上。奧貝床頭的木板上有條小裂縫，因為他每晚都在撞，或是大力地在枕頭兩側翻滾，同時發出單調的聲音。有時我會試著透過牆壁來猜他唱的歌。他有時聽起來在唱歌，但更常哼歌。幸好他跳過《詩篇》，因為那只會讓我悲傷。當我聽到他又在撞擊，我會去他的房間要他安靜，不然母親會一直擔心我們如果去露營睡帳篷的時候該怎麼辦，儘管我們可能永遠不會去露營。講完以後情況有改善一下子，但沒過幾分鐘又再度開始。有時我害怕之後出現裂縫的不是木頭，而是他的頭，以至於我們必須打磨、重新粉刷他的頭。哈娜也會撞床，所以她越來越常睡在我的床上。我會托著她的頭，直到她入睡。

我們聽到母親正在樓下的前廳吸地。我討厭那個聲音。即使地上沒有麵包屑，或是我們把麵包屑從地毯上撿起、放在手掌上拿到門口扔向門外的小碎石，母親每天還是會吸地三次。

「他們還會接吻嗎？」哈娜問。

「也許他們還舌吻咧。」奧貝說。

哈娜和我咯咯笑起來。在談論舌頭時，我總會想起母親用少許肉桂、醋栗汁、丁香和糖調製的紫紅色燉梨，還有它們滑不溜丟卻又交纏在一起的模樣。

「搞不好他們還裸體趴在彼此身上。」

奧貝把倉鼠從床旁邊的籠子裡抓出來。牠是沙漠侏儒倉鼠，最近被喚作諦仔。牠的籠子裡到處都是葵花籽殼，還有個已經被結塊的尿液染成黃色的輪子。把牠從窩裡抓出來以前，你必須先用手指在木屑裡撥弄一陣子，否則牠可能會受到驚嚇而咬你。我也想得到這種謹慎的對待，因為每天早上我都會被父親粗魯地從馬諦斯的凹坑裡拉出來，他會一邊把羽絨被從我身上拉開，一邊說：「餵牛時間到啦，牠們都餓到哞哞叫了。」陷進凹坑容易，爬出來卻很困難。

倉鼠從我哥哥的手臂上跑過。牠的臉頰圓滾滾的，裝滿了食物。我馬上想到母親：不對，母親的雙頰反而是凹陷的。她不可能把食物堆在那裡，留到晚上晚些時候再慢慢嚼著吃。不過，昨天晚餐後我倒是發現她把空的優格包裝整個撕開，手指抹上一點黑莓果醬，伸入包裝裡把剩下的優格撈出來舔乾淨。我一直聽到她的手指伸進嘴裡發出的輕微「吱吱」聲，還看到唾液從她嘴裡牽出絲來。每週我們會餵一次倉鼠，拿我們在牛棲息的稻草裡找到的甲蟲或蠼螋來給牠吃，但只靠這個牠活不下去。母親也必須繼續進食才行。

「諦仔，該不會是馬諦斯的簡稱？」我說。

奧貝大力從旁推了我一把，我從他的床上摔下來，撞到我的麻筋。儘管感覺很痛、還有輕微的觸電感穿過身體，我也盡量忍住不哭。我無法為馬諦斯而哭，卻能為自己而哭，這實在不太公平。但我還是得非常努力才能抑制淚水。也許我會像母親的高級餐具一樣，變得越來越脆弱，到最後我得包著報紙去上學。**勇敢**，我低聲對自己說。**妳要勇敢**。

突然奧貝又表現出和藹的樣子，輕聲細語地說話。他很快地碰了一下髮旋。他用裝出來的歡快語調說，他沒有那個意思，我不知道他還有什麼別的意思，但追問這個並不明智，就像你不應該把名貴的碗碟放入洗碗機，那些讓人開心的花紋會被洗掉。哈娜焦急地朝門望去。有時候，當父親聽到我們在吵架會非常生氣，還會整個牧場追著你跑。不過他的樣子看起來比較像是單腳跳，因為他的瘸腿跑不起來。一旦真的被他逮到，他會踢你的屁股或一巴掌打在你的後腦勺。最好的方法是逃到廚房的餐桌，追了幾圈後他會放棄，然後氧氣總算慢慢進入他的頭腦，就像奧貝的書桌抽屜裡放著一個挖了幾個洞的茅屋起司盒，裡面關了幾隻蝴蝶——你如果靜下來仔細傾聽，會聽到翅膀碰撞擊塑膠蓋的聲音。他說，這是重要的學校作業，目的是針對某幾種蝴蝶物種的壽命進行研究。父親也會把自己的腿隱藏起來，再怎麼熱他都不會穿短褲，我有時會想像他的腿像雙棒果汁冰，有一天我們可以把它們掰開，然後將壞的那隻腳扔掉，或是讓它在育種場後方曬到融化。

「如果妳不哭，我就給妳看些好看的東西。」奧貝說。

我深吸一口氣，然後吐氣，拉起外套袖子蓋過指關節。袖口已經有點磨損的痕跡了。我希望它不會越磨越短，短到讓我原形畢露。這讓我想到後院的蛹，在蝴蝶破繭而出前就用指甲去摳也是不好的，因為沒完全長成的蝴蝶會跑出來，牠們千萬不能參與奧貝的研究。

我點頭表示我不會哭。堅強就要從壓抑眼淚開始。

我的哥哥讓諦仔從領口滑入睡衣。倉鼠跑到他的肚子上時，他拉起四角褲的鬆緊帶。我可以看到他的陰莖掛在那裡，周圍有黑色的捲毛，像父親的菸絲。哈娜又開始咯咯笑起來。

「你的陰莖很奇怪，它站起來了。」

奧貝驕傲地笑了，倉鼠沿著陰莖往下跑。萬一牠咬你一口或想挖洞，該怎麼辦？

「如果我摩擦它，會有白色的東西跑出來。」

我覺得那應該很痛才對。我已經忘記了我的麻筋，我一度很想碰碰他的陰莖，像摸諦仔的皮毛一樣撫摸它。只是想感覺看看它由什麼材質製成，還有可不可以擺弄它。也許輕輕摩擦看看；如果你對牛尾巴這麼做，牠們只會回頭看你一眼，除非你不停手牠們才會向後踢。

奧貝放開了藍白條紋四角褲的鬆緊帶。我們看到褲子底下鼓起來的形體不斷移動，就像大海的波浪一樣。

「諦仔很快就會悶死。」哈娜說。

「我的屌就不會。」奧貝說。

「這倒沒錯。」

「牠難道不會有尿味嗎？」

我的哥哥搖了搖頭。我看不到他的陰莖了，我覺得很可惜，我能感覺到肚子裡的撓癢感，但這應該不可能才對，因為自從小熊玩偶事件以後，母親每天晚上都從瓶子裡倒一大匙像甘草糖一樣黏黏的東西給我。瓶子的標籤上寫著：**防治蟯蟲**。我沒有告訴她我在想小揚和杜葳特・布洛克，特別是杜葳特。那樣她可能去跟父親吵架，因為母親不喜歡瞎掰的東西，因為瞎掰的故事常常省略了受苦的情節，而母親認為痛苦應該出現在所有事物之中，她不能一天沒有受苦的感覺，不然她會有罪惡感，因為受苦的人會將自己的罪惡背在身上，就像背著書包、裡面有一本寫滿罰寫的作業簿。

奧貝晃著腿，諦仔被晃了出來，滾到羽絨被上。牠的黑眼睛看起來像火柴的頭，背上有一條黑色條紋，右耳攤了半截。不管你花多少時間撫平，牠的耳朵總會再捲回來。當奧貝從床頭櫃上取來那杯混濁的水的時候，哈娜突然又想再貼著我了。玻璃杯旁邊有一小疊牛奶蓋子，上面蓋著一層沙。他小學的時候被叫作「牛奶蓋之王」，他打敗過所有人，作弊也打不贏他。

「我不是說要表演嗎？」

「你不是已經表演過了嗎？」我突然感到口乾舌燥，吞嚥困難。我還在想著奧貝說的那白色的東西，和生日的時候用來製作魔鬼蛋的裱花袋裡面裝的東西一樣嗎？母親都把它放在地下室，因為如果不這樣，它的味道會瀰漫整間屋子。猶太人想必很難抗拒偷吃的念頭，就像我有時偷偷做的那樣，用手指夾起蛋黃、撣掉綠色的羅勒、把蛋白留著，像個沒了餡的空殼。當馬諦斯還在的時候，母親會說：「又到這個時候了，愛吃蛋的人又有得忙了。」然後微笑著從冰箱裡拿出收好備用的第二個裱花袋。現在他們不再幫我們慶生了，母親也不再做魔鬼蛋了。

「不，」他說：「現在才要開始。」

他將諦仔丟進裝有水的玻璃杯中，手放在杯口，然後慢慢開始前後移動。我很想笑，看起來很好玩。所有可以設計成算術問題的事情，都會產生令人放心的答案：我賭牠一分鐘以後需要再喘口氣。倉鼠從杯子的一側移到另一側的速度越來越快，眼睛開始突出，爪子四處亂抓。不消幾秒鐘的時間，牠就像水平儀的灰色氣泡一樣浮著。突然一片死寂。我們只聽到蝴蝶拍打著翅膀。哈娜開始大哭，高聲尖叫。樓梯立刻傳來腳步聲。奧貝大驚失色，急忙將玻璃杯擺到他的樂高城堡後面，那裡敵人暫時停火。

「怎麼了？」父親推開門，環顧四周。我的臉頰發紅。哈娜蜷縮在灰色毯子上。

「賈絲把哈娜推下床。」奧貝說。他直勾勾看著我。他的雙眼杳無生機，也沒有氣泡可以使它們保持水平，因為它們簡直像骨頭一樣乾。父親移開眼光的那一瞬間，奧貝快速張開嘴，將手指伸進伸出，好像要吐似的。我迅速從他的床上滑下來。

「好，」父親說：「去妳的房間禱告。」

他的鞋子撞到我的屁股，卡在裡面的屎坨現在可能又縮回我的腸子裡。如果母親知道關於謠仔的真相，一定又會陰鬱起來，沉默好幾天不說話。我最後向哈娜和奧貝，還有樂高城堡投以一瞥。我的哥哥突然忙著搞他的蝴蝶收藏，那些蝴蝶一定都是被他徒手從空中揮打下來的。

6.

我的妹妹是唯一了解我為什麼不脫外套的人，也是唯一一個試著幫我想解決辦法的人。我們的夜晚被各種解決方案填滿了。有時我擔心，一旦她想出的其中一個解決方案有效，我就想從她那裡奪走某些東西，因為只要我們還有欲望，就可以免於死亡的威脅，死亡就像施肥一整天的牧場從兩側逸散出來令人窒息的氣味一樣。另外，我的紅色外套正在褪色，就像馬諦斯的形影一樣。屋子裡沒有一張他的照片，只有他的乳牙還放在窗台上的一個小木罐中，其中幾顆上還帶有乾掉的血跡。我每天晚上努力回想他，記住他五官的樣子，當作一次重要的歷史考試——就像我不斷複誦「自由、平等、博愛」口號，是為了讓自己帶有一些知識，**而且**在大人的聚會裡很管用；我怕一旦有其他男生進入我的腦海，就會漸漸失去對我哥哥的印象。我的外套口袋裡塞滿我蒐集的所有東西。哈娜向我彎腰，遞給我一小撮鹹爆米花：這是為彌補方才沒有站在我這邊而獻上的貢品。剛才我如果真有她推下床，諦仔可能還活著。我現在不想和她說話。我現在唯一想見的是母親或父親，告訴他們我沒做錯什麼事。但是父親沒有過來。他從來不說「對不起」。這個詞從來無法越過他龜裂的嘴唇，但上帝的話語卻能輕易流洩而出。只有在吃飯的時候他要你把塗麵包的醬料遞給他時，你才會發現情況已經和緩了。那樣的話你應該高興，因為你又可以將蘋果糖漿遞給他，雖然有時我很想用刀把糖漿抹在他臉上，這樣我們可以一直盯著他看，讓他知道三位國王現在不知道東方該往哪裡去。

突然我開始懷疑，父親不僅會把有黏性的星星從天花板刮下來，還會把真正的星星從天空刮下來，這就是為什麼所有的事情似乎都變得更黑暗，而奧貝也變得更殘忍的原因：我們迷失方向了，但沒有人可以問路。就連我最喜歡的圖畫書裡的大熊——牠會為怕黑的小熊摘下月亮，給牠光線——也在冬眠。只有插座上的亮光可以提供一點安慰。這種故事已經不適合我的年齡，但夜晚的降臨是不分年齡的，恐懼的變形比母親連身裙上的花紋種類還多，這就是說呢，她的衣櫥裡滿是不同花紋的連身裙，但她卻常常穿同一件，就是上面有仙人掌的那一件，好像她可以把周圍所有人都排除在外。現在她常常將浴袍罩在上面。

我面對牆壁躺下。牆壁上掛著包德萬・德・赫羅特的黑白海報，上面有個人孤獨地在狹窄的山路上騎著腳踏車，車前坐了一個孩子。睡覺前，我有時會幻想自己是個孩子，而母親騎腳踏車載我。雖然母親根本不喜歡騎腳踏車，因為她很怕自己的裙子會捲進車輪的輻條，何況我們絕對不會孤單到最終一起選擇走上同一條路。我轉過身來，哈娜將爆米花放在我們之間，爆米花馬上黏在我的床包上。我們輪流抓起爆米花來吃。突然有一句出自《聖經・箴言》的經文閃進我的腦海：「秉公行義比獻祭更蒙上主悅納。」哈娜的貢品我不能拒絕，因為我們很難得吃到爆米花，而且我知道這是哈娜的一片好意，加上她抬起雙眼、自責地仰望著我，就像牧師列舉出會眾的罪過並看著剛剛塗白過的天花板一樣：犯罪會留下痕跡，就像天花板上的蒼蠅屎一樣。

有些時候，我太晚伸出手來，就會碰到哈娜的手指。我感覺到她咬得光禿禿的指甲。它們深深陷進手指肉裡，邊緣泛紅，有些白白的顆粒很像臘腸裡的白色脂肪。我的指甲泛黑只是因為藏汙納垢，但哈娜認為那是因為我太常想到死亡。我眼前立刻又出現了諦仔雙眼暴凸、不再划水的畫面，腦海登時一片空白，接著浮現空蕩蕩的倉鼠輪，還有毀滅性的靜默「砰」的一聲終止了一切。

哈娜將最後一口爆米花吃完，談著她想得到新的芭比娃娃時，我發現自己的雙手已經緊緊抓住羽絨被一段時間。也許上帝在等我開口說話，已經等了半小時。我鬆開雙手：在村子裡，沉默也是一種訊息。我們沒有答錄機，但我們確實有答錄機的沉默；有時，你在沉默中只會聽到乳牛在背景哞哞的叫聲，或是笛音壺的鳴聲。

「妳覺得他們會被車撞死還是被火燒死？」我問。

此時哈娜的臉放鬆了，她知道我沒有生她的氣，因為我又開始重複我們的日常習慣。她的嘴唇因為鹽巴變得紅紅鼓鼓的。你藉由犧牲所得到的，往往比失去的還多。難道這就是奧貝殺死諦仔的原因？要召喚馬諦斯回來？我不願意想起我的祭品，牠有四條腿、懸垂的耳朵和超過一億個嗅覺細胞。

「他們要怎麼被火燒死？」

「我哪知道，他們有時會忘記吹滅院子旁邊窗戶上的茶燈就是了。」我說。

哈娜緩緩點頭。她懷疑這個說法的真實性。我知道我有點過頭了，但是我越是設想父親和母親各種可能的終局，出現意外情況的機會就越低。

「被謀殺還是死於癌症？」

「癌症。」我說。

「從飼料塔跳下來還是溺死？」

「為什麼要從飼料塔跳下來，這太蠢了吧？」哈娜問。

「當一個人太悲傷的時候，就會讓自己墜落。」

「我覺得這真的很蠢。」

我以前從沒想過，父親和母親不僅會被死亡征服，還可以搶先死亡一步。你可以把審判日當作生日派對那樣預先計劃。會這樣想一定是因為那天晚上我聽到母親說的話，還有屋樑上的繩子造成的。還有她去教會以前繫上的圍巾，她有很多不同顏色的圍巾，但那些圍巾現在只會把她逼上閣樓。她總把圍巾繫得緊緊地，教會禮拜結束後還看得到她的皮膚上的勒痕。她可能是想藉此在唱《詩篇》的時候提高音調，《詩篇》的音調老是高得嚇人，好像要夾緊屁股才唱得上去似的。不過我還是對妹妹說：「這確實很蠢，我賭心臟病發作，要不然就是出車禍，母親開車老是很粗魯。」

我快速將最後一顆還沒就擒的爆米花塞進嘴裡，把鹽分吸乾，直到它無味軟爛地躺在舌尖，才吞進胃裡。這讓我想起奧貝有一次要我把死掉的大黃蜂放進嘴裡，這隻大黃蜂倒在母親放在窗台上的口香糖旁邊——她上床睡覺前將口香糖拿出嘴巴，搓成球狀，放一晚讓它變硬，隔天再拿起來嚼。我對那隻大黃蜂做了同樣的動作，像口香糖球一樣把牠放進嘴巴。我是為了一疊牛奶蓋而做的，因為奧貝賭我不敢。我感覺到大黃蜂的絨毛緊貼我的上顎，翅膀像杏仁屑一樣落在舌頭上。奧貝數到六十秒。我把它想成是蜂蜜糖果，但死亡在我的嘴裡整整待了一分鐘。

「妳認為父親有心嗎？」

大黃蜂的形象讓我想到父親的胸膛，我今天還看到的。因為天氣實在太熱，父親沒穿他的白汗衫就走上草皮，置身乳牛之間。他一共有三根胸毛。金色的。我實在無法想像他的肋骨後面有一顆心臟在跳動，那裡應該比較像是個肥料池。

「當然有，」我說：「他給教會的奉獻總是很慷慨。」

哈娜點點頭，將臉頰往嘴裡吸。她的眼睛還看得出來剛哭過，微微泛紅。我們不談諦仔，也不談那些我們永遠不會忘記的事情。就像肥料池也不過一年才清空一次。現在還不是傾訴的時候，雖然我不知道什麼時候才可以傾訴。我甚至連怎麼傾訴都不知道。奶奶有時會說，禱告會減輕心的負擔，但我的心臟重量依舊是三百克，差不多跟一包絞肉一樣重。

「妳知道長髮公主的故事嗎？」哈娜問。

「我當然知道。」

「她就是我們的解答。」哈娜說。她轉身側躺，好正眼看我。從我的地球儀發出的光線看上去，她的鼻子就像一艘翻覆的小帆船。她擁有你很少見到的那種美，就像她用油蠟筆畫的圖畫一樣：那些畫歪斜又彎曲，但這恰好就是賦予它們自然與美麗的原因。

「她有一天從高塔被救出來。我們需要一個救星，要有個人來把我們帶離這荒謬的村子，帶我們遠離父母、奧貝，還有我們自己。」

我點頭，這是一個好計畫。不過我頭髮的長度目前僅僅剛好超過耳垂，還要好多年才夠讓人抓著往上爬。而且院子裡的最高點是乾草棚，用梯子就搆得到了。

「還要把妳從外套裡弄出來。」哈娜繼續說道。她用黏黏的手指順了順我的頭髮，我聞到爆米花的鹹味，她把我的頭髮撥到頭的另一側輕輕敲了敲，就像那種經常對我皮膚撓癢的蟲子。我從不碰哈娜，只有她要我碰我才碰。我就是從來沒有這個想法。人有兩種，一種人喜歡抓得緊緊的，另一種人喜歡放手。我屬於後者。我只有在蒐集東西的時候才會將一段記憶或一個人抓得緊緊的，這樣才能安全地將它們藏進我的外套口袋。

哈娜的門牙上黏了一小片爆米花殼，我什麼也沒說。

「但是我們不能一起去嗎？」我問。

「對岸就像村裡的酒類專賣店，十六歲以下是不能進去的。」

哈娜堅定地看著我，現在和她吵架是沒有意義的。

「而且一定得是個男人，救星永遠是男人。」

「那上帝呢？祂不也是救星？」

「上帝只會拯救沉入水中的人，但妳又不敢游泳。」

「另外，」哈娜繼續說：「上帝與父親關係太好了。祂一定會跟父親告密，那樣我們就永遠逃不掉了。」

哈娜是對的。雖然我不知道自己想不想要一個救星，因為你總得先搞清楚如何不讓自己陷入沉淪，但我也不想讓妹妹失望。我聽見父親對我們大聲朗誦《創世紀》的內容，簡直是用吼的：「背棄自己子民的人會成為流浪者，脫離他原本的存在四處流蕩。」難道這裡就是我們最原始的存在，還是地球上還有另一種生活剛好適合我們，就像我的外套一樣合身？

「妳有二十四小時可以做選擇。」哈娜說。

「為什麼是二十四小時？」

「我們沒有太多時間，我們的性命分秒必爭。」在農舍裡打乒乓球的時候，如果球不斷出界，她也會用這種語氣說話。然後她會說：「從現在開始算分。」彷彿我們剛剛只不過是拿著兩把蒼蠅拍亂揮、嚇走糞蠅似的。

「然後要怎麼辦？」我問。

「然後，就開始了。」哈娜小聲說。

我屏住呼吸。

「親嘴。長髮公主有長髮，我們有自己的身體。如果想得救，就必須使出渾身解數。」哈娜笑了；如果我有一把鑿子，我會把她的鼻子輕輕敲直。妳應該丟掉所有誘惑自己、有害的東西——有一次我忍不住將寶可夢卡片從書包拿出來時，父親就這麼對我說過。他將卡片扔進壁爐裡，說：「一個人不可服侍兩個主人：你會憎恨其中一個、偏好另外一個，或是只顧著侍奉其中一個，而鄙視另外一個……」

他忘記了我們早就已經在服侍兩個主人了：父親和上帝。第三者會讓事情變得複雜，但那是以後才要擔心的問題。

「噁。」我露出噁心的表情。

「妳不想得救，過橋到對岸嗎？」

「我們該怎麼稱呼這個計畫？」我很快說道。

哈娜想了一會兒。

「就叫它『那個計畫』吧。」

我拉緊外套抽繩，感覺衣領緊緊貼著脖子。脖子伸進屋樑上的繩套時，感覺會是一樣的嗎？我聽到桌子下方傳來細微的噗通聲。哈娜不知道我囚禁了兩隻蟾蜍，對岸的一小塊現在已經在我的房間裡了。我認為現在把這件事告訴她並不明智，我不希望她把牠們放回湖裡，讓牠們游泳、潛入馬諦斯消失的地方，我不希望她產生這些念頭。我撫摸牠們，感覺終於有東西可以摸了，雖然摸起來的感覺很怪。幸好哈娜沒有聽見，她滿腦子都是「那個計畫」。

腳步聲在我們下方迴盪。父親把頭伸出梯子。「妳在反省自己的罪過嗎？」哈娜笑了，我卻臉紅了。這是我們之間最大的不同，她充滿光明，而我卻越來越黑，越來越暗。

「哈娜，馬上回去自己的床上。明天要上學了。」父親再次走下梯子，我低頭看著他的中分頭，他的頭像顆一字型螺絲。有時我真想把他鑽進地底下，這樣他只能做兩件事：注視和傾聽，夠他聽的。

7.

半夜時我驚醒過來。羽絨被沾了我的汗，冷冷黏黏的，被子上面的星球和天體似乎黯淡下來。也許它們發出的還是同樣的光，但對我來說不夠，亮度似乎仍逐漸一點一點黯淡下去。我將濕冷的羽絨被從身上掀開，坐在床邊。我的身體立刻在薄薄的睡衣布料下顫抖起來，從門縫下竄進的冷風欺上我的腳踝，將我緊緊攫住。我把羽絨被拉到肩膀上，回想方才我作的噩夢：父親和母親倒在冰下，就像我們有時從農夫艾弗特森那裡買來的兩條冷凍鰻魚，還用《歸正日報》裹著。父親總是說：「用上帝的話包起來，吃起來味道更好。」

艾弗特森本人也在夢裡。他穿著禮拜天專用的西裝，領口窄翻，胸前繫一條閃亮的黑色領帶。他一注意到我就開始在冰上撒鹽，然後說：「這樣保存時間比較長。」我像從天堂落下來的雪天使一樣，平伏在冰上看著我的父母——他們就像我生日那天得到的小恐龍模型，那些模型裝在罐子裡，被困在一種凝膠狀的果凍中。奧貝和我拿了蘋果去芯器才把它們從果凍中挖出來，挖出來以後我們就覺得沒意思了，它們之所以有意思是因為我們摸不到，是因為與我們有距離，就像我冰封住的父母一樣。我輕拍冰面，將耳朵靠上去，聽見冰刀劃過如歌般的聲響。我想對他們喊話，但嗓子發不出聲音。當我上來時，突然看到倫克瑪牧師站在水邊，穿著紫色長袍，只有在復活節時，會眾的所有孩子們拿著木製十字架穿過教堂門廳的時候，你才會看到他穿這件袍子。每個孩子的十字架上都掛著一隻兔子形狀、剛出爐的麵包，上面放了兩顆黑醋栗當作眼睛。在我們離開教會以前，奧貝往往已經吞掉半隻兔子。我則是從來不敢動手，因為我擔心自己如果掰斷兔子麵包的耳朵，杜葳特也會遭受同樣命運，回家後等著我的就是空的兔子籠。我任由兔子麵包放在書桌抽屜裡發霉，那還比較好些，至少發霉是個漫長的解體過程。但是在我的噩夢中，倫克瑪站在蘆葦叢裡像鸕鶿一樣等待著，直到他衝過去咬獵物為止。在我醒來之前，他用肅穆的語調說：「正如天高過地，我的道路高過你們的道路；我的計畫高過你們的計畫。」之後，一切都霎時變黑，我身體下的鹽粒開始融化，我似乎漸漸滑到冰面以下，直到看見另一個洞：我房間裡書架旁邊插座上的燈。

「我的計畫高過你們的計畫。」牧師所指的是奧貝和哈娜的任務嗎？我捻開床頭櫃上地球儀的燈，用腳摸索地板，碰到拖鞋，然後將外套上的褶皺抹平。我不知道我的計畫是什麼，除了父親和母親會再次快樂起來、有一天能交配，這樣母親會再度開始進食，他們就不會死。完成這個任務，我就可以安心地到對岸去了。我從桌子下方抽出擠奶桶，低頭看著蟾蜍，蟾蜍用呆滯的眼神看著我。牠們似乎變瘦了，身上的疣變白了，看起來就像奧貝在跨年煙火廣告型錄勾選的甩炮圖片一樣——那段期間他總會花好幾個禮拜埋首研究火箭炮和噴泉煙火，想要弄出最厲害的搭配，而哈娜和我只勾選地面噴花煙火，我們覺得它們最漂亮，也最不可怕。

我稍微傾斜水桶，看看牠們是否吃了東西，但是萵苣的葉子已經變成棕色，軟軟地躺在桶子底部。我知道，動也不動的東西蟾蜍是看不見的，所以牠們會因此餓死。我在牠們頭頂上下移動萵苣葉子。「一定很好吃，吃光光，吃光光。」我輕輕唱著，但無濟於事，愚蠢的動物依舊拒絕進食。

「那麼，現在該是開始交配的時候了。」我堅定地說，然後抓起兩隻蟾蜍當中比較小的一隻。有時你就是得自己作主，否則什麼也不會發生——父親也會每年兩次把公牛放進母牛群中，而希特勒也主宰著他的人民應該做什麼，對他們嚴厲地講話。

被我抓在手上的蟾蜍摸起來又濕又冷，就像帶有防滑凸點的濕掉的襪子一樣。我輕輕地用牠的腹部磨擦著另一隻的背部。我曾在公共電視教學網的自然生態節目中看過這種方式。那些蟾蜍在彼此身上待了好幾天：可現在沒有時間了。父親和母親沒幾天可活了，它們像導火引線一樣躺在我們的掌心裡，等待有人點燃它們，給我們帶來溫暖。我一邊上下磨擦著蟾蜍的背，一邊對牠們低聲說道：「否則你們會死，你們想死嗎？啊？」我感覺到蟾蜍的蹼壓在我的手掌上。我將手裡的蟾蜍越抓越緊，越來越用力將牠們壓在一起。幾分鐘後，我感覺無聊了。我將牠們放回桶中，拿出一張面紙，裡面包著晚餐時我偷偷夾帶出來的幾片菠菜葉，還有一片已經軟掉的烤麵包。蟾蜍們依舊坐著不動。我等著牠們進食，但牠們再也沒有任何反應。我嘆口氣，站了起來。也許需要時間，改變總是需要時間。乳牛不會馬上就開口吃新的飼料，你得先用手把新的飼料跟舊的飼料混合好，讓牠們分不出裡頭摻了其他顆粒。

我用腳將水桶推回到桌子下方後，看到桌面上的筆筒旁有一根圖釘。它從我的釘板掉下來，是鄰居琳恩的卡片掉下來了，她有時會寄卡片給我，因為我曾抱怨過自己從未收到過任何郵件，但父親卻常常收到漂亮的藍色信件[18]。我認為其中一些信與猶太人有關。既然他們已經躲在我們家這麼久了，想必有人會想念他們吧？我本來想告訴老師的，但我實在太害怕被別人聽到。我們班上的某些男生似乎有些荷蘭法西斯[19]的傾向，特別是大衛，他有一次用筆盒把老鼠偷偷帶進學校。他整天都把老鼠藏在他那些漏水的鋼筆之間，最後在生物課的時候，把老鼠放出來，大叫：「有老鼠，有老鼠！」老師用麵包屑引誘牠落入佈置的陷阱，最後牠因為緊張，在全班同學的歡呼聲下慘死。

鄰居琳恩寄出的卡片上寫的東西不多，通常與天氣或他們家的乳牛有關，但正面的圖片都很漂亮：白色的沙灘，大小各異的袋鼠，有一張是長襪皮皮住的亂糟糟別墅，還有一張上面有一隻勇敢游泳的跳鼠。我突然有了個主意。老師在教室後方牆上的世界地圖上釘了一根

18 這裡指的應是荷蘭國稅局的通知信，以深藍色信封裝緘。
19 NSB，荷蘭國家社會主義運動黨，為二戰時荷蘭的納粹主義政黨。

圖釘。貝菈想去加拿大，因為她的叔叔住在那裡。老師當時說，夢想自己能去想去的地方是很好的事情。我拉起外套和襯衫，露出肚臍來。哈娜是唯一一個肚臍凸出的人——她凸出的肚臍就像有時我們會在青貯飼料堆的帆布底下發現的剛出生的小老鼠，雙眼還看不見，像蒼白的腫塊蜷縮著。

「有一天我希望能去找自己。」我輕聲說道，一邊將圖釘刺穿肚臍柔軟的肉。我抿住嘴唇不發出任何聲響，一滴血淌落我內褲的鬆緊帶，滲入布料。我不敢拔出圖釘，因為我怕血液會向四面八方噴湧而出，那樣屋子裡的每個人都會知道我不想去找上帝，只想去找我自己。

8.

「妳要盡量把屁股打開。」

我像一頭胎位不正的小牛趴在棕色皮革沙發上，回頭看著父親。他穿著他的藍色船長毛衣，這表示他很放鬆，而今天牛兒們待他很好。我完全沒有放鬆，我已經好幾天沒排便了，外套底下的肚子又硬又腫，感覺就像母親有時用條紋茶巾蓋著發酵的環形蛋糕——三位國王回去伯利恆的路上得到了蛋糕，他們的頭巾被用來當作烤模，所以蛋糕才是環形的：在我找到那顆星星之前，絕不能把我的大便排出，不過我現在根本不能到對岸，連坐著都痛，更不用說長途跋涉幾個小時了。

「您要做什麼，父親？」我問。

他沒說話，只把船長毛衣的領口拉鏈往下拉了一些，我看到他露出胸膛。他用拇指指甲將手中的綠色肥皂摳下一塊。我緊急回想過去幾天，難道我在《林果》沒播出的時候說過「羞羞話」嗎？還是我對哈娜太壞了？我還沒能繼續回想下去，父親二話不說突然用食指將肥皂推入我的屁眼。我的頭埋進枕頭裡、幾乎無法掩蓋住尖叫聲，我的牙齒咬進枕頭的布料。在淚光中我看到了枕頭套的圖案。是三角形。馬諦斯死後我第一次哭出來，我的思緒越來越放空。父親用與推進時一樣的速度把手指抽出，再摳下一塊肥皂。我嘗試忍住不哭，想像我們正在玩「搶地」的遊戲，有時我和一些同學在後村玩，你要往對手所在區域的方向扔木棍——而父親的手指是木棍，就是這樣而已。儘管如此，我還是緊緊夾著屁股，害羞地望著母親，母親正坐在廚房桌子旁整理死牛的耳標，藍色的放一堆，黃色的放一堆。我不要她那樣看我，但沒有什麼可以把我遮掩住，羞愧沉重得像一塊馬毯罩在我身上。她的視線不離手邊的工作，儘管我們肥皂總要省著用，但肥皂在我體內逐漸溶解的事實肯定影響了她。一片耳標掉在桌旁。她彎下腰，頭髮垂在臉上。

「再打開一點。」父親哼著說道。

我一邊啜泣，一邊用雙手將屁股掰開，好像在初生小犢的嘴巴拒絕奶瓶的奶嘴時幫忙掰開一樣。父親三度插入手指，我不再出聲，只是盯著客廳的窗戶，窗戶上貼著舊報紙，這實在太蠢了，他們那麼喜歡談論天氣，現在卻幾乎看不到外面的天空。「防止偷窺狂。」我問的時候父親是這麼回答的，現在總該輪到我對他說，我的屁股就像兩片窗簾，也是防止別人看的。但是父親說，把肥皂塞進屁眼這一招是經過時間考驗的，幾百年下來每個大便困難的孩子都接受這個做法，幾小時以後我應該就能拉屎了。父親抓起最後一塊肥皂時，母親抬頭看了一下，說：「一百五十號不見了。」她戴著老花眼鏡，離她很遠的東西突然間都會變得很近。我試圖讓自己縮得像哈娜的摩比玩具人一樣小，奧貝有一次把玩具人弄成蹲姿靠在沙發邊緣，另一個玩具人就在正後方、靠在他的臀部上。我不懂他為什麼覺得這很好玩，也不理解為什麼教會長老來訪時他要把它們拍下沙發。把自己變小的念頭無濟於事，我只感覺自己變得更大，更明顯。

然後父親拉上我的內褲褲頭，表示程序結束，我可以起來了。他在船長毛衣上抹了抹手指，然後用同一隻手從餐具櫃上拿了一片薑餅，咬了一口。我的小腿被拍了一下：「只不過是肥皂罷了。」我迅速拉起褲子，跪著扣好鈕釦然後側躺下來，像一頭癱倒在牛欄上的牛，用手掌擦掉從臉頰滾落的眼淚。

「一百五十號。」母親又說一次，現在她才摘下眼鏡。

「牠得了運輸熱。」父親說。

「可憐的畜牲。」母親說。

一百五十號的耳標和其他所有死牛的耳標一樣被丟進箱子。有一瞬間我很想當那個耳標，寂寞地落入箱子發出悶聲，很快就會消失在陰暗的管理櫃，不會再被看到。櫥櫃上鎖，鑰匙則掛在櫥櫃旁的鉤子上：這是結束一件事情的訊號，這樣他們的頭腦才能再度釋出新的空間。我仍然可以感覺到父親的手指還在我身體裡面。一個地方一旦插了別人的旗子，你就無法再奪回，這是遊戲規則。沒過多久，那塊綠色肥皂又回到了廁所水槽的金屬肥皂盒中；只是你還看得到父親指甲的印記。沒人會關心現在在我體內徘徊的碎塊。尿尿的時候，我注視著那塊肥皂，腦中響起奧貝說的話，他說把小腸壁攤開可以鋪滿一座網球場。現在，奧貝如果想要捉弄我，他不只會假裝嘔吐，還會假裝高拋網球。我的體積比我實際上佔據的空間還多、甚至可以在我身體內打網球比賽，這種想法令我作嘔。有時候，我會想像自己的肚子裡有個小矮人，有一天他用拖網把碎石鋪平，這樣我體內又可以舉辦比賽，而我又可以排便了，形狀稀稀的，或比較像香腸。希望這個小矮人的眼睛不會沾到肥皂。

在新的耳標旁邊的桌子上，我的淺藍色泳裝死氣沉沉地躺在我的背包、一小包原味洋芋片和一瓶菲仕提草莓優酪乳上。游泳池的地板有時會出現洋芋片，濕透的洋芋片像泡爛的水泡一樣黏在你腳上，要用毛巾角撥掉。再過一下子，你會看到它們又黏在其他人腳下。

「長頸鹿是唯一不會游泳的動物。」我說。

我試著忘記現在正在我體內徘徊的那一小塊綠色肥皂，和父親的手指。「搶地」遊戲的輸家也帶著失望的心情回家，這我可千萬不能忘記。消沉是一定的，而已經發酵的蛋糕拿出烤箱後總是會稍微凹陷下去——沒有東西能維持圓滾滾胖嘟嘟的樣子，不管是我的肚子還是母親。

「妳是長頸鹿嗎？」母親問。

「現在是。」

「妳只要過一關就行了。」

「這就是最難的地方。」

我是同齡的孩子當中唯一還沒有通過游泳考試[20]的人，每次到了「冰洞逃生」這一關我就動彈不得：能夠順利逃出冰洞是很重要，村子這裡冬天依舊陰暗而酷寒。儘管父親在那年十二月的那一天燒了我的菲仕蘭木冰鞋，現在又還是五月中旬，但你總有機會必須再度勇敢渡過冰層。陣風吹出的冰洞現在主要存在於我們的腦海裡，而不在水上。

「如果上帝不希望人類游泳，祂就不會把我們造成現在這個樣子。」母親一邊說一邊把我的泳裝和那包洋芋片放進我的背包裡。背包底部有一盒貼布；我千萬不能忘記貼一塊在我肚臍上，不然你會透過我的泳衣看到綠色的圖釘。那樣每個人都會知道我從來不去度假，不然我應該會嚮往去些遙遠的國家，那裡的海灘白得像塗了防曬乳。

「也許我會溺死。」我謹慎地說，同時審視母親的臉，希望她被嚇到，希望她的皮膚上出現比她自憐哭泣時還多的皺紋，希望她站起來抱我，像搖晃泡在鹽水中的孜然乳酪一樣來回摟著我。但是母親沒有抬頭。

「別傻了，妳死不了的。」她的語氣聽起來好像我不配，好像我沒有聰明到會太早死似

20 在荷蘭，每個孩子都必須通過游泳考試。

的。當然，她不知道我們三位國王正在努力迎向死亡。在諦仔身上我們看見死亡的一瞥，但那次太匆促、太短暫了。此外，如果你不準備好，你就不知道自己該注意什麼。做好準備能使人成為上帝——上帝在造物過程中也知道，我們一個禮拜有六天忙著創造各種東西，所以第七天需要徹底休息。如果母親知道了我們的計畫，她一定挺直背桿毫不妥協——父親的背反而像吸管一樣可以彎曲，而母親的就像菲仕提草莓牛奶的包裝一樣：你可以把裡面的空氣和汁液吸乾，再把包裝吹得鼓鼓的。

「妳得到游泳證書以後我們才能去度假。」

我嘆了口氣，感覺到圖釘還插在我的肚臍上。圖釘周圍的皮膚已變成淺紫色。上週，他們在游泳池的水面上攤開一張白色帆布，上面有幾個洞。池邊漂著幾名潛水員。游泳老師曾說過，恐慌和體溫過低是最大的敵人。潛水員的脖子上掛了冰鑽，那是為了看起來逼真。那天，馬諦斯忘記帶他堅硬的尖頭釘，那支尖頭釘放在門廳鏡子下的桌子上。沒有人知道我看到它在那裡，我一度猶豫要不要追上去拿給他，但是對於自己不能跟去的怒氣阻止了我。

我也悶悶地想著愚蠢的度假。我只需等著看它是否真的會成真。何況，母親只有買菜和上教會的時候才會離開院子。步行距離之內的所有事情都是安全的，在步行距離之外，我們只需要一個加滿油的油箱，大大小小的行李箱和新的羽毛球拍。

在游泳池裡，貝菈戳了戳我的側身。她穿著粉紅色的泳裝，右臂上有寶可夢紋身貼紙，你買兩包口香糖就能換到，貼上去以後會緩慢地、一點一點地從皮膚上消失。她幾年前就通過游泳考試，現在可以「自由」游泳，還可以從高高的跳水板跳下來，也可以玩大型滑水道。

「艾娃已經有胸部了。」

我偷看一眼艾娃，她正在排隊等著上大型滑水道。在學年開始時，她曾小聲對我說，「時尚」也是一種「膽量」，而我把兩者搞混了。她指的當然是我的外套。伊娃比我們大兩歲，似乎很了解男生喜歡女生哪些地方，以及怎麼做出相應的表現。游泳時間結束時，她袋子裡的青蛙糖果數量最多，而一開始所有人的數量都是相等的。跟她請教一個關於男孩的建議要花兩塊青蛙糖果。她也是唯一一個分開洗澡的人。我認為那是因為她想否認自己腳長了疣，但我看到它們就長在她的腳邊，就像我的蟾蜍的黏液腺一樣，兩者都充滿了毒素。

「我們還會長胸部嗎？」貝菈問。

我搖搖頭。「我們永遠都不會長胸部，只有當男孩子盯著妳看十分鐘以上才會長胸部。」

貝菈環顧四周，尋找準備前來冰洞的男孩。沒有人關注我們，我們得到的只有觀察與窺伺。這完全是兩回事。

「那我們就得讓他們看見我們。」

我點點頭，指著游泳老師。他的手摸索著掛在脖子上的哨子。我要講的話似乎卡住了，就像滑水道擠滿孩子、像一列火車，時不時有人噴進水中。我的身體開始發抖，圖釘不斷抵著我的泳裝。

「老師說恐慌不是敵人，它只是一個警告。剩下的敵人只有一個。」我說。在我要準備踏上跳台之前，我眼前出現馬諦斯的形影。我聽到他的冰刀鞋發出嘩啦聲，冰下不斷冒泡。潛水員說你下水以後心跳會加快，但我根本還沒有碰到水，心臟就像我在噩夢裡用拳頭搥著冰那樣，不斷抵著胸口跳動。貝菈將手臂搭在我身上——我們學會從冰洞把人救出來，但卻不知道怎麼把人留在陸地上，難怪貝菈的手臂感覺又重又不舒服。她的泳裝黏在身體上，我可以看到她瘦瘦的雙腿之間的線條。我想到艾娃腳下的小疣，它們會怎麼爆裂開來，綠色的毒素滲進整座游泳池，潛水員一個接一個變成青蛙糖果，發出呱呱的聲音。

「她的哥哥。」貝菈告訴游泳老師。

游泳老師嘆了一口氣。村裡的每個人都知道我們家發生的變故，但是馬諦斯離家越久，人們就越習慣我們家只有五個人，而新搬到這個村子來住的人絕對了解得更少。慢慢地，我的哥哥逐漸被很多人遺忘，卻越來越常駐我們的腦海中。

我掙脫貝菈，逃進更衣室，外套套在泳裝上，直接對著長凳躺下。這裡聞起來有氯的味道。我深信水很快就會開始冒泡，而且很快就會出現肥皂泡沫。我拿自己身體內那塊綠色肥皂沒辦法。每個人都會指著我，而我就得說出到底是什麼東西在困擾我。我小心翼翼趴在長凳上，開始做游泳動作。我閉上眼睛，做出蝶式的動作，讓自己沉入冰洞中。我很快就發現我的雙臂不再跟著揮擺，只有臀部上下擺動。潛水員說的對：心跳加速，呼吸加快。體溫過低不是你的敵人，幻想才是。

長凳在我的肚子下像黑色的冰一樣嘎吱作響。我現在不想被救起，只想沉下去。越沉越深，直到呼吸變得困難。我同時將嘴裡的青蛙糖果嚼成碎塊，嗑著吉利丁的味道，那股甜味使人放心。哈娜是對的：我們必須離開這個村莊，遠離那些「水泡頭」，遠離死亡，遠離這種存在的原始形式。

9.

母親將孜然乳酪浸入鹽水中，醃製時程需要兩到五天。她身旁的地板上放了兩大袋真空包裝鹽。她不時撈起一大勺倒入水中，讓乳酪保持風味。有時我很納悶，如果將父親和母親的頭壓進鹽水池中，如果我們「奉聖父，聖子與聖靈的名」再次為他們施洗，他們會不會更結實，保存期變得更長。我現在才注意到，母親眼睛周圍的皮膚看起來泛黃又暗沉。她越來越像餐桌上方的燈泡，不斷在亮與暗之間切換，腰間的花卉圍裙就像燈罩：我們不可以用生氣的口吻對她說話，我們不能沉默不語，更不能掉眼淚。有時候我覺得，他們睜一隻眼閉一隻眼的話我會比較平靜，但我不希望奧貝照顧我們，因為我們已經很卑微了，不能再萎縮下去。

我透過醃漬間的窗戶看到我的哥哥和妹妹走向最後面的牛舍。他們要把諦仔拿去跟死雞與兩隻流浪貓混埋在一起，而我的任務則是分散母親的注意力。父親不會發現的，他剛剛騎腳踏車出去了。他說他再也不會回來了。這是我造成的，因為昨天我想吃火腿乳酪吐司，所以拔下了儲藏室冰箱的插頭、插上飛碟機烤吐司，結果加了番茄醬之後我卻忘記把插頭插回去：父親和母親剛放進去冷凍的豆子，今天全變得又濕又軟，只好擺在廚房桌子上。這些綠色的身體看上去陰鬱不堪，像是一批被消滅的螽斯。所有苦心都白費了——我們只好連續四天晚上輪流剝一堆豆子。我們大腿上放著一個托盤來存放垃圾，身旁的地板上各放兩個擠奶桶，這樣母親只需要清洗豆子、用水燙過，再放入冷凍袋。當解凍的作物堆在桌上時，父親用麵包刀割開塑膠袋，將軟爛的豆子扔進獨輪手推車，再將它們推去堆肥堆。然後他說我們自己看著辦，但我們已經知道他要去工會一趟，他回來後就會忘記自己曾威脅說要永遠離開。許多人都想逃離，但實際上真的逃離的人很少事前宣布，都是直接消失了。儘管如此，我還是擔心有一天我們也會把父親和母親裝進獨輪手推車推往堆肥堆，這都是我的錯。

父親離開後，我們將諦仔放進俄羅斯沙拉盒中。哈娜在蓋子上用麥克筆寫道：**永誌不忘**。奧貝板著一張臉看著，完全不動聲色，但是他越來越常摸自己的髮冠，而我知道他整晚都在床上不斷翻滾，撞擊床頭，力道大到父親要在木頭上貼一層泡泡紙。我一直都聽得到泡泡破裂的聲音。我偶爾納悶，奧貝的腦袋會不會因為翻滾而被攪得七葷八素，亂成一團。

「妳可以幫忙凝乳嗎？」母親問。

我離開窗前。我的頭髮還帶著游泳池濕漉漉的水滴。沒有人問我游泳考試順不順利，他們只會宣布我們該做的事情——當他們想起來的時候，然後忘記找出下一步要做什麼。他們不想知道我是否游出冰洞、用什麼方式游出冰洞。我還活著，這就是他們唯一在乎的事情。只要我們每天還能起床，不管起得多緩慢、多困難，這個事實就足以向他們證明我們過得很好：三位國王還是會再度騎上駱駝，只是駝鞍已經消失很久了，我們只能坐在粗糙的駱駝皮毛上，每次顛簸都會磨損我們的皮膚。

我用手指將潮濕的白色碎塊壓進乳酪模子，再將它推進木製的乳酪壓榨機，往下推以分離乳清。母親關上凝乳酶的蓋子。我再次將乳酪壓榨機的壓頭放在凝乳上，手指沾上了白色的碎末，我直接往外套下襬抹去。

「地下室的情況怎麼樣？」

我沒有看母親，只顧凝視著她圍裙上的花田。有一天，母親可能會住進地下室，也可能比較喜歡住在那兒的那戶猶太人，而不是我們。我還不知道三位國王接下來該怎麼辦：父親連給自己喝咖啡時配的牛奶加熱都不會，都會煮過頭，怎麼可能給孩子冷熱適當的生活？

「什麼意思？」母親問。她轉身走向放在牆上架子的乳酪，將它們翻面。當然，我早該知道她不會輕易供出自己的行動基地，就像給乳牛混種一樣要小心：雖然我們的外衣上沒有畫星號，而且頭髮是金色的、不會被誤認，但母親肯定不希望我們跟他們混在一起。也許她準備要走了，要離開我們。也許這就是為什麼她不再戴眼鏡了，因為她想與我們保持距離。

「沒事，」我說：「但這不是妳的錯，也不是妳肚子裡大石頭的錯。」

「別胡扯這些有的沒的，」母親說：「還有不要用手指挖鼻孔，妳想長蟯蟲嗎？」母親緊緊抓住我的手臂，她的指甲第二次穿透我的外套。我注意到她已經很長一段時間沒有剪指甲了，有些長長的白色指甲裡可見淡黃色的凝乳酶。「這一切我們都該感謝誰啊？」我沒有回答。有些問題母親是不想聽到回答的。她不會特別說，你必須自行體會。回答只會使她更難過。她放開我，比抓住我的時候還更小心。我想到我把小熊從晾衣繩上拿下來那天晚上她和父親在談論的災疫。災疫在埃及爆發，因為人民想要前往對岸。災疫在這裡爆發的原因，則是因為我們想前往對岸卻不能去。搞不好我們——哈娜和我——離開的時候，母親肚子裡的大石頭反而會減輕。我隨時可以請獸醫為她開刀。有一次，鄰居不小心踩到乳牛的乳房，獸醫幫那頭乳牛移除膿瘡。他將膿瘡扔到糞肥堆上，不出一個小時，烏鴉就群起飛來、吞噬了那些血淋淋的囊塊。

在我們身後的穀倉門打開了。母親正在測試一塊乳酪。她回頭看了看，將乳酪匙放在身旁的流理檯上。

「為什麼沒有咖啡？」父親問。

「因為你出去了。」母親說。

「我現在不就在這裡嗎，早就過四點了。」

「要喝就自己去弄。」

「妳知道我比較想弄什麼嗎？這裡的尊重！」

他又大步走出穀倉門，把門往身後一甩。憤怒也有一副需要上油的鉸鏈。母親裝作若無其事的樣子，隨後開始嘆氣，煮起咖啡。這裡的一切都是算術：尊重等於四顆方糖加少許煉乳。我迅速將乳酪匙塞在充滿各種回憶的外套口袋中。

「包德萬．德．赫羅特。」幾個小時後，我在黑暗中喃喃唸著，期待哈娜的耳朵有在聽。我不必想太久就知道，如果有誰的嗓音能在我腦海中繚繞好幾天，那就是他的嗓音了。我還在錢包裡放了一張包德萬的照片。旁邊是第一個愛慕過的同學照片：他叫秀德。他的照片上有裂痕，當我發現他在自行車棚後面用兩張寶可夢卡片和一塊里加餅乾交換他的愛時，我的心中也出現了裂痕。從那一刻起，我總是把自己裝了酪乳和糖漿混合的恐龍杯飲料倒在灌木叢的同一個位置，這也是因為我的同學覺得它很臭——他們都是喝正版的「優姬」優格飲料。腳踏車棚後面的泥土和植物被我倒的飲料染白了。不，包德萬．德．赫羅特似乎是正確的選擇，因為如果你唱得出如此優美的情歌，你絕對可以拯救一段愛情。父親和母親也對他有好感。如果他把我們帶走，他們肯定不會介意的。母親以前會大聲唱〈馬斯河與瓦爾河之地〉，使我有時感覺她也嚮往著另一個地方。現在她只聽《音樂水果籃》，這是宗教點歌節目，只播放《詩篇》、讚美詩和福音歌曲。

哈娜和我躺在床上，勾肩搭背，就像椒鹽脆餅一樣，酥脆易碎。羽絨被拉到我們的腰部，因為太熱所以沒有蓋住全身。我挖了挖鼻孔，小指塞進嘴裡。

「噁心鬼。」哈娜說，一邊掙脫我的手臂。她沒有看到，但是她知道我經常用挖鼻孔填滿自己沉默的時刻。挖完以後我比較能好好思考，好像在挖掘思緒的出路時身體的動作也應該配合。哈娜說這會讓我鼻孔變大。她說鬆緊帶會鬆弛，就像我的內褲褲頭一樣。內褲鬆了可以再買，但是你有錢也買不到新的鼻子。我把手伸進外套下方，放在肚子上。圖釘周圍已經長出一層痂。我伸出另一隻手觸摸哈娜的臉，用拇指和食指捏住她的耳垂；這裡是人體最柔軟的部分。哈娜再次爬過來靠著我。我有時喜歡，但多數時候不喜歡。有人靠近我站著或躺著時，我總感覺自己得坦承一些事情，必須交代自己為什麼出現在這裡：因為父親和母親相信我，有了這樣的想法我才可以被生下來——儘管過去這幾天他們的疑慮越來越多，對我們的關注也越來越少：我的衣服起皺了，我就像垃圾桶裡皺巴巴的購物清單，等著有人把我撫平然後再看一次。

「我選擇赫伯特老師。」哈娜說。

我們一起躺在我的枕頭上。我的頭不斷遠離哈娜、往枕頭邊滑走，想像我的頭落下枕頭的那一刻會在我的腦海劃出一道分野，希望可以藉此說服哈娜：我不需要救星；我真的想去對岸，遠離這裡；也許我們需要的是別的東西而不是男人；我們不能輕易把上帝交換出去，祂是我們手上最厲害的寶可夢卡片。即使我沒有其他辦法可以離開這裡。

「妳為什麼選包德萬？」哈娜問。

「那妳又為什麼選赫伯特老師？」

「因為我愛他。」

「我也愛包德萬．德．赫羅特。」我說。可能是因為他看起來有點像父親——雖然父親的頭髮是金色的、鼻子比較小、不太會唱歌，也從不穿鮮豔的襯衫，只穿連身工作服和藍色船長毛衣，每逢禮拜天才穿上翻領閃亮的黑色西裝。父親會演奏的樂器只有直笛。每個禮拜六和禮拜天早上，他都會為當週要唱的《詩篇》伴奏，好讓我們禮拜一能給學校留下良好的印象。他每隔幾個小節就會以食指短按氣孔，然後吹氣，好像他知道我所有該吹對的音都走音了一樣——以後我不只要站在父親面前，還要站在全村人面前，用奶油般軟膩，畫眉鳥般純淨又意想不到的嗓音唱歌，他們會崇拜我，那個穆德家的女孩。直笛刺耳走調的噪音讓我的耳膜發疼。

「妳得先知道他住在哪裡，這是前提。」哈娜說。她俯身越過我，轉開地球儀的燈。我的眼睛必須適應光線，房間裡的東西好像必須趕快讓自己看起來很鎮靜，整理儀容、靜止不動，以期符合我對它們的印象。這有點像我們在母親還沒著裝完畢的時候跑進臥室；她往往會大驚失色，彷彿她害怕自己不再符合我們對她的印象，好像她每天早晨都得像裝飾聖誕樹一樣打理自己、而她本身只是一棵光禿禿又無聊的樹。

「在對岸，橋的另外一端。」

哈娜瞇起眼睛。我根本不確定包德萬・德・赫羅特是不是真的住在對岸，但說出這句話的同時我發現這個詞聽起來還真刺激：彼岸哪。簡直就跟新的算術筆記本一樣令人興奮，裡面每一頁都白白淨淨，沒有被畫任何紅線，還沒有太多算錯的地方。而赫伯特老師就住在糖果店後方，跟我們腦中想的一模一樣：我們先渴望糖果，然後才渴望愛情。這個順序我們都懂。

「沒錯，」哈娜說：「我們必須過去那裡。那裡到處都是救星，父親和母親可不敢過去。」

我用拇指和食指捏了捏外套下方的圖釘四周：感覺就像北海中央的一只救生圈。

「你想和包德萬親嘴嗎？」我妹妹突然問。

我用力搖頭。親嘴是老人在做的，當他們不知該說什麼時，就會把嘴唇湊在一起。現在哈娜離我很近，我可以聞到她的氣息。牙膏的味道。她用舌頭沾濕嘴唇。一顆遲未掉落的乳牙試圖長成一顆恆齒。

「我想到了，」她說：「我馬上回來。」

她滑出床單。過了一會兒她回來了，手裡拿著父親禮拜天專用的西裝。

「妳拿這個幹嘛？」我問。

哈娜沒有回答。衣架上掛著一個薰衣草香包。我笑著看著她在自己的睡袍上套上西裝，但哈娜沒有笑。她用我筆筒裡的黑色麥克筆在上唇上方畫了兩撇鬍子。現在她看起來有點像希特勒。我真希望把她全身都用麥克筆畫記，這樣我才能把她記住、收藏在自己的心中，因為她太大了，塞不進我的外套口袋。

「來吧。現在妳過來躺好，不然不會成功。」

我照做了。我已經習慣讓她帶頭，自己只要服從命令。她纖細的雙腿套上父親那條明顯太大的褲子，然後磨蹭到我的臀部旁邊，把臉上的頭髮撥開。從地球儀的角度來看，她的黑色八字鬍反而比較像領結，看起來很怪異。

「我來自城市，我是男人。」她用低沉的嗓音說。我馬上知道該做什麼，好像她在半夜穿著父親上好的西裝、坐在我身上是司空見慣的事情。帶有閃亮翻領的西裝外套讓她的肩膀看起來很寬，但頭部卻又小得像個瓷娃娃。

「我從鄉下來，我是女人。」我用比平常更高的嗓音說。

「您在找男人嗎？」哈娜又哼著說。

「沒錯，我在找一個能夠把我從這個荒唐的村子救出來的人。他必須非常強壯，又帥又溫柔。」

「哦哦夫人，您找對人了。吻我吧？」

我還沒來得及回答，她就將嘴唇湊近我的嘴，立即將舌頭伸入我的嘴巴。她的舌頭不冷不熱，就像母親用微波爐加熱過、吃剩的牛腱。她的舌頭以閃電般的速度轉了幾圈，她的唾液與我的唾液混為一體，沿著我的臉頰滴落。她用跟剛才伸入一樣快的速度拔出舌頭。

「妳也感覺到了嗎？」哈娜氣喘吁吁地問。

「您是什麼意思，先生？」

「在妳的肚子和兩腿之間？」

「沒有，」我說：「我只感覺到您的鬍鬚。它讓我發癢。」

我們沒完沒了地大笑著，一度感覺好像停不下來似的。然後哈娜倒在我身旁。

「妳有金屬的味道。」她說。

「妳的味道像濕軟的里加餅乾。」我說。

我們倆都知道那種感覺有多糟糕。

10.

妹妹和我醒來時，我們臉上還殘留著黑色條紋，父親禮拜天專用的西裝變得皺巴巴。我馬上從床上坐起。如果被父親逮到，他會從餐桌抽屜取出《欽定版聖經》，對我們朗讀《羅馬書》中的內容：「如果你口裡宣認耶穌為主，心裡信上帝使祂從死裡復活，你就會得救。」昨夜我們正是用這同一張嘴，互吻了彼此。哈娜將她的舌頭伸入我的口腔，好似在找尋自己還沒能掌握、理解的字眼。你可以將罪孽杜絕在自己的心門之外，卻始終無法將其杜絕在家門外。正因為如此，當父親來把我們趕下床時，他很快就會發現。我們已經將罪孽迎入家門，和我們以前讓一隻閒晃到家門口的貓進來的方式如出一轍。我們將牠安置在柴火爐後方的核桃籃子裡，用牛奶和麵包皮餵牠，直到牠恢復體力為止。現在，我和哈娜都不會得救了。

哈娜將父親那件西裝上的皺紋撫平，然後從西裝的暗袋取出半條薄荷糖。她將一顆薄荷糖塞進嘴裡。我很好奇她為什麼這樣做，畢竟薄荷糖的作用是要讓我們保持安靜、撐過講道時間，不要開始抖腿。如果我們開始抖腿，教堂的長椅會咯吱作響，所有坐在同一排座位的人就會知道：穆德家的小孩並沒有在聽倫克瑪牧師講道。我們現在完全沒有理由安靜坐著——得趕快動起來才行。還得確保父親不會對我們的行動起疑，就像他從來不覺得講道冗長一樣。每當我們在禮拜結束後抱怨過程有夠冗長時，他就會說：「不耐煩的人就要罰聽雙倍時間講道，」然後他又會接著說道：「隔壁的琳恩才是喋喋不休呢。她可以沒完沒了地嘮叨下去，講到你的耳朵掉下來為止。」有那麼一瞬間，我在腦海裡想像我父親和琳恩面對面、站在圩田路上；他的耳朵就像秋天的落葉一樣掉下，我們得用普樂士口紅膠把它們黏回去。但我寧願將它們放進一只天鵝絨製的小盒子裡、每天晚上在它們旁邊低語著最甜蜜與最恐怖的字眼，然後蓋上蓋子、搖一搖小盒子，確保這些話語都有滑入耳道內。我想要說的話如此多，真正說出口的卻越來越少；同時，我的腦海裡已經塞滿了與《聖經》有關的各種詞彙。一想到父親那雙被黏貼上的耳朵，我就忍不住笑個不停。而只要父親還在拿隔壁的琳恩開玩笑、而且像本週天氣預報那樣地重複這些玩笑，我們就沒什麼好害怕的。

然而，在默觀時，父親所吃掉的薄荷糖數量是最多的。最近只要我們一回家，他就問我們講道都在說些什麼，藉此檢驗我們是否專心聽講。我暗自想：他是因為不知道才想問的，因為他心不在焉，所以想從我們口中問出一個大概。上週日我曾說當天講道的內容是關於浪子回頭的故事；那並非實情，但父親沒有糾正我。我最喜歡的故事就是浪子回頭。我有時會在心裡想像馬諦斯哪天會自己走回來、皮膚雪白，父親會從牛舍裡拉出最精壯的小牛，然後將牠宰了。母親因為各種「扭來扭去還有『蹦蹦蹦』」——她如此形容跳舞和音樂聲——而不喜歡派對，但我們還是會在院子舉辦一場大型派對，裝好燈飾和彩帶，供應可樂和大波浪洋芋片，「因為他失而復得」。

「妳覺得我們做錯事了嗎？」我問哈娜。她用手忍住想要打呵欠的嘴。我們只睡了三小時。

「妳的意思是？」

「嗯，妳知道的。也許我們就是造成父親和母親現在這樣子的原因。馬諦斯和諦仔的死，還有我們之所以還沒有去露營，或許通通都是我們的錯？」

哈娜想了一下。她思考時，鼻翼上下掀動，雙頰也沾上了麥克筆的墨水。她說：「凡是背後有原因的事情，最後都會有好結果的。」

我妹妹常說出智慧之言，但我認為她對自己所說的話欠缺了解。

「妳覺得一切都會沒事嗎？」

我感覺眼眶濕了，我趕快將目光轉到父親的西裝上。西裝的肩部有襯墊，這在每個禮拜天為他帶來更多權威感，但我們只要拿把刀就可以把它刺破。我用小指將眼屎從眼眶邊摳出，用羽絨被將它們擦掉。看起來滿像鼻屎的。

「當然。奧貝也不是故意要那樣，那是不小心的。」

我點點頭。是的，那是意外。在這座村子裡，事情總是這樣的：人們不小心相愛、不小心買錯肉、不小心忘記帶歌本、不小心沉默不語。哈娜已經起身，正在將父親的西裝外套掛回衣架上。裝著薰衣草的香包已經撕裂，我的羽絨被上撒滿紫色小花。我仰躺在薰衣草堆中。請白晝的時光稍等一等，這樣我就不用去學校；最好跟牧場上等著被曬乾的禾草一樣放那麼久，這樣我體內的濕氣才會緩慢退去。

11.

他們在新聞中建議每小時喝一大玻璃杯的水，甚至放了一張照片，告訴大家一個大玻璃杯長什麼樣子——它看起來並不像我們家的玻璃杯。在這座村莊裡，每戶人家的玻璃杯都長得不一樣，你可以用玻璃杯讓自己顯得與他人不同。我們用的玻璃杯以前是用來裝芥末的。我們輪流用一個可樂瓶喝水——父親用它將水倒入各個玻璃杯中，那只瓶子並未徹底沖洗過，這讓水帶有可樂的味道，並在日照之下變得微溫。製備乾草時所揚起的塵埃，使我的鼻子發癢。當我挖鼻孔時，挖出的鼻屎是黑色的。我將它抹在長褲的褲管上，不敢吃下它，害怕自己會因而得病、回歸塵土之中。堆在我周圍那一捆捆的乾草，就像田野間一條條綠色的肥皂。我不願意去想父親插入我體內的手指，只咬了一口他剛才遞給我們的甜甜圈。要再吞下一個帶著濕氣的甜甜圈非常困難，偏偏麵包店最近幾乎沒有其他東西。我還是再咬了一口甜甜圈，畢竟這只不過是為了讓自己感到和奧貝與父親有所連結——三個坐在一捆乾草上、吃著甜甜圈的人，彼此間總是需要某種連結。它潮濕的外皮黏在我的牙齒上，以及上顎。我沒有品嚐它的滋味，直接將其吞下。

「上帝打翻了祂的墨水罐。」奧貝一邊凝視著我們大汗淋漓的頭頂上那片逐漸變得漆黑的天空，一邊這麼說。我露齒一笑；就連父親都露出不知多久以來的第一次微笑。他站起身來、用手在長褲褲腿上擦了擦，示意我們該回去工作了。他很快就會開始緊張，擔心雨水會落到乾草堆上，裡面會發霉。我也站起身來，雙手各抓起一把乾掉的牧草，藉此保護手掌，不至於被捆住乾草的繩子磨傷。我偷偷瞄了一眼父親臉上的微笑。看吧，我心想，只要確保不讓繩子留下任何痕跡，我們就會萬事如意，也不必擔心最終審判日會像寒鴉捕捉獵物那樣，隨時落在父親和母親身上，或我們犯下的罪孽超過禱告的次數。我搬起一捆新的乾草，我的外套黏附在汗水淋漓的皮膚上。就算現在熱得要命，我還是不脫外套。我將乾草捆扔進貨車裡，讓父親把它們整齊地擺好，每排有六捆乾草。

「我們得趕時間，天空快要裂開了。」父親盯著我們頭頂上那片不斷變黑的天空說道。我抬起頭來望著他，說：「馬諦斯一次可以扛起兩捆乾草。他把乾草叉插進草裡，好像它們只是一塊塊蕁麻起司。」父親的微笑立刻沉入臉皮底下，直到完全消失為止。有些人就算很難過，你還是能看得見他們臉上掛著微笑。他們臉上那些由微笑構成的線條已經抹不掉了。但父親和母親則完全相反。他們就算微笑看起來還是很難過，好像有人在他們嘴角旁邊放了一個三角板、劃出兩條向下的線。

「我們不會一直去想死去的人，只會記著他們。」

「我們可以大聲地記著他們吧？」我問道。

父親用犀利的眼神瞪著我。他從裝載乾草的貨車上跳下來，將他的乾草叉插進地面。

「妳說什麼？」

我看到他上臂的肌肉緊繃起來。

「沒說什麼。」我說。

「什麼叫沒說什麼？」

「父親，我沒說什麼。」

「最好是。妳毀掉所有庫存的豆子，竟然還敢頂嘴。」

我仰望天空，因為不知道該如何自處。我第一次注意到我的肌肉也緊繃起來，而且我想將父親的腦袋像沾水筆一樣塞進墨汁裡，然後用它寫個討人厭的句子，或寫個關於馬諦斯、以及我如何想念他的句子。我馬上被自己的思緒嚇到了。「當孝敬父母，使你的日子在耶和華你神所賜你的地上得以長久。」而我直接就想到：希望是在彼岸的日子得以長久，而不是在這座愚蠢、無聊的村子裡。奧貝抓起地上的可樂瓶，沒問我是否要再喝一點、就貪婪地將僅存的幾口水一飲而盡。然後他站起來，繼續收割乾草去了。

最後一輪的速度變慢了。我的工作是駕駛拖拉機、奧貝則得將成捆的乾草拋上貨車，讓父親能將它們疊成堆。父親不斷大呼小叫，要我加速或減速。他三不五時會突然拽開拖拉機的門，粗暴地將我從座位上推開，然後使勁地打方向盤、以免我們駛進水溝裡，汗珠不斷從他的前額滴下。他一回到乾草堆上，接過奧貝拋上來的一捆捆乾草，我就開始想著：只要我使勁加速一次，只要一次，他就會從車上摔下去。只要一次。

製備乾草的工作完成後，奧貝和我倚著牛舍的後牆而站。一小根稻草從他門牙的牙縫間伸出來。後方傳來旋轉牛刷掃過乳牛背部所發出的嗡嗡聲，那是要讓乳牛不至於感到皮癢。距離下一次餵食的時間還很久，我們有一會兒的自由活動時間。奧貝嚼著稻草，向我保證：只要我幫助他完成任務，他就會告訴我電腦遊戲《模擬市民》的密碼。有了通關密碼，你就能很有錢，還能讓遊戲裡的人物舌吻。我全身上下感到一陣顫慄。父親來向我道晚安時，有時候會將舌頭伸進我的耳朵裡。這並不像綠色肥皂和手指頭那次一樣噁心，但我還是覺得不舒服。我不知道他為何這樣做。也許，這和他每天晚上用舌頭將香草奶油冰淇淋舔乾淨是一樣的道理——他說不然太浪費了；而我常常忘記用棉花棒清潔耳朵，他舔我耳朵或許也是基於相同的道理。

「不會是跟死亡有關的事吧？」我對奧貝說。

我不知道現在的我是否已經夠堅強，足以迎接死亡。要來到上帝面前，我們只准穿上禮拜天專用的漂亮衣服，但我不知道面對死亡是不是也一樣。我仍能感到父親的怒火沉重地壓在我的肩膀上。每當有人在學校裡打架，我不會選邊站。我在一小段距離外觀看，並在自己心中支持最弱小的人。論及死亡，我還是很難站穩自己的立場，以前我也沒有學過該用什麼態度面對。就算我有時候嘗試著從一小段距離外觀察自己，也沒能奏效；我依然深陷於自己的思緒裡。我對那起倉鼠事件仍記憶猶新。我知道自己在事後會有什麼感覺，但這並未壓過我想要看見死亡、進而了解它的好奇心。

「我們總是有遇上它的風險。」

奧貝將自己齒縫間的那一小根稻草吐掉，一灘白色的唾沫濺在卵石堆上。

「你知道我們為什麼不能談馬諦斯的事嗎？」

「妳到底還要不要密碼？」

「貝菈可以加入嗎？她很快就會過來。」

我並沒有告訴他，她主要是為了鄰居男孩的小陰莖而來的，因為我誇大其辭，說它們看起來有點像我們有時在她家當午餐吃掉、色澤黯淡的可頌麵包。她母親用錫罐裡的生麵糰製成這些麵包，將它們捲起來，再把它們送進烤箱烤成褐色。

「可以啊，」奧貝說：「只要她不哭哭啼啼就行。」

過了一會兒，奧貝從地下室取來三罐可樂、將它們藏在毛衣底下，向我和貝菈打手勢。我知道接下來會發生什麼事，而且感覺平靜。我是如此平靜，以至於忘記用牙齒咬住外套拉鍊。這或許也跟鄰居琳恩和她丈夫凱斯的抱怨有關。他們認為我騎車經過堤防袖子總是蓋過手指、牙齒咬住外套拉鍊，這樣太危險了。對於他們的憂心，父親和母親就像在拍賣一隻小牛時聽到過低的喊價那樣，不耐地揮了揮手。

「那只是暫時的啦。」母親說。

「是啊，等她長大以後就會改掉了。」父親說。

可是我不會將這一點改掉——事實上我正深陷其中、無法自拔，而且沒人會察覺到。

當我們走向兔子棚時，貝莅聊到生物課考試和湯姆。湯姆坐在我們後兩排的位置，他的黑色長髮及肩，而且老是穿著同一件格子襯衫。我們懷疑他沒有媽媽，要不然，怎麼會沒人幫他洗衣服，讓他穿一件別的衣服呢？根據貝莅的說法，湯姆盯著她看至少有十分鐘之久；這表示她襯衫底下的乳房隨時都可能在長大。我並不替她高興，但還是露出微笑。人們就是需要一點小問題，才能讓自己感覺更強大。我並不渴望自己有胸部；我不知道這樣是不是很怪。我也不渴望男生，只渴望自己。但你絕對不能洩露這一點——就像自己的諾基亞手機密碼一樣，這樣才不會有人突然強行闖進你的世界。

兔子棚裡又熱又陰暗。屋頂的石膏板已經被陽光曬了一整天。杜葳特癱在牠的籠子裡。母親昨天已經將籠子裡軟爛的營養葉清理掉，換上新鮮的葉子。她忘記給糖果罐補上糖果，但倒是沒忘記更換葉子。奧貝將飼料桶從木頭堆裡拖出來，把它放在地板上。他從外套口袋裡拿出一把剪刀，邊緣沾到了一點番茄醬，那是母親用它剪開亨氏番茄醬上方的開口時留下的。奧貝比了一個剪斷的手勢，陽光短暫地從棚子的縫隙透了進來、映照在金屬刀片上。死亡正在發出警示。

「首先，我會把鬍鬚剪掉，因為它們是感應器。然後杜葳特就不知道自己在幹什麼了。」他將鬍鬚一根接一根剪掉，並把它們放在我張開的手掌上。

「這樣對杜葳特不好吧？」貝菈問道。

「那差不多就像我們的舌頭燙到、味覺變差而已，沒什麼大不了的。」

杜葳特急忙往籠子各個角落逃竄，但逃不出奧貝的手掌心。當所有鬍鬚都被剪掉以後，他說：「妳們想不想看牠們交配？」

我和貝菈面面相覷。剪斷鬍鬚、看它們是否會長回來，並非我們計畫的一部分；但那些蟯蟲又回到了我的肚子裡。自從奧貝向我和哈娜展示了他的陰莖以後，母親給的治蟯蟲飲料就在我體內更加迅速地流動，因為我故意抱怨屁股發癢。有時我夢到像響尾蛇一樣大的蟲正從我的肛門鑽出來；牠們有著獅子的下頜，我就像獅窟裡的但以理那樣掉進床墊的凹坑、必須承諾自己堅信上帝，但那些有著蛇身、既噁心又飢餓的臉孔還是不斷出現在我面前。直到我開始求饒，才從噩夢中醒過來。

奧貝朝那隻待在杜葳特對面籠子裡的侏儒兔子點點頭。我想到父親的話：絕對不能讓一隻體型大的兔子壓住一隻體型小的。但不對啊：父親比母親高了兩個頭，她生我們的時候還不是挺過來了。所以這一定可以的。於是我將那隻小兔子塞進貝菈臂彎裡。她摟住牠片刻，然後將牠放進杜葳特的籠子。我們沉默地觀看著杜葳特小心翼翼地嗅聞著那隻侏儒兔子、在牠周邊跳來跳去，接著牠開始用腿重重地蹬著地面，然後先往前跳、再往後跳。我們無法看見牠的陰莖，能見到的只有牠興奮的動作，以及那隻小兔子眼神中的恐懼。我曾在那隻倉鼠身上見到同樣的表情。

「心無知識的，乃為不善；腳步急快的，難免犯罪。」當我們過度渴望獲得某些東西時，父親有時會引用這句話；就在這時杜葳特頹然倒下、癱在那隻小動物的側邊。我突然好奇起來：父親是否會在每次完事時，以同樣的方式頹然倒下。也許這就是他的腿變得畸形、而且總是感到疼痛的原因。搞不好那個關於聯合收割機的故事是編造出來的，因為它較可信、而且不可恥。就在我們正想鬆一口氣的時候，我們看到那隻侏儒兔子趴在那裡，死了。那可不是什麼壯觀的景象：牠就只是閉上眼睛，走了。沒有抽搐或痛苦的哀嚎，連死亡的浮光掠影都沒有出現。

「多麼蠢的遊戲。」貝菈說。

我看她快要哭出來了。她還太軟弱，承受不了這種事情。她就像製成乳酪的凝乳那樣，而我們早就處在乳酪製作的最終階段，周圍已經包了一層塑膠。

奧貝望著我。他的下巴開始長出細柔、顏色很淡的毛髮。我們一語不發，但彼此都知道：在了解馬諦斯的死亡以前，我們就必須不斷重複做這件事，雖然我們還不知道該怎麼理解。我肚子被刺出的傷口痛得更厲害了，彷彿有人正在用一把剪刀戳穿我的皮膚。那塊肥皂還沒有起作用。我把兔子鬍鬚放進外套口袋，裡面還有我的乳牛撲滿碎片以及乳酪匙，然後拉開易開罐可樂的拉環，將嘴巴貼到那片冰冷的金屬上。我從金屬的邊緣看到貝菈正用充滿期待的眼神望著我，現在我必須兌現自己的承諾。耶穌總是會給些東西、使祂看起來信賴可靠，所以祂才會有追隨者。我得給貝菈一點東西，她才不會從朋友變成敵人。在將她帶往紫杉木籬笆的窺視孔之前，我拉住奧貝的袖口，小聲問道：「喂，密碼是什麼？」

「克拉帕西厄斯。」他說道，然後將那隻小兔子從杜葳特的籠子裡抓出來、把牠藏在他的毛衣底下。他不久前才把可樂罐藏在毛衣底下，所以那裡想必還是冰冷的。我沒問他準備怎樣處置牠。在這裡，所有必須保密的事情都會默默地被接受。

貝菈坐在紫杉木籬笆另一邊的一張釣魚椅上。我來到窺視孔前，對著窺視孔彎起小指。

「那才不是陰莖，」貝菈喊道：「那是妳的小指。」

「今天不是看陰莖的好日子，妳運氣不好。」我說。

「哪一天才是好日子？」

「這我不知道，我們不可能知道。在這種鄉下地方，好日子很少出現。」

「喂，妳根本一直在說謊。」

貝菈的一綹頭髮黏在臉頰上——它懸盪著，攪進了可樂罐裡。她用手遮住嘴巴，打了個嗝。這時我們聽見樹籬後方傳來的笑鬧聲，看到鄰居家的小男孩們跳進充氣式戲水池裡，褐色的背脊朝下，仰面漂浮在水上，宛如浸在白蘭地裡的葡萄乾。

我拉住貝菈的手臂。

「來吧，我們去問問能不能跟他們一起玩。」

「可是我們要怎樣才能看到小陰莖呢？」

「他們總有需要尿尿的時候吧。」我帶著一股使得我胸口膨脹的信念，說出這番話。那種「我擁有別人渴望的某種東西」的念頭，讓我變得更強大。我倆肩並肩，向鄰居家走去。

我的肚子裡滿是碳酸氣泡。我肚子裡的那些蟯蟲，不會被可樂消溶吧？

12.

當我十歲時，我曾經把玩過裸體的小天使玩偶；我對小陰莖的迷戀，一定就是從那時候開始的。當我將它們從聖誕樹上取下時，我感受到它們結實雙腿之間那冰冷的瓷片，就好像雞舍地面鋪砂當中的一小片貝殼。我的手像是遮擋它的槲寄生貼在上面。我當時那麼做，是帶有防護意圖的；這次我這麼做，則是出於一種無止境的渴望。它主要潛藏在我的下腹部，而且就在那裡逐漸壯大。

「我是戀童癖。」我對哈娜低語道。我感覺自己的鼻息拂過雙臂上的汗毛；我試著靠在浴缸邊緣，好讓自己感覺不到鼻息吹拂。我不知道哪一件事情會讓我變得更緊張：是感覺到鼻息拂過自己的肌膚，還是自己總有一天會停止呼吸、而且我還不知道這會是哪一天的念頭。不管我怎麼躺臥，我依舊持續感覺到自己的鼻息。我手臂上的汗毛直立起來：我將它們浸入洗澡水中。妳是戀童癖者，妳是罪人。這個詞我是從奧貝那裡學來的，而他則是在一個朋友家看電視學到的。戀童癖可不會出現在荷蘭一台、二台或三台，因為沒人想看到他們的臉出現在電視上。奧貝說，雖然他們從外觀看來跟有正常生活的正常人沒兩樣，但他們會摸小男孩的陰莖，而且他們年紀比我們大。我和鄰居家的小男孩差五歲，等於一整隻手掌上的手指數。我一定也是他們當中的一個——當我們想把乳牛轉移到一片新牧場上時，會先將牠們趕進牛車裡；我總有一天也會被追捕到、被圍進一個角落，就像被趕進牛車的乳牛那樣。飯後，母親一如往常向我們遞來一塊潮濕的小面巾，要我們輪流擦乾沾滿番茄醬的嘴及黏答答的手指頭。我不想接下那面巾。如果我用母親雙唇貼過的同一塊小面巾擦拭我那有罪的手指，她不會原諒我的——她並沒有吃沾了番茄醬的通心粉，但還是將自己的嘴巴擦乾淨。也許她想嚐嚐味道，或是想要預先給我們晚安吻——她越來越不常帶我們上床了。現在我獨自上樓，把羽絨被拉到胸上的高度；某次我在貝菈家看電影時，見過這個畫面，總會有人出現，將被子塞到主角的下巴底下；不過這種事從未發生在我身上。有時我被冷醒、全身發抖，自己拉起羽絨被，然後喃喃自語道：「親愛的主角，妳就安心地睡吧。」

在那塊面巾傳到我手中以前，我就將椅子向後推、表示自己內急。「內急」這個詞讓坐在桌旁的每個人充滿希望地抬起頭來；突然間，我終於也需要大便了。但坐在廁所馬桶上的我卻等到屁股發冷、聽到所有椅子都被靠回桌子旁邊，我甚至已經將掛在洗手檯上方的生日日曆讀了三次[21]。我從外套口袋掏出一枝鉛筆、在每個名字後面用非常微弱的筆跡畫上十字，筆跡微弱到必須貼近日曆才能看見。我將最大的十字畫在四月那一頁、自己的生日那

21 荷蘭人的家裡通常會將親友的生日用一個特別的日曆紀錄，並掛在樓下廁所的牆上。

天，並在後方寫上「A．H」，代表阿道夫．希特勒。

那個鄰家小男孩的小陰莖摸起來感覺很柔軟，就像我禮拜天在奶奶家有時必須在流理檯前幫忙捲好、再撒上香料點綴的烘肉卷一樣柔軟。只是烘肉卷比較油，看起來也粗獷。我是多麼不想放開那只小陰莖；但那股尿流變得越來越薄弱，終至完全停止。鄰家小男孩前後抖動臀部、讓自己的小雞雞到處亂揮，尿滴噴濺到灰色地磚上。然後他重新拉起四角褲，拉上牛仔褲的拉鍊。貝菈從一段距離之外觀看；她可以幫他扣上牛仔褲褲頭。面對重要的任務時，妳總是得從最底層做起、逐漸邁向巔峰。貝菈還無法很快忘記那隻死掉的小兔子，但這倒是讓她平靜下來：我達成了自己的承諾。我抓住她的食指，將其推向我那鄰家小男孩的雞雞，不必要地說了一句：「這個是真的喔。」

「我是戀童癖。」我重複道。哈娜從一個細口瓶裡擠出最後幾滴洗髮精，往頭髮上抹。是椰子味的。她一語不發，但我知道她正在思考。她能夠做到這一點，也就是在開口說話前先思考過；而我則恰好相反。只要我嘗試這麼做，腦海就會瞬間一片空白，話語會變得像在牛舍裡躺錯牛欄的母牛那樣；我會搞不清自己該說什麼。

這時，哈娜咯咯笑了起來。

「我可是很認真的！」我說。

「不可能的。」

「為什麼不可能？」

「戀童癖跟別人不太一樣，妳跟別人比沒有什麼不一樣。妳就像我一樣。」

我仰身浸入洗澡水中，用食指與姆指捏住自己的鼻子，感覺自己的頭觸及浴缸底部。在水面下，我能看出哈娜赤裸的身體那顯得朦朧的輪廓。我妹妹仍相信：我和她沒什麼不一樣，我們是同一國的。但我們在床上分開躺著睡的夜晚也已經夠多了，而她有時已經跟不上我跳躍的思緒。她這樣的信念，又能再維持多久呢？

「而且妳是女生。」我一重新浮上水面哈娜就說。她頭頂上有一圈肥皂泡泡。

「所以只有男生才會有戀童癖嗎？」

「是啊，而且他們老多了，年紀至少比我們多出三隻手，頭髮都已經灰白了。」

「感謝上帝。」所以我是不太一樣，但我不是戀童癖。我眼前浮現班上各個男生的形影，他們沒有人的頭髮是灰白的。根據老師的說法，他們當中只有戴夫的心智比較老成。我們大家都有老成的心靈，我的心靈已經十二歲了，它比鄰居家裡最老的那頭乳牛還要老——鄰居說牠差不多該報廢了，因為牠幾乎已產不出奶了。

「說得好啊，感—謝—上—帝。」哈娜高聲說道。我們笑到岔氣，隨後踏出浴缸，擦乾彼此的身體，然後像尋求掩護的蝸牛那樣，將腦袋探進睡衣裡。

13.

那片多疣的皮膚，鬆鬆垮垮地披蓋在骨架上。每隔幾秒鐘，牠們就會鼓起腮幫子、彷彿正在集氣，準備要說些什麼，卻又不斷地改變心意。有那麼一瞬間，我真想將其中的一顆疣割開、瞧瞧裡面到底是什麼東西；不過我沒這麼做，只是將雙臂擱在書桌的桌面上，下巴貼在手上。蟾蜍自從遷徙期後，牠們就沒再吃過東西。也許牠們就像母親一樣加入了抵抗運動，雖然我並不知道牠們要抵抗什麼。在第二次世界大戰期間，抵抗總是針對他者的——比如說德國佬針對猶太人——而現在抵抗的對象僅僅是我們自己。其實我的外套也是一種抵抗，它抵抗了《音樂水果籃》點歌節目中提到的所有疾病。對於可能會得的各種疾病，我現在是越來越害怕了。有時我甚至會想像：我在學校上體操課時看著排隊等著跳鞍馬的同學們，這時他們會一個接一個開始嘔吐——嘔吐物像燕麥粥一樣堆積在他們的腳踝邊，恐懼感將我牢牢地釘在體操用的油地氈上——我的雙頰像天花板的暖氣輸送管一樣熱。我一眨眼，這幅畫面就再度消失。為了遏制恐懼感，我每天早晨會將幾片薄荷糖對著桌子邊緣敲碎、使它們每片都碎裂成四小塊，然後將它們收進褲袋裡。每當我覺得自己不舒服或感覺自己快要吐出來時，就吃一小塊。薄荷的味道使我平靜下來。校長已經不准我再提早回家。

「長期因病不到學校上課的小孩，通常背後都有其他原因的。」他一邊說一邊將目光掠過我來到身後、彷彿他看到父親與母親的臉孔就在我正後方，以及某件隨時都會發生的事情——也就是那個龐大且心不在焉、總是會抓錯人或反其道讓人活下去，名叫「死亡」的東西。

「你們可別吐口水喔。」我對著蟾蜍說道，然後從一張紙巾裡取出兩條蚯蚓。我是在今天下午貝菈過來前從菜園裡將牠們捉來的。蚯蚓是最強大的動物之一，因為就算被切成兩截，牠們仍然能夠活下去。牠們真像九命怪貓。我用食指與拇指掐住那兩條蚯蚓，將牠們拿到那隻體型較肥大的蟾蜍頭上；蚯蚓們蠕動著，肥蟾蜍的雙眼跟著前後游移。牠們的瞳孔呈條紋狀——我心想，這需要一把一字型螺絲起子。這資訊很管用，假如我有一天必須將它們拆開、看看裡面到底有什麼問題——就像我處理那台蓋滿了融化起司的烤吐司機那樣。蟾蜍們拒絕張開嘴巴。我夾緊雙腿摩擦了一下，學校發的內褲穿起來感覺一直很癢。最近這陣子以來，我經常尿在褲子裡；我也常將尿溼的內褲藏在床下。這是悲痛帶來的唯一好處：它導致母親一直鼻塞，使她在來向我道晚安時聞不到小內褲散發出的味道。否則，她會在親戚的生日派對上不斷挖苦我，就像她對我的肚子所做的事情一樣：故意把一塊倒塌的摩卡蛋糕指給我看，那蛋糕看起來像一坨剛拉的大便。

今天我在學校也很悲慘，不過好在除了老師以外沒人注意到。她給了我一條從失物招領箱取來的內褲——放在那裡的東西都已無人聞問，所以它們真的就是遺失物。那條內褲上寫著幾個紅色的字母：COOL（酷）。那條內褲上的字母就像父親與母親內心的矛盾：他們把它藏在自己心裡，卻又不斷背負在身上。我感覺一點都不酷。

「妳生氣嗎？」當老師將內褲遞給我時，我問她。

「我沒生氣，這種事情總是會發生的。」她說。

當時的我心想：什麼事情都會發生，任何事都是無法預防的。死亡計畫和救星；不再躺在彼此身上的父親與母親；奧貝越長越快、他的衣服突然間都變小了，比母親記住洗滌標籤的速度還快；不只他的體型，連殘忍程度也跟著成長；那隻在我肚子裡搔癢的小蟲，牠讓我貼在小熊玩偶身上猛搖、筋疲力盡地下床；我們為什麼不再購買顆粒花生醬；裝糖果的罐子為什麼長出一張嘴、還發出母親的聲音：「你確定要那麼做嗎？」；父親的手臂為什麼變得跟壞掉的交通柵欄一樣，不管你是否在等著過馬路，它就是會砸在你頭上；還有那些被關進地下室，像馬諦斯那樣、不再被談起的猶太人。他們還活著嗎？其中一隻蟾蜍突然往前移動。我用手擋住牠，使牠不至於從桌面掉下去摔個粉碎。牠們的腦海該不會也想到飼料塔？我又將下巴擱在手背上，這樣才能近距離觀看牠們，對著牠們說：「可愛的蟾蜍，你們知道嗎？你們必須使用自己的力量。假如你們沒法游得像青蛙一樣快、又跳不高，就得精通別的，比方說，你們很擅長坐著不動，這一點青蛙遠遠比不上你們。你們坐著的時候是如此安靜，看起來就像一團爛泥。而且你們很會挖土，我真的很佩服。整個冬天，我們以為你們已經消失，但你們仍然安坐在土裡，就在我們的腳下。我們人類就算想要隱形，總還是會被看見。你們會做的事情，我們也會做，像是游泳、跳高、挖東西，可是我們不認為這些事情很重要，因為我們主要想做那些自己做不到的事，也就是我們在學校花一堆時間學的東西；可是我多麼想要能夠游泳，或者將自己埋進泥巴裡，在那裡消磨兩季的時光。不過我和你們之間最主要的差別，也許是你們的父親和母親已經不在，或你們再也看不到牠們了。你們到底是怎麼做的呢？牠們是不是某一天突然說：「小胖臉，掰掰。你現在可以不靠我們過日子了，我們走囉。」是這樣嗎？還是說，你們在七月份某個美好的夏日走在水中，牠們就跳上一片蓮花葉離去，越漂越遠，直到再也看不見牠們為止？這會不會讓你心痛？現在還會痛嗎？你可能覺得我很怪，但就算我每天都見到我父母，我還是會想念他們。也許，這就跟我們不會某些東西，於是想要學會它們一樣——我們想念自己所沒有的一切。父親和母親都在，不過同時，他們又都不在。」我深深地吸了一口氣，想起了母親；她現在八成坐在樓下、雙膝併攏，手上捧著一大杯茴香牛奶，讀著《歸正日報》家庭版雙週刊。你只能在週四拆開它的塑膠封套，不能提早。父親盯著圖文電視，查找牛奶的價格。如果價格很好，他就會到廚房裡替自己弄一份三明治；母親則會因為可能掉在地上的麵包屑再度緊張起來，就像從事病蟲害防治工作的人一樣緊張。要是牛奶的價格回跌，他就會走到外面、沿著堤防邊散步，遠離我們。我每次都會想：這將是我們最後一次看到他。這樣我就會把他的連身工作服掛在門廳馬諦斯大衣旁邊的鉤子上——死神在此有專屬的掛鉤。但最糟糕的還是那永無止境的沉默。只要電視被關掉，你所能聽見的就只剩掛在牆上的咕咕鐘發出的滴答聲，好像時間是一根營釘，不斷被敲入地下、越陷越深，直到一切都暗下來，像墓穴那樣黑暗為止。重點是，它們並沒有離我們而去，是我們正在離它們而去。

「親愛的蟾蜍，請答應我你們不會說出去，這是我們之間的秘密。有時候我好想換個父母。你們能理解嗎？」我繼續說著：「好比貝菈的父母，他們就像剛出烤箱的奶油餅乾那樣溫柔，當她傷心、害怕、甚至興高采烈的時候，都會給她擁抱。像那種會把所有鬼從你床底下、你腦子裡趕走的父母。那種每個週末都像杜葳特・布洛克在電視上跟你回顧一週大事的父母，讓你不會忘記自己這禮拜做到的所有事——那些先讓你摔一跤，再重新站起來解決的事。還有那種對你講話時會看著你的父母——就算我覺得望著別人的眼睛很恐怖，那像兩顆美麗的彈珠，你要嘛贏得要嘛永遠失去它們。貝菈的父母會帶她大老遠到國外度假，她從學校回家時會泡茶給她喝。他們家想必有一百種不同口味的茶，其中一定有茴香薄荷茶，那是我最喜歡的茶。有時他們就坐在地板上喝茶，因為那比坐在椅子上舒服。而且他們雖然會鬧著玩，卻從不會真的吵起來。要是惹惱了對方，他們會說對不起。」

「友人們，我納悶的是你們真的會哭嗎？還是說，當你們難過的時候就去游泳？我們都有淚水，但也許來自自身的淚水安慰不了你們，所以你們才會沉入水中離開。還是多說說你們的優點吧，我是從這裡開始講的。當然，你們得知道自己想要運用什麼、以及如何運用它。我知道你們很會捕蒼蠅和交配。後面那件事我覺得很怪異，可是你們一天到晚做。假如某件你們喜歡做的事情停了下來，那就是有什麼事情不對勁了。你們有沒有蟾蜍流感呢？你們會不會想家，還是你們就是叛逆、不聽話？我恐怕問太多了，但如果你們的交配季節到了，父親和母親應該也會行動吧。有些時候總得有人以身作則，就像我總是必須當哈娜的好榜樣，雖然讓她當我的榜樣會比較好一些。還是說，你們現在主要只有親親？貝菈說一共有四個壘包：親親，摸摸，再摸摸，交配。我不能講這個，我還不能上場打擊。但我可以了解，你們必須慢慢來。只是，我們的時間不多。昨天母親甚至根本沒碰她的黑麥麵包和乳酪，而父親一直威脅著要離開。你們也要知道，他們從來不親嘴，從來不。嗯，好吧，他們只有在跨年夜十二點鐘聲響才會親嘴。那時候母親會謹慎地靠向父親，簡短地抱住他的頭，好像捧著一塊油膩的蘋果餡餅，將她的嘴唇貼向他的皮膚，連親嘴的聲音都沒有。看，我不知道愛是什麼，但我知道它讓你跳很高、讓你游得更遠，讓你們被看見。乳牛就經常在戀愛——這時牠們就會跳到彼此背上，就算是母牛也會跳到母牛背上。所以，我們在牧場上得做點和愛有關的事情。可是老實說，親愛的、可敬的蟾蜍們啊，我覺得即使現在是夏天，我們還是已經把自己埋進去了。我們被深深地埋進泥巴裡，沒人會再把我們挖出來。你們究竟有沒有上帝呢？是一位能夠寬恕的上帝，還是一位會記恨的上帝？我不知道我們的上帝是哪一種。也許祂度假去了，也許祂把自己埋起來了。不管怎樣，祂不太管事。而且，蟾蜍啊，世界上有這麼多問題。你們的小小腦袋能裝多少問題？我的數學不好，但我猜大概十個。你們要知道，要是你們的小腦袋被塞進我的腦袋十次，那我會有多少問題，而得不到答案、不能勾消的又有多少。現在，我要把你們放回水桶裡，很抱歉，可是我不能放你們走。我會想念你們，因為除了你們，還有誰會在我睡著的時候看顧我？總有一天我會帶你們到湖邊去，我保證。然後我們可以一起坐上蓮花葉，漂得遠遠的，而且也許——只是也許——我會敢把外套脫掉。就算一時間會感覺不舒服，但牧師說不舒服是好的。覺得不舒服的時候，我們的存在才是真實的。」

14.

早上與晚上的擠牛奶時間，間隔正好是十二小時。這天是禮拜六；這表示父親在第一輪的工作以後會回床上睡覺。你會聽到地板先是咯吱咯吱作響，然後樓上安靜下來。直到十一點鐘左右、他感覺自己想要吃早餐的時候，我們才可以到餐桌前就座。但早餐在八點就擺好了；有時候我餓到繞著早餐桌走來走去，希望我的不耐煩能夠使樓上地板震動，讓父親聽見。我偶爾會將一塊薑餅蛋糕偷偷挾帶上樓，到樓上再掰成兩半。以前，另一半是分給哈娜的；但現在，我把它留給我的蟾蜍們。當父親總算來到餐桌前——在那之前他還得先刮鬍子，以乾淨、整齊的面貌迎接主日——他的脖子和衣領上還沾有一點刮完鬍子後留下的泡沫。不過今天例外。時間早已過了十一點，父親的麵包可還在他的盤子裡等待。我已經繞著餐桌走了四圈，母親已經依照父親平時喜歡的方式在一片全麥麵包上抹了一層奶油、放上一片水晶酸豬肉與一抹番茄醬。

那片放上餡料的麵包讓我想起昨天放學回家時，在路旁看到一隻被車子輾過的刺蝟。很悲慘的景象：牠的屍體已經變成硬塊，內臟被擠上路肩，雙眼已被挖空，肯定是烏鴉叼走的。你簡直可以用手指穿透那兩個黑洞。牠躺在一條穿越圩田的小路上，平時絕少有車輛或拖拉機經過那裡。或許，那隻刺蝟自己選擇了這條路；也許牠已經在那裡等了好幾天，等著和那個錯誤的時間點相會。我難過地在那隻刺蝟身邊蹲下來，低聲說：「慈悲的主，請來到我們身邊，賜予我們慈悲。我們齊聚這裡和刺蝟道別，牠被如此無情地從我們身邊奪去。我們將這條殞落的生命歸還給祢，將牠放回祢的手上。願祢接納刺蝟，將牠未能找到的安寧賜給牠。主啊，請賜予我們大家慈悲與愛，使我們能與死者同在。阿門。」隨後我抓了幾把草，覆蓋在刺蝟身上。我騎上車離開那裡，不再回頭。

我把一小片麵包放在自己的盤子裡，非常仔細地將它的表面以一層巧克力脆片完全蓋住。我的肚子咕嚕作響。

「父親還在床上嗎？」我問道。

「他根本沒回到床上，」母親說：「我摸過了被套，是冷的。」

她趨身向前，貼在桌面上，探進父親那杯早已冷掉的咖啡，朝表層舀取一小匙。她很喜歡咖啡的表層。我望著那層軟綿綿、泛褐色的牛奶流進她嘴裡，消失不見，背脊感到一陣涼意。我對面擺著奧貝的椅子，椅子上也是空的。他肯定在打電腦，或是在跟雞玩。我和奧貝各有二十隻雞，包括烏骨雞、奧平頓雞、溫多特雞，以及幾隻下蛋的母雞。我們經常假裝自己經營兩家相當成功的企業——他的叫「小雞舍」，我的則叫「小馬鈴薯球」。我們每年會得到新生的小雞，牠們就像長腳的黃色小棉花糖。大多數小雞是由母雞養大的，母雞會用翅膀幫牠們保暖。但有時母雞會拒絕牠們，彷彿忘了翅膀的用處。重點是，牠們沒辦法用那對翅膀飛翔，牠們的身體太重、太肥大，根本飛不起來。所以我們只好將牠們的小雞放在農舍內一只裝有鋸木屑的水族箱裡，再把給小牛取暖的加熱燈拿來懸掛在它上方。有時候，我會將一隻小雞帶上閣樓的房間，讓牠睡在我的腋下。我用一張餐巾包住牠的屁股，這樣我才不會被雞屎沾到。我和奧貝會將我們的雞蛋以每打一歐元的價錢，賣給小廣場上販售炸薯條的農夫。他會用這些蛋做成最可口的美乃滋，或將它們水煮、用來擺在俄羅斯沙拉上。起初奧貝寸步不離自己的雞，他會一連好幾個小時坐在倒過來的擠奶桶上，盯著自己養的其中一隻紅色母雞在沙坑裡玩沙。如今，他已越來越少到那裡去，有時甚至會忘記餵雞；這種情況出現時，牠們就會不勝飢餓地飛動起來，撞上圍住雞欄的網子。我想，他是故意這麼做的。他越來越痛恨所有人事物，想必也怨恨那個賣炸薯條的農夫，以及他的美乃滋。因此我常給牠們麵包吃，將那些蛋從母雞下蛋的小屋裡蒐集起來，藏在我的紙箱裡。我希望他至少有清理雞欄；父親已經威脅過，要是他不快點清理乾淨，他就會將牠們全賣掉。尤其是這種大熱天，會滋生出一堆蛆蟲和附在雞身上的蝨子。你用手指掐死牠們之前，能夠看見牠們在你赤裸的手臂上爬行——褐色的小身體，有六條腿。

這時，哈娜也來到餐桌前。短短的幾秒鐘，她就將一整碗草莓一掃而空。等待使我們緊張不已，因為不知道接下來會發生什麼事：父親在哪裡？他是否終於鼓起勇氣，騎上腳踏車離開我們，一走了之？不過他的腳踏車沒有護衣板；教會禮拜結束後，他的腳踏車被風吹倒，砸在地上，護衣板的膠面就摔碎了。父親該不會是倒在準備產奶的乳牛群中，被牠們健壯精實的牛蹄踐踏了？我將自己的注意力轉移到草莓上。我要再到菜園裡多摘一點草莓；父親愛吃草莓，尤其喜歡用一層厚厚細砂糖蓋住它們，配著吃。

「妳去牛舍看過沒有？」

「他知道我們現在正在吃早餐。」母親說著，將父親的咖啡杯放進微波爐。

「也許他去揚森家弄一些青貯飼料回來？」

「他從不會在禮拜六這麼做。我們開動，不必等他了。」

但我們當中沒人敢開動。父親不在，這種感覺很奇怪。而且要由誰來「無論困乏或豐饒都感謝上主」呢？

「我去看看。」我一邊說，一邊將椅子向後推，不小心碰到馬諦斯的椅子。它晃動了幾下，然後向後倒在地板上。撞擊聲在我的耳朵裡迴盪。我想趕快將它扶起來，但母親牢牢地抓住我的手臂。「別碰它。」她注視著椅背，彷彿它就是我的哥哥，而且再一次跌倒。在我們的腦海裡，他摔倒的形影始終揮之不去。我不敢碰那張椅子，只是像望著死人那樣凝視著它。吃光所有草莓後，哈娜又開始咬指甲。有時候，她齒縫間會殘留泛著血的指甲皮。伴隨著碰撞聲而來的是一陣沉寂，沒人敢呼吸。然後，你身體的所有機能慢慢恢復：感覺、嗅覺、聽覺與行動能力。

「那只是一張椅子。」我說。

這時母親已經鬆開我的手臂，正取來一罐花生醬。

「妳真的是從另一個星球來的。」她低聲說。

我凝視著地板。母親只知道地球，八顆行星我都認得，我還知道，目前為止只有地球上曾發現過生命。**水金地火木土天海，我爸常吃新萊克蘭新鮮甘藍菜**。我的父親對甘藍菜十分畏懼，但這個口訣很管用，能讓你記住所有行星的名字。假如我對某件事情感到緊張，或快要到學校卻還得在紅綠燈前等很久，我就會在心中默唸這句話幾十次。這個句子也讓我變得渺小——我們大家只不過是大湯鍋裡的一顆甘藍菜罷了。

「妳們究竟會變成什麼樣子？」母親抱怨道。現在，她的另一隻手抓住裝著賓樂雙色巧克力醬的罐子。馬諦斯死後，我們當中就沒人再吃過它；我們非常擔心自己無法將屬於白巧克力的部分繼續保持白色，擔心這些顏色會混在一起，變成一處黑洞。

「母親，我們會變成吹夢巨人[22]的。而且，當然了，這張椅子不只是一張椅子。對不起。」

---

22 英國作家羅爾德．達爾（Roald Dahl）所寫的童話故事書名。

母親讚許地點點頭。「那個男到底去哪裡了？」她再度按下微波爐的「開始」按鈕。她沒有將我擺回太陽系，反而讓我四處漫遊著。我真的那麼與眾不同嗎？

我迅速拉開後門，穿過院子朝牛舍走去。我深深吸了一口氣，然後盡可能使勁地吐氣。重複一、兩次以後，我看到頭頂上的天空已開始轉成灰色。如果想要逃到彼岸，這一天真是再理想不過了。我在那裡就可以分配自己的時間，想幾點吃早餐，就幾點吃早餐；但我越是接近牛舍，腳步就越來越慢。我試圖避免踩到院子裡的半磚。**要不然妳會病得很厲害，妳會上吐下瀉。而且每個人都會看到。村子裡的每一個人，妳所有的同學。**我搖了搖頭，將這些想法甩掉，然後我看到擠奶棚旁邊的飼料塔艙口是敞開的，底下已經堆了像小山一樣高的飼料顆粒。父親一直警告我們，要提防老鼠。「要是你們讓飼料顆粒滾到地上，牠們會先把飼料吃光，再爬到妳們的腳趾上。牠們會硬生生把你們的鞋底全都啃掉。」艙口流出的飼料顆粒越來越少，絕大部分已經掉了出來。我將雙手探進流出的飼料顆粒中，它們穿過我的指縫間，感覺很舒服、自在。然後我將艙口帶上，並用一條繩子將它固定在側邊。

突然間，我想到那條懸掛在牛舍中央的繩子；之前那條繩子上曾經綁了一顆彈跳球，用來分散乳牛的注意力。不過某一天，那顆彈跳球被一頭新加入、頭上仍然有角的乳牛戳破了。而繩子還懸掛在原處。有時候我們會將從胡桃樹摘下的樹葉釘在那裡，或將奧貝遭到父親沒收的其中一輯《熱門金曲》唱片掛在那裡；唱片背面就像胡桃樹的葉子一樣閃閃發亮，有助於驅趕糞蠅。現在我在心中幻想著：掛在那裡的是父親的腦袋，而不是那顆彈跳球。母親經常替父親說話。不過我躲在兔子棚後方那一晚，誰知道當時情況一不一樣呢？鄉下地方有許多條繩子，但沒有一條繩子的任務是固定的。不管怎樣，他現在並沒有站在飼料塔上面。

透過牛舍門的開口，我望見奧貝正站在飼料區。他用乾草叉劃出一道優雅的弧線，將青貯飼料餵給乳牛們，他臉上的汗水宛如牛舍窗戶上的朝露。乳牛顯得焦躁不安，牠們的牛尾巴左搖右晃；其中幾頭牛的尾巴被一大坨乾掉的糞便纏住、打結；我們三不五時會用修蹄刀剪下那些尾毛，將它們從糞結裡解救出來；這主要是為了看上去美觀，而不是為了乳牛本身。奧貝每劃出一道優雅的弧線，他的二頭肌就鼓動一次。他越來越強壯了。我的目光掃視成打乳牛的背上，再掃視到牛舍內的各個角落，以及懸掛在中央的繩子。接著後門開啟，我看到父親出現了。他看起來不太一樣——他的頭好像被人打開了沒關上一樣，就像飼料塔的艙門。他連身工作服最上方的幾顆按釦敞開著，古銅色的胸膛裸裎著。母親覺得那樣不適當——如果收購牛乳的客戶看到他這樣子，會作何感想？我想，她害怕的是客戶沒有買牛奶，反而和父親一起跑了。牛奶的價格是每公升一歐元。父親的體積相當於五十公升。這是母親最喜歡禮拜天的一部分原因，因為沒人可以在主日收錢或花錢。我們在那一天中只准呼吸，以及參與最重要的事情，也就是聆聽上帝慈愛的話語、並品味母親的蔬菜湯。

父親正在將最後幾頭乳牛趕進牛舍裡，用手掌拍打牠們的臀部，並將牛舍偌大的門板扣上門閂。我不懂，只有在冬季或院子裡完全沒人的時候才需要扣上門閂，現在不是冬季，而且我們全都在家。父親還將飼料區的乾草叉堆疊起來，再用原本用來包裝青貯飼料所剩下的塑膠布將乾草叉裹起來。有那麼一瞬間，父親抬眼望著天空。我看到他還沒刮鬍子。他將雙手貼在頭部兩側，下顎緊繃著。我想要告訴他，母親一如往常地在屋內等著，她沒有生氣，她還沒有問我們愛不愛她，所以無法質疑我們給的答案，而且他的三明治已經在他最喜歡的盤子、也就是那個邊邊有乳牛斑點的盤子裡塗好等著。我還想告訴他，這禮拜的要唱的是《詩篇》第一百篇，而我和哈娜今天早上已經練習過了；它就像牛奶一樣純淨。

父親還沒有注意到我。我站在原地觀望著，手上拿著準備裝草莓的瓷碗。他和奧貝一同將那隻公牛從年輕母牛群中拖出來，那隻公牛進棚恐怕還不到兩天。我們叫牠「貝羅」，父親總是將公牛取名為「貝羅」。就算我們獲准從其他的名字裡選一個，牠們最後還是會被稱為「貝羅」。我已經見過牠的陰莖了，只是驚鴻一瞥，因為母親就在那一秒鐘從擠奶棚走來，她用戴著橡膠手套的手遮住我的眼睛，說：「牠們在開派對，跳康加舞。」

「為什麼我不能看？」我當時問道。

「因為我們沒有那個心情開派對。」

當下我覺得自己這樣問真丟臉；我們當然沒心情開派對，公牛真是沒大沒小。

這時，父親才看到我。他比了個繼續走的手勢，喊道：「從牛舍出去，馬上。」

「對，馬上。」奧貝重複著，那件藍色連身工作服牢牢緊貼著他的臀部。從這個景象來看，他可是十分嚴肅地承擔起父親追隨者的角色。我感到自己的脾臟附近突然一陣刺痛。在乳牛群中，他們似乎突然了解彼此；在那裡，他們是父與子。

「為什麼？」

「給我聽話！」父親大吼：「把門關上。」

他聲音中的憤怒嚇到了我。他的雙眼活像附在他臉上、已經變硬的兔子屎，也使我感到恐懼。汗珠從他的前額滾落。就在那一刻，我近旁的一頭母牛被牛欄絆倒，跪倒在地上，乳房貼地。牠完全沒有起身的意圖。我用質疑的目光望著父親與奧貝，但他們早已轉過身去，蹲坐在那頭年輕母牛的身邊。我大踏步走出牛舍，隨手將門板甩上，聽見木頭咔啦作響。我心想：讓這天殺的牛舍倒塌吧，但隨即又為自己的念頭感到羞恥。為什麼不讓我知道發生了什麼事呢？為什麼我總是被排除在所有事情以外呢？

我在菜園裡的防鳥網底下爬行。鄰居琳恩在成排種植的草莓株上方拉起防鳥網，以防止海鷗和椋鳥過來狼吞虎嚥。我跪倒在潮濕的泥土上。由於今天是禮拜六，有工作得做，我可以穿著長褲[23]。我謹慎地將植株推向一邊，以摘取長得最好看、也就是那些已經完全變紅的果實，將它們放到碗裡。我三不五時就會偷塞一顆到嘴裡——它們既甜又多汁，可口極了。我喜歡草莓的質地，喜歡那小巧的種籽，也喜歡草莓的毛貼在我口腔內側。質地使我感到平靜。質地創造出整體感，它們將在其他情況下會分崩離析的東西凝聚在一起。我不喜歡的質地只有鍋炒蔬菜、水煮菊苣菜和會扎痛人的衣服。人的皮膚也是有質地的。母親皮膚的質感越來越像防鳥網；原本柔軟皮膚上的小區塊開始鬆弛、皺褶，她彷彿成了拼圖玩具，越來越多塊拼圖正從她身上失落。父親的皮膚則比較像馬鈴薯皮——它十分平滑、到處都有幾處粗皮，有時還有被釘子扎到所留下的凹痕。

碗裡裝滿草莓後，我又從防鳥網下循原路爬出，拍掉沾在長褲上的泥土。父親和奧貝的靴子擺放在棚內的墊子旁邊，其中一隻靴子還半掛在脫靴器上。他們沒有坐在早餐桌前，反而坐在電視機前面的沙發上；而現在是大白天，電視螢幕在大白天一定得是黑的。就算打開電視，螢幕也是一片雪一般的空白。我本來以為我們可以從裡面把馬諦斯找回來，後來才發現那不過是因為父親把電線拉掉了。國家公共電視台的新聞正在播報中：「本地的農莊也已遭到口蹄疫肆虐。這是上帝的懲罰，還是悲慘的巧合？」

上帝就像天氣一樣，從來沒有辦法把事情做到圓滿。假如村子裡某個地方有一隻天鵝被救起，另一個不同的地方就會有一名教友死掉。我不知道什麼是口蹄疫，也沒機會問，因為母親叫我去跟奧貝和哈娜玩就對了，今天跟平常不一樣。我不想打斷她的話，告訴她我們很久沒有過平常的日子了，因為她的臉看起來已經像乳脂色的鉤編窗簾一樣死白。我也注意到，父親和母親緊靠著彼此而坐，距離近得出奇。也許這就是他們即將裸裎相見的前兆，我得趕快離開，別打攪他們，就好比你不能拆散兩隻正趴在彼此身上的蝸牛，因為這樣會破壞牠們殼上的珍珠母。我將那碗草莓放在他們前面的餐具櫃上，擺在那本攤開來的《欽定版聖經》旁邊，以防母親在交配後感到肚子餓，終於想吃點什麼。父親正發出各種奇怪的聲音：嘶嘶聲、咆哮聲、嘆息聲，一邊搖頭一邊說：「不，不，不。」每種動物交配時發出的聲音都不一樣，每個人肯定也都不同。然後我瞥見電視螢幕上播出一副牛舌，舌頭旁邊長了水泡。「什麼是口蹄疫？」我還是非常迅速地問了，但沒有得到答案。父親屈身向前，拿起電視遙控器，不停按著音量鈕。

「走開！」母親說著，看都不看我一眼。

電視螢幕上標示音量大小的長條圖彷彿變成了階梯，我蹬著上樓，腳步越來越用力，但沒有人跟在我後面。沒有人告訴我天曉得究竟會發生什麼事。

15.

奧貝的臥房門板上掛著一張黑色的紙條，上面用白色粗體字寫著大大的「勿擾」。他從來就不想被打擾；但如果我和哈娜長時間不去他的房間，他就會來找我們。我們臥房的門板上不會貼紙條。我們就是喜歡被打擾，這樣才不會太孤單。

他將登上「本月熱門金曲」的歌手貼紙貼在白色字體周圍，是羅比．威廉斯和西城男孩。父親知道奧貝常聽這些音樂，但他不敢沒收他的ＣＤ隨身聽——這可是唯一能讓他保持安靜的東西；卻不准我存錢買一台自己的隨身聽。「用妳存的錢買書吧，它們對妳才有幫助。」父親說。我心想：我又成了乏人問津的甘草棒，只要是有趣、好玩的東西，都不准我參與。父親一概認定ＣＤ和收音機播放的音樂全是邪惡的。他比較希望我們去聽《音樂水果籃》，但是那無聊得要死、而且是給老人聽的——奧貝有時會說，那是給爛掉的水果聽的。我覺得這樣的畫面很逗趣：躺在病床上、發爛的水果，點播歌曲讚美詩第十一首。我還是最喜歡聽《芝麻街》裡恩尼和畢特的故事，因為他們會為了正常人都會聳聳肩、一笑置之的小事情爭吵，他倆的鬥嘴讓我平靜下來。這時候我就會打開我的ＣＤ播放器、鑽回被子底下，想像自己是畢特收藏品中一只罕見的迴紋針。

「克拉帕西厄斯。」我悄聲說，然後輕輕地將臥室的門推開一小條縫。我看見奧貝呈長條狀的背影。他穿著工作服，坐在地板上。當我將門推得更開一點時，門板發出咿呀的聲響。我哥哥抬起頭來。他的雙眼發黑，就像掛在他門板上的紙條一樣。我突然納悶一件事情：要是蝴蝶知道自己不停飛舞會把自己累死的話，牠們的平均壽命會不會變短。

「密碼？」奧貝嚷著。

「克拉帕西厄斯。」我重複道。

「錯。」奧貝說。

「喂，這不就是密碼嗎？」杜葳特的鬍鬚還放在我外套口袋裡。它們輕輕扎著我的手掌。我的運氣很好，母親從來不會清空我的外套口袋；要不然她會發現所有我不想丟掉的東西，也就是那些我正在蒐集中、希望讓自己變得更重的東西。

「妳得有更好的答案，否則不准進來。」

奧貝轉過身去，繼續玩他的樂高。他正忙著蓋一艘超大的太空船。我沉思片刻，然後說：「希特勒萬歲。」房裡沉寂片刻；隨後我看到他的雙肩輕微地上下起伏，他咯咯笑了起來，而且越笑越大聲。他有笑是好的，這建立起某種同盟關係——村子裡的肉販總是會在我來購買新鮮的香腸時，向我眨眨眼，表示他同意這是個正確的選擇，也表示他對於我將他從那些他以這麼多愛心灌成、散發出肉豆蔻氣味的香腸中拯救出來感到快樂。

「把手舉起來，再說一次。」

這時奧貝已經完全轉過身來。他就像父親一樣，連身工作服最上方的幾顆按釦是解開的。他那閃亮、古銅色的胸膛宛如串在碳烤叉上的全雞。我聽到背景傳來《模擬市民》遊戲那熟悉的主題曲調。我毫不猶豫地舉起手來，低聲重複這句致敬語。哥哥向我點點頭，示意我可以進來，隨後再將目光轉回樂高。好幾堆根據顏色分類、擺好的樂高積木擺放在他的周邊。他原先藏著死掉的諦仔、直到開始發臭的樂高城堡，現在已經被他拆掉了。

他的房間裡瀰漫著一股悶滯的氣味。那是一種腐爛的味道，是很久沒洗澡的青少年身體會散發出來的味道。他的床頭小桌上擺著一捲衛生紙，衛生紙周圍則是一些淡黃色的軟團塊。我把玩著那些軟團塊，小心翼翼地嗅了嗅衛生紙的氣味。如果眼淚是有味道的，那就沒有人可以偷偷哭泣、不讓人發覺了。那些軟團塊什麼味道也沒有。其中一些摸起來黏黏的；另一些則已變得像石頭一樣硬。有一本雜誌從他的枕頭下方探出來，露出一角。我抬起枕頭——雜誌的封面是一名裸女，她的胸部看起來簡直就像南瓜。她看起來很驚訝，彷彿不知道自己為何全身赤裸，即使各種氛圍和情境結合起來就是要讓這一刻完全屬於她。有些人會被這一刻嚇到；他們畢生都在等待與期盼這一刻，但當他們真的等到那一刻時，反而變得有點突如其來。我不知道自己的時刻何時才會到來，但是我一定會穿著自己的外套。這位女士一定覺得很冷，雖然我並沒看到她手臂上起雞皮疙瘩。

我很快將枕頭跌回原處。我之前沒見過這本雜誌，我們會收到的東西就只有《歸正日報》、《歸正日報》家庭版雙週刊、飼料公司的《農牧》季刊、幾本德克超市的促銷型錄和馬諦斯訂的柔道雜誌——父親和母親持續「忘記」停掉這本雜誌，而他的死亡也就在每個週五隨著落在門口踏腳墊上的「砰」一聲重新現形。也許這就是奧貝會用頭去撞床頭的原因，就是要把裸女的形影甩掉，因為他無法像切換電視頻道一樣將自己腦中的頻道「吧吱」一聲轉掉。要是你的腦中染上不純淨的邪念，父親一定看得出來。

我坐到地毯上，在奧貝身旁坐定。他從樂高玩具城堡的廢墟裡抓住一名公主，作為俘虜。她的金色長髮披肩，塗著口紅與睫毛膏。

「我要強暴妳。」奧貝一邊說，一邊將他的騎士推向公主，在她身上上下磨蹭，就像那頭名叫貝羅的公牛對待母牛的方式。這時我很不想用手遮住自己的眼睛，因為周圍沒人在監視我是否有在偷看。我心想：那我還是任由誘惑擺佈吧。我一邊看著眼前的景象，一邊從樂高箱子裡取出一個我們用來裝硬幣和金色獎牌、已經清洗過的鮪魚罐頭。它還散發出魚的油漬味。奧貝伸出手來。

「喏，婊子，這是妳的錢。」我的哥哥盡可能壓低自己的嗓音。自從這一年的夏天，他開始經歷變聲期，嗓音忽高忽低。

「什麼是婊子？」我問道。

「女農夫。」他朝門口望了望，以確保父親或母親沒聽見這些話。據我所知，母親雖然認為農務比較像是男人的工作，但她對女農夫並沒有負面觀感。我從其中一座壞掉的瞭望塔上拿來另一個騎士。奧貝又將他的人偶推向公主，磨蹭著。它們看起來一直都好開心。我壓低嗓音說：「公主，妳的裙子底下是什麼？」

奧貝爆笑出聲，這種聲音有時很像一隻年幼的椋鳥飛入他的喉嚨裡發出啁啾聲。「妳不知道底下是什麼？」

「不知道。」我將公主立直，將她嵌在其中一個城垛上。我只認得陰莖。

「妳自己就有一個，是屄。」

「那長什麼樣子？」

「像布丁奶油麵包一樣。」

我揚起眉毛。父親有時候會去麵包店拿布丁奶油麵包回家。有時候，麵包底部會有幾個藍色小點，布丁的部分已經凹陷下去，不過它們還是滿好吃的。我們聽見父親在樓下大吼大叫。他越來越常吼叫，好像要用力把他的話塞進我們體內似的。我想起《以賽亞書》的一句箴言：「你要高聲呼喊，不要停止；要放聲高呼，像響亮的號角。要向我的子民宣告他們的過犯，向雅各家宣告他們的罪惡。」他指的是哪一種過犯？

「什麼是口蹄疫？」我問奧貝。

「乳牛會得的病。」

「那會發生什麼事呢？」

「所有乳牛都會死，一整群都會死。」

他不帶情緒地說出這些話，但我注意到他髮旋周圍的頭髮要比髮線附近的頭髮來得油膩，就像潮濕的青貯飼料。我不知道他搔了髮旋多少次；但顯然，他很焦慮。

我的胸口感覺越來越溫暖，感覺就像太快喝下一整杯熱巧克力。有人正在用茶匙攪拌它，在我心口生成一道漩渦——不要再攪拌了，我聽見母親說——而那些乳牛就像融進牛奶的可可塊，一頭接一頭消失在漩渦裡。我嘗試全心全意地想著樂高玩具組裡面的公主人偶。她在自己的裙子底下偷藏了一塊布丁奶油麵包；奧貝獲准用舌頭將奶油舔乾淨，他的鼻子上沾滿糖霜。

「可是為什麼呢？」

「因為牠們生病了。奄奄一息。」

「會傳染嗎？」

奧貝審視我的臉孔，將雙眼瞇得像我們幫鄰居琳恩的木片切削機購買的平板刀葉那樣，說：「如果我是妳，我會好好注意妳身上哪裡有呼吸，哪裡沒呼吸。」我的雙手扣緊雙膝，身體前後晃動、而且越搖越快。我眼前突然浮現父親與母親的膚色變得像樂高人偶一樣黃的影像。當所有乳牛消失不見，又沒有人扣住他們的後頸將他們「喀」一聲嵌回正確的位置上，他們就會呆立在原地、動彈不得。

過了一會兒，哈娜來跟我們坐在一起。她帶了櫻桃小番茄過來，用牙齒剝去它們的表皮，番茄露出了柔軟、飽滿的紅色果肉。她將番茄吃掉時表現出的謹慎，以及將所有事情分層處理的做法，令我感動。她吃三明治麵包時，總是會先把內餡吃掉，接著啃硬外皮，最後才吃掉麵包柔軟的內側。她吃里加餅乾的時候，會先用門牙將奶塊刮掉，把餅乾留到最後。哈娜分層進食，我則分層思考。就在她正要用牙齒咬住另一顆番茄的時候，奧貝的房門再度被推開，獸醫將臉靠在門邊，探出頭來。他來我們這裡已經很久了，但到現在他還是穿著同一件帶有黑色鈕釦的墨綠色風衣，一隻橡膠手套的四根手指鬆鬆垮垮地從他口袋裡伸出、懸盪著，手套的拇指則向內縮。他第二次捎來壞消息：「他們明天會來採檢。牠們應該會全部被撲殺，包括那些流浪乳牛。」他指的是父親養的幾頭沒有註冊的乳牛，為的就是要向村民們或家族成員多賣一些牛奶。這些經由「黑市牛乳」賺來的錢被存在壁爐架上的一個罐子裡。那是度假的經費。然而我有時會看到父親在自以為四下無人的時候打開那罐子，從裡面抽走一兩張紙鈔。我的揣測是：他是為了有一天獨自離家出走而偷存一點私房錢。學校裡的艾娃也會這麼做，儘管她才十三歲。父親想必是在找一個家庭，允許他用餐刀刮了罐子裡的蘋果糖漿後放心用舌頭舔乾淨，讓他可以不必再大吼大叫或甩門，不介意他在用餐後鬆開褲子最上方的鈕釦，讓你看到他的金毛糾結在內褲鬆緊帶上方，蜷曲成一團。也許他在那裡還能挑選自己想穿的衣服，不像現在，母親每天早上都會將他要穿的衣服掛在床沿，如果父親有異議，她會一整天不和他說話、或者從她的飲食清單上再剔除一項食物，然後發出一聲嘆息、宣布這件事情，講得好像是那項食物拋棄她似的。

「如果事情是那樣，那必定是上帝的意旨。」他面露微笑，目光逐一從我們身上掠過。很和善的微笑，包德萬．德．赫羅特的微笑還要和善。

「而且，」他接著說：「對待你們的父母，要比平常更和善。」我們順從地點點頭，只有奧貝目光僵硬地盯著自己房間裡暖氣的導管。導管上有幾隻正在烘乾的蝴蝶。我不希望獸醫看到這一幕，然後告訴父親與母親。

「我得回去照看乳牛了。」獸醫說道，然後轉身離去，將門板在身後帶上。

「為什麼父親不自己過來告訴我們這些事情？」我問道。

「因為他得採取措施。」奧貝說。

「比方說？」

「把院子封起來，安裝一座消毒池，把小牛帶進室內，對工具和奶槽進行消毒。」

「我們不就是措施嗎？」

「我們是啊，」奧貝說：「不過我們是從一出生就被用柵欄隔開、綁起來的。我們天生就是這副樣子。」

然後，他更加靠近我。他臉上塗著父親刮鬍子後使用的潤膚露，以汲取一點父親那種不怒而威的氣勢。「妳想不想知道，他們會如何撲殺乳牛？」

我點點頭，想起那位曾經說過我富有同理心和無邊際的豐富想像力、前途不可限量的女老師；不過她也說，我必須及時找到能形容這些想像力的言語，否則一切的人事物都只會繼續悶在你心裡。由於我們家信奉歸正會，同學有時會拿信眾老穿著黑色長襪這件事情來取笑我——即使我從來沒穿過黑色長襪。我總有一天會像那些黑色長襪一樣往內縮成一團，直到我舉目所見只有黑暗，而且是無盡的黑暗為止。奧貝用食指抵著我的太陽穴、發出射擊的聲音，然後突然揪住我外套的抽繩、掐住我的喉嚨。在那一瞬間，我直視他的雙眼，看到他將倉鼠壓進水杯裡搖晃時表現出的同一種恨意。我掙脫他的手。「你瘋啦！」

「我們全都會瘋的，妳也是。」奧貝說。他從書桌的抽屜裡掏出一包迷你氣泡巧克力，撕開包裝紙、將它們一塊接一塊塞進嘴裡，直到嘴裡成了一大團褐色軟糊。他鐵定是從地下室偷來這些巧克力的。我希望那些猶太人有及時躲到那面由哈克牌蘋果泥瓶罐構成的牆壁後方。

16.

父親最喜歡烏鴉的葬禮。有時候，當他在牧場上或糞肥堆發現一隻死掉的烏鴉時，就會用一條繩子將牠倒掛在其中一棵櫻桃樹的枝上。不消多久，一整群烏鴉就會出現，在櫻桃樹周圍盤旋，向牠們的同伴致上最後的敬意，一待就是好幾個小時。沒有其他生物像烏鴉一樣哀悼這麼久的。在一群烏鴉中，通常有一隻顯得特別出眾；體型比其他同類大一些，也比較兇悍，啼叫聲更是所有烏鴉之中最響亮的。牠想必是鳥群中的牧師。牠們斗篷般黑亮的羽毛與明亮的天空構成美麗的對比。父親說，烏鴉是聰明的動物。牠們能夠計數、記住臉孔與聲音，虐待牠們的話牠們還會記仇——但在一隻烏鴉被吊起來以後，牠們就在院子上空盤旋。牠們站在屋頂的簷溝上，犀利地盯著在屋舍與牛舍之間來回走動的父親，牠們黑亮的雙眼像是兩顆獵槍子彈，對準射擊場上用硬紙板製成的野兔標靶，直鑽進他的胸口。我盡量不要去看那些烏鴉。也許牠們想要向我們揭露某件事情，或者，牠們正在等著乳牛死掉。奶奶昨天說院子上空出現烏鴉，是死亡的預兆。我想，下一個該輪到母親或我了。父親今天早上要我躺在院子裡，讓他丈量製作新床鋪所需的尺寸，肯定是有原因的。他正在用多出來的棧板、橡木板和奧貝的雞籠所剩下的木板製造這張床。我躺在冰冷的地上，雙臂貼著身體，看著父親拉開一把摺疊尺測量我從頭到腳的長度，心裡想著：如果你把床腳鋸掉，把床墊抽掉，你就能輕鬆地打造一口棺木。

我想要臉朝下趴著，棺木的小窗定在我屁股的位置，這樣所有前來跟我道別的人就可以好好看著我的屁眼，因為那裡是一切的重點所在。父親收起摺疊尺。他堅持我不應該繼續睡在馬諦斯的床上，「小揚已經受不了了。」這幾個禮拜我的臉色實在太蒼白了，鄰居琳恩便在每週五晚上給我送來一整箱小橘子，這些橘子用裝馬鈴薯的板條箱裝著，還有一些用紙包起來，就像我穿著外套一樣。而我也越來越常屏住自己的呼吸，以避免吸入病菌，或者說更靠近馬諦斯。我不消多久就癱坐在地上，周遭的一切事物全部糊成一片雪景。只要我倒在地板上，很快就會恢復神志，看見哈娜憂慮的臉孔。她濕冷的手就像一塊小面巾，貼在我的前額上。我沒有告訴她：昏迷是很舒服的，在雪景中遇到馬諦斯的機會，還大於在這座牧場上與死亡相遇的機會。當我躺在院子裡時，那群烏鴉就在我頭頂上盤旋。父親在帳本記下床鋪的長與寬各是幾公分。

母親已將一條乾淨的床包套在新的床墊上，也抖了抖我的枕頭。她用拳頭在枕頭套的中間壓了兩下；我的頭會躺在那裡。我坐在旋轉椅上，望著自己的新床鋪。即使我的腳趾會碰到床尾，而且好像躺在一只將我越絞越緊的指捻螺釘裡，但我還是想念那張舊床。那至少是某種安全感，彷彿某種東西為我設定界限，使我不必再成長下去。現在我有了更多扭動的空間，還可以斜躺在對角線上。現在馬諦斯的身形已經消失，我得自己掘出一個凹坑，讓自己躺在裡面。如今，他體型的尺寸與規格再也看不到了。

母親跪坐在我的床緣，雙肘頂在羽絨被上；由於風向不對，被子散發出液態糞肥的味道。風向不對的情況越來越常出現。不消多久，乳牛的氣味就會完全消失；再過沒多久它甚至會從我們的腦海中消失，我們散發出的味道就只有思念與彼此的缺席。母親溫柔地拍了拍羽絨被。我順從地起身，鑽進被單底下，側身躺臥著，就能繼續看著母親的臉孔。從這裡望去，這套藍色條紋被單使我和她之間彷彿有十萬八千里之遙。她在湖對面某個地方，她的身體就像一隻困坐冰穴裡、深陷悲痛中的黑水雞那樣瘦弱。我將自己的雙腳微微向右靠，讓它們恰好能夠位於母親十指交扣的雙手底下。她馬上將手抽開，彷彿我身上有電流似的。她的雙眼下方出現深深的黑眼圈。我試著判斷口蹄疫爆發的新聞對她造成了什麼樣的影響，禮拜當天晚上發生的事件，以及那群烏鴉究竟是衝著我，還是衝著她而來的。

「不要被惡所勝，反要以善勝惡。」倫克瑪牧師在晨間禮拜講道時說。我、哈娜和村子裡其他幾個小孩坐在管風琴旁邊的扶手上。我從上往下看時，望見父親突然從一整片黑帽子中站起身來。居高臨下望去，它們就像臭酸掉的禿鷲蛋，因為躺在窩裡太久，蛋黃已經佈滿黑斑。我旁邊的一些小孩也在窩裡待太久了，他們睏容滿面地坐著，眼神空洞地盯著前方；

或是用手托著臉，彷彿自己的臉是教會的奉獻袋、不願意往下傳似的。父親環顧四周，無視輕輕拉扯他黑色大衣下襬的母親，喊道：「一切都是牧師造成的。」教堂陷入一片死寂。這種使人感到不適的沉默就像已經乾掉、難以從牛欄裡掃出來的糞肥，你不知道該拿它怎麼辦才好。每一個人都望著父親，每一個坐在扶手上的孩子都望著我和哈娜。我任由自己的下頷深深縮進外套的領口內，感到冰冷的拉鍊抵著我的皮膚。

我看到管風琴手摸索著白鍵，開始彈奏《詩篇》第五十一篇。我鬆了一口氣。會眾們紛紛起立，父親的抗議聲就像落在蛋黃中間的一塊奶油那樣，消失在村民與愛八卦的女人們竊竊夾雜的「嘶嘶」聲之間。在那之後沒多久，我們看到母親涕泗縱橫，將歌本夾在腋下逃離長凳。貝菈從側面戳了我一下：「妳父親發神經啦。」我沒有答話，卻想起某一首兒歌提過一個在沙上蓋房子的愚蠢男子——大雨滂沱、潮水上漲，那座房子「噗」一聲就崩了。父親也將自己的話語建立在流沙之上。他怎能指責牧師呢？這也許是我們自己的錯？也許這是眾多災疫中的一項。在這裡，災疫從來不是自然現象，而是一種警告。

母親開始柔聲地唱：「**我們的天父住在藍天與金星之上，愛護著馬蹄斯、奧貝、賈絲與哈娜。**」我沒有跟著唱，反而注意起我書桌下的那個水桶。母親認為蟾蜍是骯髒、令人不舒服的動物。她有時會拿畚箕和掃把從脫靴器後方將牠們掃起來，像一堆剝下的馬鈴薯皮一樣把牠們送進糞肥堆去。而那些蟾蜍們過得也不怎麼好。牠們看起來有點虛弱，皮膚變得越來越乾燥，而且牠們經常長時間坐著，雙眼緊閉——也許牠們正在禱告，卻不知道應該如何結束，就像我不知道該如何結束對話一樣。我只會開始拖著腳步，雙眼凝視前方，直到有人說：「好啦，掰囉。」我不希望自己有一天必須對蟾蜍們說「掰掰」，但如果牠們再不趕快吃點東西，這一天終將來臨。

唱完歌後，母親將手伸進自己粉紅色晨袍的口袋裡，拿出一包用銀色鋁箔紙包著的小東西。「對不起。」她說。

「怎麼了嗎？」

「為了宇宙星辰，還有今天晚上。是乳牛的事情，還有驚恐造成的。」

「沒關係。」

我接過那一小包東西。是一塊塗了孜然茴香乳酪的烤麵餅。餅在她口袋裡放了一陣子，所以乳酪嚐起來溫溫的。母親望著我咬了一口。

「妳就是這麼怪，還有妳那件怪怪的外套。」

我知道她這麼說只是因為鄰居琳恩過來關心乳牛以及我們的情況時，再度提起這件事，就連獸醫都向母親談起我的外套。當時她先餵完小牛，過了一會兒才走進來，攤開一張廚房專用的小摺疊梯，擺在廚房中間，站了上去。一般來說，她只有在需要清除蜘蛛網的時候才會使用它。她會對每一張爬有蜘蛛的蛛網說：「原來家裡還有這麼噁的醜八婆。」這是母親唯一會講的笑話，但我們仍然很珍惜這種機會，就像飛進果醬罐裡的昆蟲不亦樂乎一樣。她這回倒不是為了要剷除蜘蛛才爬上廚房梯子，她是要將我從她編織出來的網子裡抓出來。

「如果妳不馬上脫掉妳那件外套，我就跳下去。」

她穿著黑色長裙，雙手抱胸，居高臨下，嘴邊還有吃櫻桃殘留的紅漬——那可是她現在仍然會吃的少數幾樣東西之一——很像一隻被壓扁、黏在潔白壁紙上的蜘蛛屍體。我評估這一跳的高度。這樣的高度是否足以致死？根據牧師的說法，魔鬼害怕這座村子，因為我們比惡還要強大。不過，這是真的嗎？我們有比惡還要強大嗎？

我用拳頭擠壓自己的腹部，以減緩那復發的、惡魔般的刺痛感，本能地夾緊屁股、彷彿正在努力憋屁——這不是一個屁，而是一場風暴，一場越來越常席捲我全身的風暴。就像新聞報導的颶風那樣，我的這場風暴也有個名字。我將它稱為「聖靈」。「聖靈」貫穿我全身，而我的腋窩緊緊貼著外套的布料。沒有這道保護層的話我會生病的。我僵立在原地，呆望著母親，望著她擦得閃閃發亮的皮拖鞋、望著那沾有舊油漆汙跡的踏階。

「我數到十。一，二，三，四。」

她的聲音逐漸消逝，廚房內的景象變得模糊，不管再怎麼努力，我就是沒辦法將手放到拉鍊上。隨後我聽見沉悶的「砰」一聲，還有骨頭砸在廚房地板上的聲音、粉碎聲以及一聲哀號。廚房裡突然間擠滿了人，擠滿許多不同的外套。我感覺到獸醫的雙手搭在我的肩膀上，彷彿我的雙肩是兩隻小牛的頭。他的聲音平靜，具有某種引導性。慢慢地，我的視線再度變得清晰起來，聚焦在母親身上；她躺在那台我們拿來裝豆子送往糞肥堆的獨輪手推車裡。奧貝將她推出院子，去找村裡的家庭醫師。我只看到零星幾隻烏鴉飛起；透過我的淚光望去，牠們就像睫毛膏留下的條紋。父親拒絕用福斯汽車載她。「你不會把爛掉的橘子送回蔬果商那邊。」他當時這麼說，意思是：她是咎由自取。我心想：用不了多久，我們就真得送她最後一程了。在那天晚上剩餘的時間裡，父親一語不發。他只是穿著連身工作服，疲乏地癱坐在電視機前，手裡拿著一杯琴酒、抽著菸。在沒有菸灰缸的時候，他會把菸頭對著膝蓋邊緣捻熄，連身工作服上被菸頭燒出的洞於是越來越多。待在這裡彷彿讓他感到窒息、導致他需要更多的通風口。

自從這件事發生後，獸醫就常常來我們家；他曾經開車載著我和哈娜兜風，在村子周圍繞上一圈。想要安靜坐著，最好的方法就是坐在車子裡：一切都繞著你移動、變換，你能夠觀賞一切，卻無需移動。我們開到油菜籽園，坐在汽車引擎蓋上，望著聯合收割機將油菜植物從地面割起。黑色的油菜籽被送進一個大型貨櫃中。獸醫告訴我們，它們會用來製造燈油、牲口的飼料、生質燃料與人造奶油。一群鵝飛過天邊，直朝對岸而去。有那麼一瞬間，我希望牠們像瑪納[24]那樣從天空墜落、紛紛掉在我們的腳邊，牠們的脖子已經折斷，然而牠們只是越飛越遠，直到我再也看不見牠們為止。我望向哈娜，她忙著跟獸醫講學校的事情。

她已經脫掉鞋子，穿著那雙條紋襪坐在汽車引擎蓋上。我多麼想脫掉自己的綠色靴子，但我不敢這麼做。疾病會從四面八方襲來，就像闖空門的小偷一樣——父親和母親太低估小偷狡猾的程度了。他們出門時只鎖上前門，還以為只有他們認識的人會從後門進來。

我們完全沒有提起家裡發生的事情，一次都沒有。任何言語都無法像聯合收割機的刀片斬斷油菜花頭、只保留可利用的部分那樣，有效減輕恐懼的強度。我們無聲地望著日落，然後在回程的路上向那個賣薯條的農夫買了一袋薯條，在車子裡分著吃，車窗蒙上一層霧氣。而我的雙眼也迷濛起來，因為這是我第一次不會感到寂寞，雖然只是片刻——和其他任何食物相比，薯條更能將人們連結起來。

一個小時以後，我們躺在床上、手指油膩膩的，聞起來有出美乃滋的味道，迎向依然充滿希望的夜晚。然而，因為吃過薯條，我就沒有再吃烤麵餅的食慾了。我只是不想讓母親失望，才勉強咬了一口。我眼前不斷出現她躺在獨輪手推車裡，受了傷的腳伸出推車邊緣懸盪著的景象。奧貝突然間看起來如此脆弱，讓我想安慰他。《羅馬書》第十二章說：「如果你的恩賜是服務，就該服務；是教導，就該教導；是勸勉，就該勸勉；是施予，應該慷慨；是領路，應該勤勉；是行慈善，應該和顏悅色。」我不知道自己的恩賜是什麼，也許我的恩賜就是閉嘴、聽話。而我已經做到了。我只是問他，他的《模擬市民》人物還好嗎？他們是否已經開始舌吻？「現在沒有。」他只撇下這句話，就將自己鎖進房間裡。新一輯《熱門金曲》的旋律從他的音響迸出，音量大到能讓我輕輕地跟著歌詞哼唱。沒人對此表示意見。

母親就像冷凍的豆子一樣，變得越來越軟趴趴的。她有時甚至任由手中的物品掉落，然後怪罪我們。今天我已經唸了五次《主禱文》。我在唸最後兩次時睜開雙眼，留意周圍的動靜。我希望耶穌理解這一點：乳牛熟睡時雙眼也是睜開的，為了防止突然遭到攻擊。我對於在夜裡可能會偷襲我的任何東西越發感到恐懼、無法自拔，無論是一隻蚊子還是上帝。

母親用空洞的雙眼凝視著我的螢光羽絨被。我無法將那口烤麵餅吞嚥下去。我不希望她因我而感到悲傷，不希望她再度取來廚房梯子——因為如此一來她就能更輕易地搆到繩子，登上飼料塔，然後她只需用腳把梯子踢開就行了。奧貝說，上吊自殺死得很快，只有對正要吊死自己的人來說很漫長，因為他們有許多事情得冥思苦想；而教堂裡的冥想，至少是吃掉兩顆薄荷糖所需的時間。假如她現在突然不怕高了，那她也不會怕爬上飼料塔。

我的嘴裡塞滿東西，說道：「這裡好暗。」

母親的雙眼滿懷希望地看著我，我突然想起貝菈的友誼冊。母親將「妳以後想當什麼」問題後面的答案劃掉，改成：「一個好的基督徒。」這使得大家忽略我對「妳身高幾公分」的回答——我可說是快速抽高。我問自己，我算不算是個好的基督徒。假如我送母親某個東

24 根據《聖經》，古代以色列人出埃及時，在曠野靠著這種上帝賜給他們的神奇食物度過四十年。

西讓她心情再度好轉，也許我就是個好的基督徒了。

「好暗，哪裡？」她問道。

「到處啊。」我一邊說，一邊吞嚥塞得滿嘴的東西。

母親捻亮我床頭櫃上的地球儀燈，假裝鬼鬼祟祟地溜出房間；她受傷發疼的腳包著繃帶，晨袍的束帶勒得很緊。馬蹄斯還活著的時候，我們常玩這個遊戲；我太喜歡這個遊戲了。

「大熊，大熊！我睡不著，我好害怕。」

我透過自己手指的縫隙，看著她走向我房間的窗戶，揭開窗簾，說：「看，我替你把月亮摘來了。有月亮，還有所有閃閃發亮的小星星。小熊還想要什麼嗎？」

愛，我暗自想著，就像牛舍裡所有「水泡頭」呼吸時散發出的暖熱。牠們有一個共同的目標：活下去。我想要一處能讓我安心將頭貼上去的側腹，就像擠牛奶的時候那樣。父親與母親根本就像乳牛——牠們所能夠給予的愛，僅止於在你遞上一塊飼料甜菜的時候，不時伸出粗糙的舌頭而已。

「沒有了，我是一隻開心的熊。」

我保持原本的姿勢等待著，直到樓梯不再傳來咯嘎聲，才將窗簾拉上，努力地想著我的救星，好讓我胃部周邊那種沉重的壓迫感消失，為某種渴望，某種只有鳥兒才能充分表達的渴望清出空間。我察覺到：每動彈一下，我的床鋪就會嘎吱作響。這表示父親和母親在夜裡立刻會知道我在做什麼。我在床墊上坐起，然後站起身來，將那根掛在閣樓橫樑上的繩子套進脖子。太鬆了。它的繩結已束緊了很長一段時間，我無法解開；不過我還是用它沿著我的脖子繞圈，像綁圍巾一般，感受那粗糙的質料接觸我的皮膚。我想像緩緩窒息，變成一道韆韆揣摩你期待的擺盪方式，想像著生命離我而去的感覺，這感覺一直都很像我光著屁股，像個肥皂碟一樣躺在沙發上時稍微會有的那種感覺。

17.

「現在是啟用典禮。」我盤腿坐在新床墊上對著哈娜說。她的睡衣前面是一個芭比娃娃的頭，娃娃有一頭金色的長髮和粉紅色的嘴唇，臉已經被磨掉了半邊，就像浴缸邊上放的芭比娃娃一樣，我們拿一塊菜瓜布沾肥皂把她的微笑擦洗掉：我們不想讓母親發現家裡有什麼可以笑的事情，尤其是現在乳牛病得厲害。

「什麼是『典禮』？」她梳了一個包包頭。我不喜歡包包頭，原因除了太緊以外，我們還更有可能又被講成「黑襪女」，因為上教會的女人梳的包包頭看起來就像一團襪子。

「一種歡迎某個東西或某人的儀式。我的床是新的，今天是它在這裡的第一個晚上。」

「好吧，」哈娜說：「那我該做什麼？」

「首先我們要歡迎它。」

我把髮絲撥到耳後，然後用洪亮的聲音說道：「床墊，歡迎你。」我把手放在床包上。

「床墊，歡迎你。」我妹妹跟著說，還把手放在床包上，上下撫摸著床包。

「現在要進行儀式。」

我趴在床墊上，把頭埋進枕頭下，然後把頭轉向側邊，這樣我才能看到哈娜。我告訴她，她是父親，我是母親。

「好啊。」哈娜說。

她來到我旁邊趴下。我將枕頭蓋住整個頭頂，把鼻子壓入床墊。我還聞得到父親和母親買來這張床墊的寢具用品店的味道，聞起來有新生活的感覺。哈娜跟著我做。我們像烏鴉一樣趴在那兒，沒有人出聲，直到我抬起自己的枕頭看著哈娜，她的枕頭輕輕地上下移動。床墊是一艘船，是我們的船。「我們在這地上的帳篷若拆毀了，必得神所造，不是人手所造，在天上永存的房屋。」我突然想起《哥林多書》的一句話。我的注意力又回到哈娜身上，低聲說道：「從現在開始，這裡就是我們的基地，也是我們避難的地方。跟著我說一遍：『親愛的床墊，我們是賈絲和哈娜，也是小爸爸小媽媽，很高興將您引進『那個計畫』的黑暗世界。在這裡所說和所渴望的一切，絕不外洩。從現在開始，你跟我們是一國的。」哈娜照唸了，不過她的臉壓在床墊上，聽起來像是在咕噥。我從她的聲音聽得出來她覺得很無聊，她希望趕快結束，去玩其他遊戲。但這不是遊戲，這是很認真的。

為了向她展示這件事情的嚴重性，我把手放在她頭上的枕頭，抓住枕頭兩端，用力往下壓。哈娜立刻扭動下半身、瘋狂掙扎，我只能更加用力。她亂揮手臂，揪住我的外套後死抓著不放。我力氣比她大，她無法脫身。

「這是一個典禮，」我又說：「想要過來住在這裡的人都得嚐嚐窒息的感覺，就像馬諦斯一樣，唯有體會過瀕死的感覺我們才能成為朋友。」我移開枕頭，哈娜開始抽泣。她的臉看上去跟番茄一樣紅，貪婪地嘗試吸了一口氣。「白癡，」她說：「我剛才快不能呼吸了。」

「這是必經的過程，」我說：「現在妳知道我每天晚上的感覺了，現在床也體會了這個過程了。」

我爬向哭泣的哈娜，將她臉頰上鹹鹹的恐懼吻乾。

「別哭，老公。」

「妳嚇到我了，老婆。」哈娜小聲說。

我靠在妹妹身上，慢慢開始搖晃，就像我經常對著我的小熊玩偶做的那樣，一邊小聲說：「如果我們拿出勇氣，我們的日子就會延長。我的身體越來越熱，外套黏在皮膚上；直到我感覺哈娜快睡著時才停下來。現在沒有時間睡覺，我又從床上坐起。

「我選擇獸醫。」我突然說，盡量讓我的嗓音聽起來堅定。四下沉默了半晌。「他很溫柔，住在對岸，而且聽過很多不同的心跳，至少上千個。」我接著說。

哈娜點點頭，衣服上的芭比娃娃也跟著點頭。「對我們這種女孩來說，包德萬．德．赫羅特簡直是高不可攀。」她說。

我們這種女孩。我不知道她是什麼意思。到底是什麼東西使我們成為現在的樣子？為什麼人們一看就知道我們確實是穆德家的一員。我認為外面有很多像我們這樣的女孩，只是我們還沒有遇到。許許多多的父親們和母親們也是在某一天突然相遇的。而且因為每個人都有成為父母的願望，他們最後就會結婚。

我們的父母是怎麼找到彼此的，至今仍然是一個謎。父親基本上非常不擅長找東西。如果他有東西不見了，通常是他放在自己口袋裡；他去買菜時，買回來的東西總是與原本列在採買清單上的東西不同：母親買錯優格的話，他還是會乖乖接受，反之亦然。他們從來沒有告訴我們他們第一次相遇的情形，母親總是認為講這個的時機不對。在這裡，我們很少有好的時機，就算有我們也是後來才發現的。我懷疑，這件事的過程可能就跟乳牛一樣：有一天，爺爺和奶奶把我母親的臥室門打開，然後把我父親像公牛一樣放到她旁邊。他們關上門，變，變，變，我們蹦出來了。從那天起，父親叫她「太太」，母親則稱喚他「先生」。如果某天他們心情好，就以「老婆」和「老公」互稱。我覺得很怪，好像他們害怕忘記對方的性別，或是害怕忘記他們是一對似的。

關於我父母的相遇，我對貝菈扯了個謊。我告訴她，他們在德克超市擺著俄羅斯沙拉的架子前相遇，當時他們都想拿牛肉口味的，伸手去拿盒子時他們觸摸了對方的手。老師說，愛不需要眼神交會，觸摸就足夠了。我不懂，如果連眼神交會和觸摸都沒有，那該叫作什麼？

不過我還是向哈娜點點頭，儘管我認為一定有女孩跟我們一樣。也許她們不會老是散發出牛的氣味、父親的憤怒和香菸煙霧的氣味，但是總有辦法辨認出來。

我把手放在喉嚨上感覺一下；我還一直感覺得到繩子的勒痕，當我回想今天發生的事情，回想廚房梯子和那一摔時，感覺繩子好像勒得更緊了一點，喉頭下方打了一個雙結。所有東西似乎突然卡在喉嚨下方，就像父親的拖拉機大燈照在羽絨被上留下的光紋一樣。我們聽到他在外面施肥，將牛糞灑滿整座農地。這件事情必須偷偷來，因為現在已經禁止施肥，以降低感染風險。我們不知道還可以把肥料堆在哪裡：原本鋪在糞肥堆上的木板是讓獨輪手推車得以將糞便拖到盡頭的，結果木板現在被滿溢的肥料淹沒了。父親說，晚上沒半條狗會注意到他在牧場上施肥。撲殺單位今天甚至派了一個身穿白色防護裝的人，將幾十個裝有藍色毒藥的滅鼠盒放在院子裡，好讓老鼠不會再散播舌頭水泡。哈娜和我必須保持清醒，父親一定不可以突然撇下我們不管。光紋從我腳底開始移動，停在我的喉嚨下方，過了一會兒又從腳底周而復始。

「妳覺得他們會被拖拉機輾死，還是掉進肥料池裡淹死？」

在羽絨被下，我感覺哈娜正在靠近我。她的深色頭髮聞起來有青貯飼料的味道。我對著她的頭髮深吸了一口氣，一邊想著我曾經咒罵過那些乳牛，但是現在牠們全都要被做掉了，我只希望牠們能與我們在一起，希望我們的院子永遠不會那樣死寂，只能在回憶裡播放牠們的聲音，希望不會只剩天溝裡的烏鴉盯著我們。

「妳跟冷凍的麵包一樣冰冷。」哈娜說。她把頭靠在我的腋下。她沒有跟著我一搭一唱。也許她擔心一語成讖。就像我們看《林果》節目時常常可以預測誰會拿到致勝的綠色小球，同理我們也可以預測死亡。

「冷凍的麵包至少比起解凍的豆袋好。」我說。我們把羽絨被蓋住頭頂咯咯笑著，這樣母親才不會被我們吵醒。然後，我把手從自己喉嚨滑到哈娜的脖子上。感覺很溫暖。我可以透過皮膚感覺到她的頸椎。

「我的老婆，妳的厚度比我更完美。」

「那是用來幹嘛的，我的老公？」哈娜搭腔了。

「用來得救。」

哈娜推開我的手。你不需要完美的厚度才能得救，正是由於不完美讓我們變得脆弱，我們才需要被拯救。

「我們脆弱嗎？」

「像稻稈一樣脆弱。」哈娜說。

我突然搞懂了什麼，我們過去這段時間無時無刻處於脆弱的狀態，一切似乎都說得通了。於是我說：「這是《出埃及記》裡的另一場災禍，一定是的。只是它們發生在我們身上的順序錯亂了。妳明白嗎？」

「什麼意思?」

「妳看，妳流鼻血，表示水變成了血，此外我們經歷了蟾蜍遷徙、學校裡的蝨子、長子的死、糞肥堆上的牛虻、被奧貝用靴子踩扁的蚱蜢、我的舌頭被煎蛋燙到潰瘍，還有冰雹。」

「所以妳認為這就是現在發生牛瘟的原因嗎?」哈娜帶著驚訝的表情問。她把手放在心臟上，就在芭比娃娃的耳朵所在的地方，好像她不應該聽到我們的話似的。我緩緩點頭。在這一切之後，我想等著我們的，只剩一件事情，也是最糟的事情：黑暗，完全的闃黑，日光將永遠被父親禮拜天專用的大衣包住。我沒有大聲講出來，但是我們倆都知道，這棟房子裡有兩個人一直渴望到對岸去，他們想去湖的彼岸並願意為此獻上祭品：無論是火球糖還是死掉的動物。

然後我們聽到拖拉機熄火的聲音。拖拉機的大燈不再照亮我的房間，於是我摁開床頭櫃上地球儀的燈，來緩解突然降臨的黑暗。父親完成了施肥工作。我想像他穿著連身工作服，從遠處望向整座牧場，只有前廳還亮著一盞燈照亮了橢圓形窗戶，彷彿半醉的月亮往下跌了幾公尺。當他看著牧場時，他看到了自己三代務農的世家。這座牧場原本屬於穆德爺爺，穆德爺爺又是從他父親那裡接下的。爺爺去世後，他的許多乳牛還是繼續活了下去。父親經常講爺爺的乳牛也得了口蹄疫的故事，那頭野獸不想喝水：「然後他就買了一桶鯡魚，把鯡魚扔進病牛的嘴裡。牠不僅補充了一些蛋白質，而且還口乾舌燥，因此克服了水泡的痛苦，重新喝起水來。」我本來一直認為這是一個好故事。但現在用鯡魚對付舌頭水泡已經沒用了，爺爺的乳牛也會被全部做掉。父親的所有存在會一口氣全部被奪走。他的感覺肯定就像諦仔的死之於我們，但還要乘以乳牛的數量，也就是乘以一百八十。他認得每頭乳牛和每頭小牛。

哈娜將臉從我的脖子上移開，她黏黏的皮膚正慢慢從我的臉上剝離，殘留下一層凡士林，彷彿她是我天花板上不時掉落的天體之一，使我無法許願，因為宇宙不是一個許願池，而是一個萬人塚：每顆星星都是一個死去的孩子，最美麗的星星是馬諦斯——這是母親教我們的。有時我會擔心，有一天他會墜落、掉進別人的花園裡，而我們卻沒注意到——可是天空常常會少掉幾顆星星，這應該沒有什麼好擔心的才對。

「我們得到安全的地方。」哈娜說。

「真的。」

「但是什麼時候呀，我們什麼時候去對岸呢？」

我的妹妹聽起來有點不耐煩。她對等待一無所知，她想要的往往現在就要。我心思比較縝密，也因為這樣很多事情與我擦身而過，畢竟有時候事情也會不耐煩。

「妳每次都講得好聽，但最後往往什麼都沒有。」

我向哈娜保證自己下次會改進，然後說：「等我腦海裡的老鼠走了，愛情又會回來的。」

「老鼠？那也是一個災疫嗎？」

「不是，災疫是為了保護老大可以順利回來。」

「愛情是什麼？」

我想了一下，然後說：「就像信仰比較不虔誠的奶奶調的蛋酒，金黃色的，而且濃稠。想要讓它好喝，用正確的順序和比例混合所有成分很重要。」

「蛋酒很噁心。」哈娜說。

「那是因為妳還沒有學會愛它。妳不會馬上就愛上愛情，它的味道會越來越好，越來越甜。」

哈娜摟了我一會兒，她窩在我的腋下，就像抱著自己的娃娃一樣。父親和母親從不抱我們，這一定是因為某些秘密會像凡士林一樣黏在對方身上。這就是為什麼我從不主動去抱別人：我不知道我想洩露哪個秘密。

18.

父親的木鞋擱在門墊旁邊，硬梆梆的鞋頭周圍套著藍色塑膠鞋套，以防止傳染病繼續蔓延。我真希望將鞋套罩在臉上，這樣就可以只吸自己的鼻息。我踩進同一雙木鞋，走到糞肥堆上清空果皮籃，將果皮倒在被露水染得稀白的牛糞上，突然間，我漸漸意識到這可能是我接下來這段時間會看到的最後一座牛糞堆。還有清晨牛兒哞哞叫的聲音，牛奶槽開始冷卻的聲音，飼料攪拌機的聲音，被玉米飼料吸引過來並在牛舍屋脊上築巢的斑尾林鴿咕咕叫的聲音，一切最終都會消褪為只有過生日的時候或者無法成眠的夜晚才會想到的事情，一切都會被掏空：牛舍，醃酪棚，飼料塔，還有我們的心。

一條牛奶痕跡從牛奶槽流到院子中間的水井：那是父親打開了水龍頭。牛奶是不可能再拿去賣了，但他還是照樣幫乳牛擠奶。他將乳牛帶到欄架之間架住，把杯子接到牛乳房上，然後拿起我的一條舊內褲，上面擠了一點牛乳房軟膏，在擠完奶後擦拭它們以保持清潔。一切感覺毫無異常。當父親毫不猶豫地拿起我的一條破舊小內褲沿著牛乳房或擠奶杯擦拭時，我常常感到羞恥——但是到了晚上，我有時想到很多別人的手抓過我破舊內褲的下檔，有奧貝的手，也有農夫揚森的手，以及他們用滿是裂痕和老繭的手，以同樣的方式觸碰我。有時小內褲在牛群當中消失了，最後被踢到牛欄之間。父親稱那些小內褲為牛乳房布，他根本沒把它們當作是內褲。禮拜六母親會把牛乳房布拿去洗，然後掛在曬衣繩上晾乾。

我用指甲將果皮籃裡留下的蘋果核挑出來，眼角瞄到獸醫蹲在一個圓頂小棚子裡；他用針筒從一罐抗生素裡抽了一點出來，然後將針頭插入小牛的脖子。這頭小牛飽受腹瀉所苦，如芥末一般黃色的糞便往兩側噴濺，牠的腿在風中像細瘦的柵欄桿一樣顫抖著。今天雖然是禮拜天，但獸醫還是來到我們家。但是，換成發燒的我們肛門插著溫度計，光著屁股躺在浴室地毯上，都只能等到禮拜一再說。然後，母親唱了〈小罩衫之歌〉[25]，被喚作小罩衫的女子禮拜天從不生病。我本來以為小罩衫是個膽小鬼，不去上學但卻上教堂，太便宜她了吧。直到我上中學時才明白：小罩衫對一切自己所不知的事情感到害怕。她被欺負了嗎？她是否像我一樣，當學校操場出現在眼前，宣布校外教學的日期，而且所有細菌都會跟著一起出遊時，胃痛就會襲來？她是否也用桌緣敲碎薄荷糖，感到噁心欲吐的時候就吞一塊？其實小罩衫只只不過是個可憐的女孩。

我每邁出一步，鞋套就會吱吱作響。父親說過：「死亡總是穿著木鞋走來。」我本來完全不懂，為什麼不是穿溜冰鞋或是運動鞋？現在我明白了：大多數情況下死亡會宣布自己的到來，但是我們常常不想看到或聽到它。好比說我們本來就知道許多水域的冰仍然太薄，我們本來就知道口蹄疫不會放過我們的村莊。

我逃到兔子棚，在那裡能免受所有疾病的侵害。然後我將軟爛的紅蘿蔔纓穿過鐵絲網送進籠子。兔子的頸椎突然浮現在我的腦海。如果用手去扭牠們的頸椎，會不會發出「喀喀」的聲音呢？無論我們自己的生命多渺小，都能用一隻手掌握其他生命的死亡——就像砌磚刀一樣，它們既能用平坦的那一面砌磚築牆，也可以用鋒利的邊緣把東西切成任何大小——這真是個可怕的想法。我把飼料槽從滑門上移走，將我的手貼在杜葳特的皮毛上，撫平牠的耳朵；耳朵的邊緣有軟骨，摸起來硬硬的。我暫時閉起眼睛，想起了《聖尼可拉斯新聞》那位捲頭髮女士。我想起她憂心忡忡地解釋著：因為彼得們又溜得不見人影，每個人隔天醒來會發現壁爐旁邊的鞋子裡還放著被爐火烤得橘皮發皺的紅蘿蔔，而沒有禮物的蹤影[26]。我也想到她桌上擺的蛋白霜和薑餅人，我有時會幻想自己是個薑餅人，可以非常靠近她，比其他人都近。她會說：「賈絲，東西會忽大忽小，但人類總是維持一樣的身高。」她會這樣安撫我，因為我已經沒辦法安慰我自己了。

我再度睜開眼睛，將兔子的右耳用手指夾住，感覺很僵硬。然後我把手伸到杜葳特的

25 Altijd is Kortjakje ziek，旋律近似兒歌〈小星星〉。主人公「小罩衫」週一到週六都臥病在床，但禮拜天從不生病，總是拿著亮麗的銀色歌本去教會。

26 相傳聖尼可拉斯送禮物時會從煙囪與壁爐進入每家每戶，人們要在壁爐旁擺鞋子並裝幾根紅蘿蔔或幾顆橘子，給聖尼可拉斯所騎的馬吃。

後腿之間摸索——就像之前的盜製天使一樣，我很自然地把手伸過去。就在這時，獸醫進來了。我迅速把手縮回，低下頭，將飼料槽架回滑門。如果你滿臉通紅，頭會變得比較重，因為羞恥會用更多體積。

「牠們全都發燒了，有的甚至燒到四十二度。」他說。獸醫用一塊綠色的肥皂在水桶裡洗手。桶的內側有藻類攀附，我得立刻用刷子把它們洗掉。我凝視著桶子邊緣，肥皂產生的泡沫使我感到噁心，我把手放在小腹上會感覺到腸子腫脹，感覺就像肉鋪賣的茴香香腸，就是無法消化。

獸醫將綠色肥皂放在一張木桌上，和幾個石製飼料碗放在一起。我們以前養的兔子也用過這些飼料碗，牠們大多是自然老死。父親用鐵鍬將牠們埋在牧場最後方，我們絕對不能過去那裡玩。有時我會替躺在那裡的兔子擔心：不知牠們的臼齒會不會在死後很長一段時間還繼續生長，伸出地面勾住乳牛，甚至更糟——勾住父親。這就是為什麼我給杜葳特很多葉子，還給牠摘了好幾桶草，確保牠有夠多東西可以啃，這樣牠的牙齒就不會繼續沒完沒了地長。

「為什麼牠們不會好起來？小孩發燒後不是都會好起來嗎？」

獸醫用一條舊的茶巾擦乾雙手，然後把它掛在牆壁的掛鉤上。「這傳染力太強了，不能再拿去賣牛肉或牛奶。你只能認賠了。」

雖然我不甚了解，還是點了點頭。現在我們不是損失更多嗎？那一具具我們如此熱愛的、熱氣蒸騰的肉體，等一下就要被殺死。就像猶太人一樣，只不過他們是經受仇恨而死；比起經受愛和無力感而死，那種死更可怕。

獸醫把飼料桶翻倒過來，坐在上面。他的黑色捲髮像派對裝飾用的螺旋彩帶一樣垂下頭。我佇立在他身旁俯視著他，感覺自己又瘦又高。無論如何，我就是覺得要處理只記錄在友誼冊裡面、我抽高的公分數是件很困難的事情。之前我們也在門框上做過：父親拿來他的折疊尺和鉛筆，抵著你的頭在門框木頭上畫一條線。馬諦斯再也沒有回來以後，他就把門框漆成了橄欖綠，這種綠色與房子正面窗戶上的護窗板顏色一樣，而護窗板最近一直呈關閉狀態：我們的成長不應該被看見。

「這是一件可悲的事情。」獸醫手心朝上，嘆了口氣，你可以看到手心內側的水泡。它們就像內含泡泡紙的信封，父親曾拿來寄出裝有牛精液的試管，那些試管放在早餐桌上有時還帶著餘溫。冬天我剛下床的時候，會把它們緊緊貼在臉頰上，地板上的寒氣從腳趾一路傳到我的臉頰——然後我會聽到母親在客廳對著壁爐的透明小窗吐口水，之後再用廚房紙巾擦拭。她總會先這樣做，父親才可以把引火木放進火爐，然後用舊報紙生火。根據她的說法，看著火焰搶著燒灼木材，會讓你感覺更暖和。

母親覺得我把管子靠在臉頰上很噁心。她說小牛就是從這裡誕生的，就像奶奶用蠟油做新蠟燭，村裡每個人把為她保存好的蠟油送上一樣。不過管子裡的東西白白的，有時是水水的，有時很濃稠。有一次我偷偷帶了一支回到我的房間。哈娜堅持要在試管冷卻、我們不能再用它取暖以後立即轉開試管。管子變得跟我們的身體一樣冷之後，我們紛紛把小手指插進試管，數到三，然後放到嘴裡。嚐起來有點苦鹹。到了晚上，我們幻想著小牛從我們身上冒出來，直到找到救星的計畫浮現在我們腦海中，此時我們感覺自己比以往任何時候更強大：我們會像試管裡面的精子一樣，在救星手中液化成滴。

「妳的外套舒服嗎？」

我等了一下子才有辦法回答。我的思緒仍停留在他手掌上的水泡上。

「是的，很舒服。」

「不會太熱？」

「不會太熱。」

「有人因為這樣欺負妳嗎？」

我聳了聳肩。我擅長思索答案，但不太擅長說出來。每種答案都會引發意見，我不喜歡意見，它們就像給乳酪上蠟的奶油刷掉在你的衣服上一樣，只會留下永久的痕跡，幾乎不可能洗淨。

獸醫微微一笑。現在我才注意到他的鼻孔是我看過最大的，一定是他太常挖鼻孔造成的。這個因果關係已經深植我心。他的脖子上掛著聽診器。我一度想像那冰冷的金屬抵在我的胸口，想像他如何聆聽我體內所有移動和變化的聲音，皺起眉頭、在額頭上留下一道憂心的紋路，然後用拇指和食指掐住我的下巴餵我，就像對待小牛一樣。他會用綠色風衣兜著我，替我保暖。

「妳想念妳的哥哥嗎？」他突然問。他把手放在我的小腿上，輕輕地捏了捏。也許他想感覺看看我是不是也生病了——小牛腿部的多肉與否說明牠們的健康程度。他輕輕地來回揉搓，丹寧布底下我的皮膚開始發熱，暖意散佈了我全身，那種感覺就像在寒冷的冬天想到回家喝巧克力牛奶，光想到回家就比較不冷了一樣。我凝視著他仔細修剪過的指甲。他的無名指看起來有戴戒指的痕跡，色澤比周圍的皮膚淡。你愛的人無所不在，不管在你心裡還是皮膚底下，就像母親在床邊用陶瓷般脆啞的聲音問我愛不愛她時，我回答：「下至地獄，上至天堂。」有時我聽到自己胸口裂開的聲音，我很怕它最後會永遠裂開。

「是的，我想他。」我小聲說。

這是第一次有人問我會不會想念馬諦斯。他沒有摸摸我的頭，捏捏我的臉頰，而是問了一個真真實實的問題。不是「父母親好嗎，乳牛好嗎？」那種問題，而是：妳感覺怎麼樣？我凝視著自己的鞋子。思念就像是用青貯飼料施肥：我們用龐大的汽車輪胎壓住覆蓋在飼料堆上的帆布四周，每天都會切下一小層飼料，快要用完時就會重新填滿。這個過程每年都會重來過一遍。

當我抬眼看獸醫，他的表情突然顯得飽受壓力。母親常常看起來就像這個樣子，好像她頭上整天都頂著一杯水，她得帶去彼岸而且不能打翻似的。於是我說：「但是我過得很好，所以我才有幸活著，可以讚美上帝，直到我的牛仔褲膝頭縫上卡通人物補丁。」

獸醫笑了。「妳知道妳是我見過的最漂亮的女孩嗎？」

我的臉頰就像選擇題後面塗滿紅色圓圈一樣紅得發燙。我不知道他一輩子見過多少個女孩，但我還是感覺輕飄飄、喜孜孜的。有人覺得我漂亮，即使我的外套褪色、下襬開始磨損。我不知道該怎麼回答。老師說，選擇題常常有陷阱，因為所有選項都陳述了一部分事實，卻又同時包含謊言。獸醫把他的聽診器塞進襯衫底下。他走出去前對我眨了眨眼。「想求和是吧？」當父親對母親眨眼時，母親有時會這麼說。她是生氣地說，因為甜蜜的和平早已消逝。然而，我的胸口所感受到的炙熱卻和心裡的焦灼不一樣，心裡的焦灼常常像燃燒的黑莓果叢那樣冒著熊熊烈焰。

19.

《聖經》的話語伴隨著我們成長，然而這座牧場上的話語越來越少。喝咖啡的休息時間已經過了很久，我們還沉默地坐在廚房裡，對著那些沒有被提出的問題點頭。獸醫坐在父親常坐的地方，也就是母親對面、桌子前端的位置。他喝黑咖啡，我喝一杯暗色的檸檬水。父親在每天下午的餵食時間之前都會騎腳踏車到湖邊，檢查自己是否遺漏了什麼，今天亦然。他還會用一只藍色曬衣夾夾住左腿褲管，這樣它才不會被捲進輪輻裡。父親遺漏的可多了。他更常望著地面或天空，而不是注視與自己眼睛同高的事物。我目前的身高剛好處在地面和天空之間，看來我得將自己放大或縮小，才能夠被他看見。某些日子裡，我從廚房窗戶向外望著他，直到他像一隻離群的鳥，成為堤防上的一個小黑點為止。哥哥死後的最初幾禮拜，我一直期望他被安置在父親腳踏車的行李架上載回來，就算他已經凍僵了也沒有關係。這樣的話，一切就都會好轉。現在我已經知道，父親騎車回來時的行李架上一定空的，馬諦斯不會再回來了——就像耶穌不會駕著天上的雲降臨一樣。

桌邊一片沉寂。整體而言大家越來越少講話了，所以大部分的對話都只在我的腦海中進行。我會和關在地下室的猶太人促膝長談，問問他們會怎麼描述母親的心理狀態，問他們最近是否湊巧看到她吃點什麼東西，還會問他們是否認為她會像我那些就是不願意交配的蟾蜍一樣，某一天突然倒地身亡？我幻想著在地下室的正中央、放著袋裝麵粉和罐裝醃黃瓜的架子之間有一張擺好餐具的桌子，還有母親最喜歡、外觀顯得油膩的道維斯堅果罐。她只吃完整的堅果，覺得半顆堅果比較難吃，於是將它們留給父親，他根本不在乎堅果是整顆還是半顆。她還穿著自己最喜歡的那件帶有雛菊圖案的水藍色洋裝。我問那些猶太人，他們是否願意唸《雅歌》給她聽，因為她實在太喜歡它了；我也問他們是否願意照顧她，無論順境逆境，無論生老病死。

與父親有關的對話就不太一樣了。那些對話常和他離家出走有關。我希望他的新任太太會更常反駁他的話；希望有人膽敢挑戰他、質疑他，就像我們有時會質疑上帝那樣；我還希望上帝和父親之間有所區別，畢竟就連最為知心的朋友都不會異口同聲地說話，父親和上帝當然更不會異口同聲地講話。有時我甚至希望有人對他發脾氣，告訴他：「你耳朵塞滿飼料甜菜，你只聽得到自己的聲音，你那條手臂鬆垮垮的又愛亂揮，我們得把它修好，那裡不應該有任何絞鍊。」那樣應該會滿不錯的。

奧貝對著我吐舌頭。每次我只要看他，他就會伸出舌頭。我們喝檸檬水時也得到山羊腳[27]，他剛吞下他的山羊腳，舌頭上還殘留一點褐色。我將自己的山羊腳掰開，這樣就可以先用牙齒把白色的奶油刮掉。直到獸醫對著我眨眼示意，我才注意到自己眼裡滿是淚水。我想到學校的自然課講到第一個登陸月球的人尼爾・阿姆斯壯，想著在月亮的生命中第一次有人克服萬難、只求貼近它的時候，月亮的感受究竟是如何。或許獸醫也是個太空人，終於有人願意克服困難、想看看我身上究竟還有多少生機。我冀望能有一段良好的對話。只不過，我不知道一段良好的對話必須符合哪些條件；但不管怎樣一定要包含「好」這個字眼，這點我很清楚。而且我也不該忘記眼神要持續注視對方，因為老是迴避眼神接觸的人內心是有秘密的；而秘密總是藏在你腦海中的冷凍庫，就像冰在其中一個抽屜裡面的絞肉一樣。一旦你將它們取出，置之不理，它們是會壞掉的。

「所有動物都在拉肚子。一定要趕快遏止。」獸醫說道，試圖打破沉默。母親的雙手握拳，拳頭像縮成一團的刺蝟一樣擺在桌上。我告訴哈娜，它們正在冬眠；它們一定很快又會伸出手指、再度撫摸我們下顎的神經，就像她摳掉我們嘴角乾掉的牛奶以前，有時會用自己食指做的動作一樣。

隨後門廳的門被打開，父親走進廚房。他拉開自己船長毛衣的衣領拉鍊，將一袋冷凍麵包丟在流理檯上。他站在餐桌旁邊，大口將他的山羊腳吞掉。

---

27 一種巧克力奶油夾心脆餅，形狀與顏色近似山羊的腳。

「他們明天喝咖啡的時間會過來。」獸醫說。

父親掄起拳頭搥了桌面，母親的山羊腳被震得飛起，她用手蓋住它，像是要保護它似的。我若是一塊山羊腳就好了，這樣我就能剛剛好貼在她的手心下。

「我們到底做錯了什麼，要受這種懲罰？」母親問道。她將椅子向後一推，走向流理檯。父親捏著自己的鼻中隔；他的手指好像一只麵包夾，這樣他才不會哭出來，以至於哭到乾涸。「你們全都上去，」他只說了這句話：「馬上。」

奧貝指指閣樓。我們跟著他來到他的房間，房內的窗簾依然完全掩上，四下一片漆黑。今天下午自然課結束前，老師說：如果你用鼻子呼吸，鼻毛會過濾掉空氣裡的東西，不會進入你的鼻子。如果你用嘴巴呼吸，所有東西就會直接進入你體內，你就無法遏阻疾病了。當時貝菈就開始大聲地用嘴巴呼吸，引來所有人一陣哄笑。我只是焦慮地看著她；如果貝菈生病了，我們之間的友情就結束了。現在我只用鼻子呼吸，雙唇緊閉著。我只有在要說話時才會開口，不過我的話也越來越少。

「哈娜，妳得把褲子脫下來。」

「為什麼？」我問。

「這很重要，攸關生死。」

「父親的乳牛還需要更多條內褲嗎？」

我想著自己的內褲。母親也許已經發現我藏在床下的內褲，也看到它們沾了發黃、變硬的尿滴。奧貝揚了揚眉毛，彷彿我在這裡就是那個專問奇怪問題的人，然後搖搖頭。

「我知道有個好玩的東西。」

「不會又跟死有關吧？」哈娜問。

「不，跟死沒有關係。這是個遊戲。」

哈娜急切地點點頭。她喜歡玩遊戲。她經常一個人待在前廳的地毯上玩大富翁遊戲。

「那妳得把內褲脫掉，躺到床上去。」

在我來得及開口問他想做什麼前，哈娜已經褪下長褲，內褲也已脫到腳踝處。我注視著她雙腿間的狹縫。它看起來並不像奧貝之前講的布丁奶油麵包，反而比較像是奧貝某次用小刀在脫靴器後方劃開、流出黏液的蛞蝓。

他來到床上，坐在哈娜身邊。「現在閉上眼睛，兩腿張開。」

「妳在偷看。」我說。

「哪有。」哈娜說。

「我看妳的眼睫毛在抖。」

「有風灌進來。」哈娜說。

為了確保她沒偷看，我將手遮住她的雙眼，感到她的睫毛搔著我的皮膚。我看到奧貝拿起一罐可樂，瘋狂地搖動它。然後他將可樂罐拿到她的雙腿間，把她的雙腿撐到最開，我能看到粉紅色的肉。他再將可樂罐搖晃幾下，而後盡可能貼近那道開口。他冷不防拉開拉環，可樂呈一直線直接噴在她的肉上。哈娜的屁股劇烈顫動，她叫出聲來。但當我驚恐地將手抽開時，從她眼中看到的卻不是我熟悉的表情。她的眼神沒有痛苦，反而顯得平和。她咯咯笑著。奧貝搖了搖第二罐可樂，重複相同的過程。哈娜的雙眼睜大，濕潤的雙唇緊貼在我的手掌上。她輕聲呻吟著。

「會痛嗎？」

「不會，很舒服。」

這時奧貝拉斷其中一個罐子的拉環，將它放在從狹縫中伸出的粉紅色小麵包球上。他快速摩擦，好像要將她整個人像一罐可樂那樣拉開。這時哈娜開始大聲呻吟，在羽絨被上扭動著身體。

「奧貝，住手，你在傷害她！」我說。我的妹妹躺在枕頭上、冒著汗，被冰涼的飲料弄得溼答答。奧貝也在冒汗。他從地板上拿起那些剩下一半的可樂，將其中一罐遞給我。我大口猛灌可樂，眼角透過可樂罐的邊緣瞥見哈娜想要拉上內褲。

「等一下，」奧貝說：「妳得幫我們保管某個東西。」他從書桌下拉出垃圾桶，把裡面裝的東西往地板上倒，從成績不及格的考卷堆裡掏出許多可樂罐拉環，將它們一個接一個塞進哈娜體內。

「要不然父親和母親會發現妳們在偷可樂。」他說。哈娜沒有反抗。突然間，她好像變成了另一個人。她的表情看起來幾乎像是解脫，即使我們曾彼此約定：我們要永遠同甘共苦、藉此減輕父親和母親心頭的重擔。我憤怒地瞪著她。「父親和母親不愛妳了。」我還沒反應過來，這番話已經脫口而出。她吐吐舌頭。但我看到那種解脫般的表情緩緩從她的眼中消散，她的瞳孔變得越來越小。我很快地將手搭在她的肩膀上，告訴她我只是開玩笑。我們都想要父母親的愛。

「我們還得做出更多犧牲。」奧貝說。他來到電腦前就座，電腦發出嗡嗡聲，迅速地運轉起來。我不知道我們剛才做了什麼犧牲，但我不敢追問下去；我害怕被派予新的任務。哈娜坐在他旁邊的一張摺疊椅上。他倆都神態自如，若無其事。也許情況真的是如此，是我自己杞人憂天，就像我也擔心總是會再度降臨的夜晚，但這是每天必經的一部分。就算我再怎麼害怕黑暗，光明總會再度出現——就像現在一樣，就算這裡的光線來自螢幕、屬於人為，方才的黑暗大部分已經消失。我拾起一個遺漏的可樂罐拉環，將它塞進我外套的口袋，兔子鬍鬚與撲滿的碎片還在裡頭。對於哈娜，我們必須保持謹慎，她現在所踏出的每一步都可能會揭發我們的行徑。你可能會聽見她體內可樂罐拉環相碰時發出的叮鈴聲；就好比你在喝可樂時，它們偶爾會脫落、掉進罐子裡，你每喝一口，它就會發出聲音。我望著我哥哥和妹妹的背，突然間驚覺：蝴蝶翅膀拍擊茅屋起司盒塑膠蓋的聲音，再也聽不到了。《馬太福音》的一段經文躍入我心中：「假使你的弟兄得罪你，你就去見他，指出他的錯誤；只是要在他跟你單獨在一起、四眼相對的時候才這樣做。假如他聽了你的勸告，你便贏得你的弟兄。」奧貝與我真的必須好好談談。而即使我們三個人總是窩在一塊、六眼相對，我還是必須確保哈娜的眼睛閉著，至少是一下子。

吃完晚餐後，我迅速溜到外面，跨過圍起牛舍的紅色封鎖線，並在走進牛舍時將手像一塊紙質口罩一樣覆蓋在嘴唇上。所有門窗都禁止開啟，氨氣的味道相當濃烈，而且和青貯飼料的味道混在一起。我在乳牛的後方推著糞肥鏟，將一坨坨稀爛的牛糞從乳牛身邊掃出牛欄，移到中央，聚成一堆；鬆軟的牛糞落在牛欄之間，我聽見它掉進地下儲糞池的聲音。你必須讓糞肥鏟與你的身體之間保持足夠的斜角，否則它將會卡在溝隙之間。我必須三不五時推推乳牛的蹄，要牠移動身子。有時你得粗魯一點，否則牠們不會理你。我在糞肥溝後方沿溝行走，來到那些無奶的乳牛身邊；牠們站在那裡、溫馴地反芻著，對牠們的最後一餐彷彿不以為意。我讓碧翠絲舔舔我的手。牠是一隻有著白色腦袋、雙眼周圍帶有褐色斑點的黑色乳牛；所有乳牛的眼睛都是藍色的，因為這能給牠們提供額外保護層，能反射光線。冬季時，我也對小牛做同樣的事——我讓牠們吸吮我冰凍的手指，直到手指變得像我胸口的悲痛一樣，成了真空狀態為止。我總會在吸吮的聲音中，想起奧貝說過的一個故事。他提到，揚森家的兒子伸進去的不是手，而是別的東西。不過這種故事就像每個月施肥一次後傳遍全村的糞肥臭味一樣，你最好嗤之以鼻，一笑置之。

我再讓乳牛舔舐一下我的手。首先你必須讓牠們信任你，然後再無情地發動攻擊；這是奧貝教我的。他正是用這種方式捉到成群蝴蝶。我的手在牠身體上滑動，從頭部滑動到脊骨，再移動到牠臀骨與尾巴之間的位置。「水泡頭」們最喜歡被撫摸的，就屬這個位置與牠們的雙耳了。我每天晚上都用手電筒搜索自己的身體，想找出類似的舒服點，但沒能找到值得撫摸或讓我感到舒服甚至呼吸加速的地方。我的手不由自主地繼續從牠的臀骨朝牠的尾巴滑動。我能看到牠那一開一闔的屁眼，就像一個飢餓的嬰兒的嘴巴。我不假思索，將自己的食指伸進乳牛的屁眼中；那裡暖熱而寬廣。在那下方，我看到一個實在很像奧貝提過的布丁奶油麵包的垂懸體；不過它顏色比較粉紅，末端附著一叢毛髮。我在兩者之間又感到另外一個比較狹窄、柔軟的孔隙。我想，這肯定就是乳牛的屄了。牠馬上縮緊臀部、收起尾巴，焦躁不安地向後伸腿。我馬上想到哈娜，用自己的手指內外抽送、持續加速，直到開始無聊為止。我將另一隻手伸進外套口袋裡，立刻摸到藏身在撲滿碎片、可樂罐拉環和杜蕨特鬍鬚之間的乳酪匙。我忘記它是從乳酪棚裡帶出來的。我將它掏出外套口袋，在空中把玩了幾下，從各個角度檢視它。一個想法躍入我的腦海中。救星是需要經過考驗的，就像潛水員必須持有潛水執照一樣。這是給獸醫的考驗：他若能把乳牛從一把漂移的乳酪匙解救出來，他也能將一顆驛動的少女心解救出來。我的雙眼瞇成一條線，等候著碧翠絲即將感受到的痛苦，然後小心地將乳酪匙伸入牠的屁眼中，越壓越用力，牠的屁眼也越來越開，與乳酪匙外形緊緊貼合，直到我無法再更深入為止。我的整條下臂都伸進母牛的體內；我放開乳酪匙，將沾滿母牛糞便的下臂抽回。我拍拍牠溫暖的側腹，就像我父親那時用完肥皂以後拍拍我的小腿一樣。

「碧翠絲怪怪的。」我告訴獸醫。我已經先用母親拿來清潔擠奶桶的東西清洗過我的手臂，然後用水龍帶噴洗我的長靴靴底，而且關緊了水龍頭。

「我去看看。」他說著，而後走進牛舍。沒過多久他就回來了，我從他的眼神中看不出任何異狀。他並沒有因擔憂而皺起眉頭，也沒有剛毅地抿著嘴。

「所以呢？」我問。

「嘿，牠可是很嬌貴的哪。牠們稍微有點不舒服就會大驚小怪。沒有什麼問題，牠健康得很，而且要知道，這可憐的畜牲明天就會被做掉了。在上帝的眼裡，口蹄疫是可憎的。」

我對著他微笑，就像《林果》節目女主持人在參賽者想要抓住綠色小球卻撈空時露出的那種微笑。

20.

「第一頭乳牛已經倒下去了。」母親說。她站在牛舍的門邊，兩手各拿著一只保溫瓶；其中一只保溫瓶上用油性麥克筆寫著「茶」，另一只瓶上寫著「咖啡」。她的手臂下夾著一盒粉紅色糕餅，彷彿她能藉此維持平衡似的。她的聲音沙啞。我跟在她後方走進牛舍；就在那一刻，第一批被殺死的乳牛癱倒在牛欄上。牠們的後腿被放倒在地上拖行。牠們笨重而龐大的身軀被拖到抓斗車前，抓斗像園遊會裡的夾娃娃機一樣，先將牠們如絨毛玩具般吊起，再將牠們扔進車斗。兩頭牛待在轉動中的牛刷下方，悠閒地咀嚼著；牠們的鼻子上結著厚重的痂。牠們狂熱地打量著自己那些已然倒地不起，或正在滑動，被「啪」一聲倒在擠奶棚地磚上的同類。有幾頭小牛被送上處理牲畜死屍的卡車時還活著，其他幾頭則被用釘槍射出的大頭釘貫穿前額。哀嚎聲與撞擊卡車側邊的聲音，在我的皮膚底下慢慢撕裂著；我的身體也開始發熱。拉高領口蓋住鼻子，咬住外套的抽繩，通通都不管用了。就連瑪克希瑪、小寶石和小水泡都被毫不留情地被撲殺。牠們頹然倒地，死了。牠們就像空空如也的牛奶盒般被堆疊起來，然後被扔進垃圾箱裡。

突然間，我聽到父親的喊叫聲。他和奧貝一同站在飼料區，站在那群穿著藍綠色防護裝，頭戴浴帽，佩戴口罩的男人之間。他高聲朗誦著《詩篇》第三十五篇第一節、直到自己的話音變成尖叫，嘴角滿是唾沫。「上主啊，求你敵對那些敵對我的人；求你攻擊那些攻擊我的人！求你拿起大小盾牌，起來幫助我。」唾液緩慢地從他的下巴滴落到飼料區的地面上。我專注地望著滴下的唾液，以及從他身上緩緩沁流出的哀傷，就像從死去乳牛身上滲出的糞水與血水；它們在地磚的隆起處間流動，最後進入排水溝，和從冷卻桶裡流出的牛奶混合在一起。

小牛們在同一天稍早就已經被撲殺了。因此，牠們不需要看到自己的母親以殘酷的方式被殺害。為了表示抗議，奧貝將最年幼的小牛的腿綁在一棵樹枝上，將牠倒掛在院子裡，牠的舌頭從嘴裡吐出。這座村子裡的每一個農夫，都曾經將自己其中一頭死去的乳牛或豬懸掛在自家車道旁邊。還有一些人也曾將樹鋸倒，將樹幹橫陳在圩田路上，讓撲殺單位無法進入。在那之後，那名身穿白色防護裝、也就是先前曾將裝了滅鼠劑的盒子放在牧場周邊的男人將死屍弄走，小心謹慎地放入撲殺單位的貨車裡。現在，同等小心謹慎的態度不復存在，他只管將有毒的小藥粒扔進黑色垃圾桶裡。

「汝不可殺戮。」父親喊道。他站在一頭爺爺過去所擁有的乳牛身邊。現在牠已經腿部朝天，倒在地板上。牛欄裡遍佈著斷裂的牛尾巴。牛角。碎成一半的牛蹄。

「凶手！希特勒！」奧貝緊接著大聲喊道。我想起那些像是被追殺的牲畜、最終被逼上絕路的猶太人，也想起希特勒——他對於疾病是如此恐懼，以至於他把人類視為細菌、視為某個你可以輕易消滅的東西。老師在上歷史課的時候告訴我們：希特勒四歲的時候曾經掉進冰裡，後來被一名牧師救起。她講到：某些人或可掉進冰裡，而且最好不要被救起。我很納悶：為什他們救得了像希特勒這樣的惡棍、卻救不了我的哥哥？那些乳牛沒犯下什麼過錯，為什麼牠們就是得死？

當奧貝開始毆打其中一名身穿防護裝的男人時，我看到他眼中的恨意。村裡的兩個農夫艾弗特森和揚森拉住奧貝的連身工作服，將他向後拖，試著讓他冷靜下來，但他掙脫他們，衝出牛舍，竄過母親身旁。母親像是被釘在原地，牢牢站在門口，手裡還拿著那兩只保溫瓶。假如我把其中一只瓶子從她手中取走，她可能會像那些已經沒有奶水、現在將要被拖出來處決的乳牛那樣，重重地倒在地上。死亡的腥臭味黏附在我的喉頭，就像一大塊凝固的蛋白粉。我努力吞下它，同時嘗試眨動眼睛、想將小牛的形影像纓翅蟲一樣從眼角趕開；你只能用淚水趕開牠們，但那時牠們已經刺痛你了。你每一次的失去，都包含了過往不願意放棄自己想保住的東西的所有努力；然而，到了最後你還是得放手。無論是裝著最漂亮、最稀有的大彈珠的彈珠袋，還是我的哥哥。我們在失落中發現自我，而我們就是我們——脆弱的生物，就像全身光禿禿的、從巢裡摔下來的幼小椋鳥那樣，希望自己再度被救起來。我出於憐憫為那些乳牛而哭，我為三位國王而哭。我也為了這荒謬、套著散發出濃厚恐懼外套的自我而哭，為了等一下迅速拭去淚水而哭。我得去告訴哈娜，我們目前沒辦法到對岸去了。我們不能就這樣丟下父親與母親。待會兒乳牛們全死光以後，他們會發生什麼事呢？一隻失去雙親的幼小椋鳥肯定知道一件事情：牠不會被救回自己的巢裡。

我用手摀住嘴巴，以抗拒那股腥臭味，同時不斷低聲唸著：「水金地火木土天海，我爸常吃新萊克蘭新鮮甘藍菜，我爸常吃新萊克蘭新鮮甘藍菜。」不過這不管用，我就是無法冷靜下來。我看著父親；他手中握著一把乾草叉，三不五時憤怒地用乾草叉指著那些人。我心想：假如他們是成捆的乾草或青貯飼料就好了，這樣我們就能將他們全都扛走，或者將他們用綠色塑膠布裹起來，曝置在農地上讓風景好看一點，然後任由他們風乾。這夥人當中個頭最高的一名男子站在牛舍的門邊，在母親身旁嚼著一塊粉紅色糕餅；他的口罩在頦下鼓動著，很像嘔吐袋。他先用門牙將糖衣刮掉，然後才開始吃糕餅。同時，在他的周邊，母牛們咻地仆倒在牆邊，子彈射進牠們的頭。當他拆開包裝，取出第二塊糕餅，小心地刮掉它的糖衣時，我皮膚裡的縫隙似乎變得越來越大——一隻即將要變成蝴蝶卻被自己體內某個東西所遏制住的毛毛蟲，想必有著這種感覺。牠已經看到周圍的裂縫，自由的光線從這些裂縫間篩落——我的心臟開始在肋骨後方狂野地搏動；傾刻間，我擔心村裡的每一個人都能聽見我的心跳。就好像夜裡我趴在我的小熊身上搖動，度過漫漫長夜時，害怕會被聽見一樣。我多麼想放聲尖叫、踹那些男人的肚子，或拿兩只口罩矇住他們的雙眼，這樣他們就看不見那些乳牛、只會看到自己黑暗的行徑。他們每踏出一步，這些黑暗、齷齪的行徑都將如影隨形地跟住。我要將他們的蠢腦袋拖出被弄得髒兮兮的牛舍，然後用抓斗扣住他們的腿，舉到貨斗上方，一把扔下。

父親扔下乾草叉，抬頭望向牛舍的屋脊；每次傳出「砰」的一聲，屋脊上的鴿子就飛動一次。牠們的羽毛髒兮兮的，和平總是以白色的姿態前來，而現在就是戰爭。有那麼一瞬間，我希望父親能朝我走來、緊緊地將我擁入懷裡，如此一來他連身工作服上的按釦就能夠貼在我的臉頰上；如此一來我就能在被他抱緊的渴望中迷失自己。但現在，我只能在「迷失」中迷失自己。

當我走到外面時，我看到奧貝脫掉自己的拋棄式連身工作服。他將它們扔進那堆以乾蘆葦為薪柴搭起、位於糞肥堆旁牧場上的正在燃燒的篝火中。這篝火是用來表示抗議的，旁邊圍了寥寥幾個頹喪的農夫。假如我們能用同樣的方式處理掉自己的身體、除掉我們身上的汙點就好了。

第三部

The Discomfort of Evening

1.

奧貝突然將嘴湊到我的耳邊，用緩慢、強調的口氣低聲說道：「天——殺——的。」窗簾之間的縫隙滲出一道光線，照在他的前額上。那道因用力撞床而劃破的殷紅色傷口已經結痂，很像我襪子上的縫線。這也讓奧貝變得越來越礙眼，好像某種不雅觀的東西。我緊閉雙眼，感受到他講出禁語時夾雜著牙膏味道的暖熱呼吸。他一再重複這句禁語，話音如漩渦一般消失在我的耳膜裡。幸運的是只有我的耳廓聽見這句話，父親與母親的沒有——因為這是我們所能說、能想到最惡劣的字眼，過去從來沒有人在這座牧場上講出這個字眼。我感到自己的心情變得悲傷起來；不過我主要是為了上帝，而不是為我自己悲傷。祂對這間屋子裡發生的事情無能為力，而祂的名現在卻仍被虛妄地呼喊著。他越是頻繁地說出這個字眼，我就越緊縮在被套底下。

「妳用了《模擬市民》的密碼。」奧貝作勢要壓到我身上，身上的條紋睡衣半垂下來蓋住我，他將雙手撐在我的枕頭兩側。

「就一次而已。」我輕聲說。

「才怪，妳的人物現在都變得超有錢的，以後都不用再工作了，妳作弊。妳應該先經過我同意，天殺的！」

我聞到父親刮鬍後護膚液的味道，它混合了肉桂與核桃的氣味。我心想：我得像滿足父親那樣滿足奧貝。我彷彿出於本能地趴下，拉下我的睡褲與內褲，露出屁股。奧貝將嘴巴從我的耳邊移開，說：「妳在幹嘛？」

「你得用手指插我的屁眼。」

「那很噁欸！」

「父親就是這麼做，我有一天才又能夠好好拉屎。就只是開一條通道而已，你知道的，就像我們有一次在裝滿沙子的水族箱裡幫困住的螞蟻蓋隧道？只要一下就好。」

奧貝將襯衫的袖口捲起、小心翼翼地將我的雙臀掰開，彷彿它們是由他悉心照料、而且只有他才可以碰的動物百科全書；他將食指往內推，好像正在指著一隻珍禽異獸，比方說一隻鳳頭鸚鵡。

「不會痛嗎？」

「不會。」我一邊說著，一邊咬牙切齒、藉此抑制自己的淚水。我沒告訴他，他應該要沾一點綠色的日光牌肥皂，但那牌子的肥皂完全不是綠色的，而是黃褐色的。我不想像某些得了口蹄疫的乳牛那樣，嘴邊泛起泡沫。父親越來越常忘記這件事情。必須有人接手這項任務，我才不必去看醫生或被清理掉。

奧貝的手指持續深入，直到不能再深。

「妳敢給我放屁試試看。」他說。

我回頭看時，發現他的睡褲在胯下緊緊繃著。我想到他的陰莖上回表演了一個小花招，不禁納悶：它的直徑究竟與多少根手指相當？我們是否也能將它插入、讓通道變得更寬廣？但我沒有講出來，現在還不行；提出問題會創造期待，而我不知道自己是否能滿足那些期待。當老師問我問題時，我的思緒有時會像被修正帶塗掉一樣。我一定不能讓奧貝更生氣。想像一下：如果他的咒罵聲吵醒父親和母親呢？奧貝的食指突然開始加速來回抽插，彷彿想要刺激一下這隻由自己所收藏的珍禽異獸，讓牠恢復活力。我的臀部開始緩緩地上下擺動。我既想要逃跑，同時又想留下來。我既想要下沉，同時又想保持上浮。我周圍浮現出一道雪景。

「妳知道鰻魚能活多久嗎？」

「不知道。」我低語道。我沒有理由低聲呢喃，但我的聲音不由自主地變得更輕、也更沙啞。我的嘴裡滿是唾液。我匆促地想起我的蟾蜍們。牠們坐在彼此的身上，以「老婆」和「老公」互稱。牠們長長的舌頭朝彼此身上來回，彷彿在爭食著那同一隻想像中的綠頭蒼蠅。蟾蜍有陰莖嗎？而牠是否能夠像公牛那樣將它收回包皮裡，就像奧貝的木製左輪槍能被收回皮套裡？

「牠們可以活到八十八歲，而牠們有三個敵人：鸕鷀、蟯蟲和漁夫。」

奧貝猛然將手指從我的屁眼抽出。雪景開始融解。解脫之餘，我的胸口也感到一陣悵然，彷彿他將我推回到自己那漆黑的心中——一支手電筒照在你身上，給你一個舞臺，然後又切掉電源。我越來越常趴在床上，胯下磨蹭著小熊玩偶，將床鋪的橫木震得嘎吱作響，藉此逃避牧場——橫木搖晃得越來越大力，直到我聽不見它的聲音為止；直到我擺脫一整天的緊張，唯一能聽見的只有自己耳朵裡的嗡嗡聲為止，海水般的嗡嗡聲比白天來得大。

「父親和母親四十五歲了，他們沒有敵人。」

「那不代表什麼。」我一邊回答，一邊重新拉起內褲和睡褲。我希望父親不會因為我免除了他的職務而生氣，雖然是他自己失職，已經完全不碰我。我不想再給他增加負擔。

「對，那不代表什麼。」奧貝說。

他大聲吞嚥了幾次口水，裝作毫不在意，或者說不害怕我們失去他們比失去我們自己還要早，然後用噁心的表情瞧瞧自己的食指。他迅速地聞了一下。

「這就是秘密的味道啊。」他說。

「噁心鬼。」

「妳別跟父親和母親講這件事，否則我就把杜葳特宰了，把妳那件噁心外套脫掉，天——殺——的。」奧貝把我從他身邊推開，然後大踏步走出我的臥室。我聽見他走下樓梯、拉開並用力關上廚房櫥櫃的聲音。現在乳牛們全都不在了，我們吃早餐的時間也不再固定。有時家裡甚至連早餐都沒有，只剩一些變乾的脆餅乾與布林塔麥片粥。父親不時忘記每週三到村裡的麵包店拿麵包，要不然就是他突然害怕吃到發霉的麵包。而且我們下午都得到他面前站好，他會坐在窗邊那張抽菸專用的椅子上，右腿翹到左腿上，但這姿勢不適合他，雙腿岔開還比較適合，手上拿著帳本專用的藍色鋼筆。我們是新的牲口，必須好好檢查有沒有罹患疾病——我們得像把雞蛋糕翻面一樣露出自己的背部。父親檢查我們身上是否有白色和藍色的斑點。「跟我保證你們不會死。」他說。我們點點頭，但絕口不提自己肚裡的飢餓，以及你自己也會餓死這件事。我們晚餐總是吃附有肉丸的罐頭湯加義大利細麵條，母親在把麵條丟入湯鍋前會先折斷，讓晚餐看起來像是她做給我們的。其中一些細麵條的碎片像救生圈，浮在有小雞圖案的湯碗裡。

我在繪有恐龍圖案的羽絨被套下方活動我的雙腿，直到它們不再那麼沉重，重新回到正常的重量為止，雖然我不知道雙腿應該要有什麼樣的感覺，也許應該是無重量的。屬於你的一切都是無重量的，外來的東西才會感覺沉重。奧貝泛著牙膏氣味的呼吸和罵髒話的聲音夾雜在一起，像個咄咄逼人的牛奶商人一樣環繞在我身邊；他們對每件事情都不滿意，趾高氣昂地踩進別人的院子裡，彷彿那是他們自己的院子。我將羽絨被推開，走過通往哈娜臥室的樓梯口。她睡在走廊末端，房門總是微開著。她堅持樓梯口的燈一定要亮著。哈娜認為竊犯會像飛蛾那樣被燈光吸引，等到白天，父親就能將他們趕到外面去。

我輕輕地推開她的房門。我妹妹已經醒了，正躺著讀一本圖畫書。我們讀很多書——我們喜歡英雄，會把他們帶進腦海裡，在腦中繼續寫他們的故事，但會將主要的角色賦予我們自己。我有朝一日會成為母親的英雄，這樣我和哈娜就能帶著平靜的心前往彼岸。然後我會解放猶太人和蟾蜍們，為父親買下一座牛舍、裡面全是嶄新的「水泡頭」，還會把所有的繩索和飼料塔全部拆掉。不再有任何高點，誘惑也將不復存在。

「奧貝剛罵髒話，他說『天殺的』。」我低聲說著，然後在床尾的邊緣坐定。哈娜睜大了雙眼，將圖畫書放在一邊。

「如果父親聽到的話……」她說。她的眼角滿是眼屎。我可以用小指將它摳掉，就像我和奧貝某次用刮刀將一隻蝸牛從殼裡挖出，再把那黏滑的生物抹在磚上。

「我知道，我們得做點什麼。」

「我們也許得告訴母親奧貝很壞。妳記得艾弗特森想把他家的狗處理掉吧？他說那狗是隻壞畜牲，一個禮拜以後牠就挨了一針。」我說。

「奧貝又不是狗，白癡。」

「可是他很壞。」

「對，可是我們得給他點東西，先試試狗骨頭再打針，讓他安靜下來。」哈娜說。

「像什麼？」
「一隻動物。」
「活的還是死的？」
「死的，那就是他想要的。」
「那些可憐的動物未免太不幸了，我會先跟他談談。」我說。
「妳別說什麼蠢話喔，不然只會惹毛他。而且我們得討論一下『那個計畫』，我不想繼續待在這裡了。」

我想到獸醫，想起他沒能找到那把乳酪匙，也想到他這樣更無法拯救我的心。但我沒說出來，現在有更重要的事得處理。

哈娜從她的床頭小桌取來一袋火球糖，包裝袋正面畫了一個嘴裡吐出火焰的人。她將塑膠袋撕開，給我一顆紅色的糖果。我將它塞進嘴裡吸吮，它每次一變得太辣，我就從嘴裡拿出來。它的顏色不斷改變，先從紅色變成橘色，再變成黃色。

「如果我們抵達對岸、也得救了，我們也許可以開一間火球糖工廠。這樣一來，我們每天就可以在紅色小球中游來游去。」哈娜繼續說。她讓糖果從口腔的一邊滑到另一邊。我們是在位於村子後方、酪乳路上那家由范勞克夫妻經營的小糖果店買到這些火球糖，那位賣糖果的太太總是穿著同一件髒髒舊舊的白色圍裙，未經梳理的黑髮披散著；大家都叫她「巫婆」。有些關於她的恐怖故事流傳著。根據貝菈的說法，她把所有閒晃到她家門口的貓都變成貓咪形狀的甘草糖、把所有嘗試偷糖果的小孩全變成太妃糖。不過村裡所有的小孩還是都到他們店裡買糖果。其實父親不准我們到那家店去。「她是異教徒，喬裝成敬畏上帝的基督徒。我有時會在禮拜天看到她修剪樹籬[28]。」某次我和貝菈躡手躡腳地繞到她家後方，透過樹籬窺視她家的庭院。裡面雜草蔓生，簡直要直衝天際、與星星交會。我嚇唬貝菈，對她說：女巫每天晚上會拜訪曾經偷看過她家庭院的每一個人，她會把妳變成一棵植物、裝進花盆，種在她家後面。

除了糖果甜食以外，他們的小店也賣文具，還有封面是拖拉機或裸女的雜誌。你打開店門時會聽見鈴鐺響起，這有點不必要，因為她那位穿著和自己臉色一樣死白的防水外套、體型瘦得跟獵兔犬一樣的丈夫總是站在櫃檯後方，盯著走進店裡的任何人。他的雙眼像磁鐵一樣黏在你身上。店內另有一個擺在他身旁的籠子，裡面關著一隻鸚鵡。范勞克夫婦總是對著那隻色彩鮮豔的動物說話，不過多半是發牢騷，抱怨又沒到貨的新款鋼珠筆，抱怨乾掉、硬到你能用來砸破玻璃窗的鞋帶甘草糖，還有太冷、太熱或太悶的天氣。

「妳現在得走了，不然父親和母親很快就要醒來了。」哈娜說。我點點頭，把火球糖嚼

---

28 歸正會信徒認為禮拜天不應該勞動。

到剩下口香糖。肉桂的甘甜口味填滿了我的口腔。哈娜再度拿起圖畫書，擺出正在繼續閱讀的樣子，但我看得出來她無法專心閱讀那些文字，它們在舞動著，就像它們經常在我腦中舞動，越來越難以形成一個整齊的序列從我的嘴裡冒出。

2.

兩根乾草叉被擺在院子裡，叉齒彼此咬合著，宛如一雙正在祈禱的手。奧貝不見蹤影，我在空蕩蕩的牛舍裡尋找他。牛舍裡散發著已經乾掉的血腥味，地面上仍到處黏著斷裂的牛尾巴。牛隻被撲殺後，沒有人再到過這裡。我穿越牛舍，走向菜園，看見我的哥哥縮成一團，趴在他種的甜菜旁邊的土上。他的肩膀顫抖著。我從一小段距離外看著他將一株死掉的甜菜抱在懷裡，暴躁地將手指插入土壤中，將新的種籽塞進去，就像他方才用手指插進我屁股之間那樣。這回他插的動作粗暴多了。奧貝用另一隻手輕輕拍了拍那株甜菜的葉子；他心情好的時候也會撫摸小雞的羽毛。不過他這麼做沒辦法影響任何事情，死亡已經降臨。我抱住雙臂，夾緊外套。現在才十一月，但今夜卻已經開始結霜了。

奧貝突然半站起身來向後看，看到我站在那裡。這讓我想起《出埃及記》裡面的一段話：「如果仇敵的驢負重跌倒，要幫他把驢拉起來，不可走開，務要和他一同卸下驢的重馱。」我對奧貝微笑，表示我是和平使者，我一直都是和平使者，雖然我有時渴望發動戰爭，就像我有時候將壞掉的玩具帶到菜園，將它埋在紅蔥之間，埋葬在那僅剩一隻翅膀的天使旁邊。即使如此，我還是知道，要埋葬我們的童年就得出身在更好的家庭——我們得先親自躺進土壤底下，但現在時機還沒成熟。我們隨時都肩負著自己的任務：這任務讓我們至今仍昂然挺立，即使此時的奧貝半趴在潮濕的土壤上、一動也不動地向後看。我略顯笨拙地拖著雨靴在土上來回走動，直到現在才發現自己雙臂冒出雞皮疙瘩，我睡褲的鬆緊帶鬆垮地貼在腰際。奧貝跳著起身，臉上仍有一絲淚痕。他將沾在條紋睡衣上的泥土拍掉。那些影響我們的事物，最終將使我們像一塊易碎的乳酪般裂成一地。

奧貝站在我面前。他寬闊的雙眉就像架在雙眼上方的帶刺鐵絲網，像是在警告：不准再靠近。他用手背將雙頰抹乾，另一隻手上則抓著幾株枯萎的甜菜。甜菜株的葉柄枯萎了，到處都長著黴菌，它們的葉子變成了褐色。

「妳剛才看到的事情，從來沒發生過。」他低聲說。

我快速點點頭，將目光轉向位於花椰菜周圍預防害蟲的咖啡渣。父親和母親究竟是不是不斷啃食、腐蝕我們的害蟲？奧貝轉過身來，他的睡衣外套上沾了潮濕的泥土。我第一次想像這樣的畫面：我在菜園裡挖一個坑，將奧貝放進坑裡，再將這個坑用土填平，用耙鬆土，然後像處理羽衣甘藍那樣任其結霜，希望那裡將會浮現出一個比較好的哥哥。我會樂意叫這個人哥哥；抽屜已經滿到塞不下里加餅乾時，我會願意將餅乾送給他；當他又惹麻煩，或在腳踏車棚顯擺，把鴻運香菸捻熄在一隻園蛛身上時，我就不用再在學校操場上羞恥地低下頭。

「上帝沒有詛咒的，我焉能詛咒？上主沒有怒罵的，我焉能怒罵？」

奧貝像根木樁僵硬地站在母親躺過的獨輪手推車旁，手推車裡已經被雨水盛了半滿。我生氣地踢了手推車一腳、使它翻倒，雨水傾瀉在土上，流到奧貝雨靴的腳踝下。馬諦斯那台已經生鏽的卡丁車還放在獨輪手推車旁邊，紅色的副座椅已經泛白，椅背有一道很大的裂口。自從他死去後，再也沒有人開過它。奧貝笑了。

「妳總是這麼乖嘛。」

「我只是不要你罵髒話，你是希望父親和母親死掉還是怎樣？」

「他們已經死了。」奧貝用手指沿著自己喉嚨比了個切割的手勢。「不久就會輪到妳們的。」

「你在胡說。」

「除非妳做出一點犧牲。」

「怎樣的犧牲？」

「等到時機成熟，我就會告訴妳。」

「可是，什麼時候時機才會成熟？」

「當它的顏色變成像是成熟的大番茄的時候。如果妳將它們在藤蔓上掛太久，它們會裂開、爆出一個破口，接著會發霉。重點在抓對時機。」奧貝說道，而後從我身邊走開，臂下還夾著甜菜株，它們在他的睡衣上留下泥濘的汙漬。

3.

父親逐一將那些銀色乳牛裝進一個垃圾袋裡，然後拉緊袋側的黃色提環——垃圾袋的開口就像一頭牛的屁眼，它的括約肌繃緊著。他有一會兒站著不動，手拎著垃圾袋。我透過手中的自然讀物上緣望著他，望著他那洗過、精心側分，用梳子的梳齒像犁田般理出線條的頭髮；望著他那像菸灰缸般凹陷的唇型，此刻他嘴裡正叼著香菸。頭髮側分讓他看起來有點像希特勒，但我沒說出口。父親可能很快就會意識到我也恨他，然後他走路的姿勢會更加歪扭，更接近土壤，更接近馬諦斯那塊雙人大小、還有空間再容納一位家庭成員的墓穴——「先搶先贏。」有一次母親提到這件事時曾經這麼說。我希望他們不要比賽誰先搶到。我們在他的忌日與生日都會一起前往那片位於歸正會教堂旁邊的墓園，死亡在那裡散發出針葉樹的味道。我們來到墓前時，母親會用少許唾液和一張紙巾將墓碑上的大頭照擦乾淨，彷彿是在抹掉自己想像中殘留在馬諦斯嘴邊的牛奶；父親會點起燈，用澆花壺給墓碑周邊的植物和花朵澆水。我們一改變姿勢，腳底下的礫石就會發出刮擦聲。我盡可能少動，才不會不小心撞到母親。我們沉默不語。我總是看著位於馬諦斯旁邊和後方的墓地。那裡躺的是個某年夏天從一艘船上失足落水、最後被絞進螺旋槳的小女孩；一名想飛卻沒有翅膀、因此在自己墳前擺著大型蝴蝶雕塑的女士；以及一名直到屍身開始發臭才被發現的男子。然而《聖經》裡寫道：總有一天所有墓穴都將開啟，總有一天，每一條生命都將復活。我一直覺得這想法很恐怖：如果那天到來，我會看到所有屍體從地下冒出，像一列標本那樣遊行，行遍整座村莊，牙齒格格作響，眼眶空洞。它們會用力敲門，表示自己認識你，是你的家人。我還記得當我擔心我們再也認不出馬諦斯的時候，奶奶曾朗讀《哥林多前書》裡的一段話給我聽：「無知的人哪，你種在地裡的種子，要不是死了就不能發芽生長。當你播種，你種下的不是它將長成的形體，只是種籽。但上帝會依循祂的意志，賦予種籽各自的形體。所以死者將能復活。所種的是朽壞的，復活的是不朽壞的；所種的是恥辱的，復活的是榮耀的；所種的是軟弱的，復活的是健壯的；所種的是血氣的身體，復活的是屬靈的身體。」我不能理解的是：假如馬諦斯在地上已經長成某種美好的事物，我們為什麼非得將他像種籽那樣栽進地裡？直到父親轉過身來，我們才知道該回去了。每當走過那些針葉樹時，我總會用手碰碰它們，彷彿我正出於敬意與恐懼，向死者致上真摯的悼念。

父親用髮蠟固定他的側分髮型。我不希望猶太人透過地板的縫隙看到他這副樣子——這樣嚇他們實在沒有必要。有時候我懷疑，他們是否還住在地下室。那裡是如此安靜。現在冬天已經降臨，那裡開始變得凜冽沁骨，冷到他們的身體一段時間以後看起來會像一瓶瓶黑醋栗汁那樣結凍。我寧願將他們帶到穀倉裡，那裡比較溫暖。

我繼續閱讀自然讀物中關於螞蟻與其浮力的內容。為了母親好，我希望猶太人還在那裡，因為我讀到：如果你將蟻后的子民們清除掉，要不了多久，她也將會死於孤獨。相反地：如果母親垂下自己的羽翼、不復存在了，臣民也將會死掉。沒有了她，此刻正在將垃圾袋打上一個扎實的結的父親也活不了太久。他曾靠著兩頭名叫包德與萬仔、生產出十萬公升牛乳的乳牛，兩度贏得銀牌。牠們是他最愛的「水泡頭」，《歸正日報》曾報導過牠們，還有照片為證。那個禮拜天在基石教會的禮拜結束後，人們留下來討論講道的內容，有些人過來和我們輕輕地握手，接著我們領到一塊免費的香草海綿蛋糕。父親好像在全體會眾之中散發出光亮，就像我那些在黑暗中閃閃發亮的螢光星星一樣。他說話時搭配著誇張的手勢，高聲大笑著——當他將一隻小牛賣給牲口販子的時候，就會發出這種笑聲。我看著他，心裡想：這個人不是父親，只是等一下要跟我們回到同一個屋簷下的陌生人，當他周邊的其他人事物再度綻放光芒時，他就會失去自己的光。因此我們必須保持陰暗，才能為父親構成美麗的對比。我對他、以及他向人們展示包德與萬仔的佳績的方式印象深刻。有時候你得推銷自己——總有一天我們要學會這件事。父親在這方面是高手。他總有一天會把我和哈娜賣掉——雖然我們已經不耐煩了，急著想掌握自己的新生命。那個禮拜天，當我聆聽父親講話的時候，我用手摳下那塊蛋糕四周油膩膩的深色邊邊、將它們塞進我外套的口袋裡。我打算回家後站在沙發旁，將這些邊邊獻給母親，就像垂吊在幼小椋鳥鳥喙上的蟲子一樣。我還猶豫是否要將它們擺在馬諦斯的墓前——他很喜歡蛋糕，尤其是那種覆著鮮奶油和巧克力脆片、中間稍微濕潤的蛋糕。不過我想，這樣做可能會招來蛀蟲或甲蟲。

我隔著窗戶看著父親將那個垃圾袋放進黑色垃圾桶裡。他回來後，就坐到窗邊那張抽菸專用的椅子上。從他香菸裡噴出的煙霧使他大半張臉變得模糊不清。他沒有看我，兀自說著：「我們本該把一個農夫吊起來作為抗議、而不是吊一隻小牛。這樣肯定能讓那些噁心的異教徒印象深刻，那些沒骨氣的奶油酥餅。」父親經常用奶油酥餅罵人。它們的外觀看來很堅挺，但一進嘴裡就坍掉了。我眼前立刻浮現一個形影：父親被倒掛在一根樹枝上，舌頭伸出嘴巴。現在他想必正要提出威脅，表示自己將一走了之。他接著問我：是否還記得那個某天騎上腳踏車、前往世界盡頭的男子的故事。在騎腳踏車的過程中，他發現剎車壞掉了——這讓他感到解脫，因為現在他不必再為任何人事物剎車了。這個好人一路騎遍天涯海角，一再磕磕碰碰，就像他過去總是被絆倒、連滾帶爬那樣；不過現在看不到盡頭了。死亡就是這種感覺：一場永無止境、無法起身、沒有慰藉的墜落。我屏住呼吸。過去這個故事經常讓我感到害怕。我和哈娜曾經將啤酒瓶的蓋子卡在父親腳踏車輪輻周圍，使他無法偷偷地追隨那名男子而去。後來我才恍然大悟：其實父親就是那名男子，父親就是那個一直被絆倒的傢伙。

「妳拉過屎沒有？」他突然問道。

我登時感到全身僵硬。有那麼一瞬間，我希望他的形影完全變模糊、希望他消失個幾分鐘。唯一從我體內排出來的東西像巧克力牛奶一樣稀，實在不值得給它取什麼名字。這甚至稱不上是拉肚子，比較像一灘褐色的尿。父親指的是真正的屎坨，是那種你得使盡全力方能排出的東西。

「還有，妳在讀什麼廢物來著。妳應該去讀純淨的《欽定版聖經》。」他繼續說。

我嚇得「啪」的一聲將我的自然讀物闔上。螞蟻能夠舉起自己體重五千倍的物體。和牠們相較，人類簡直不值一提；他們幾乎無法舉起重量與自己體重相等的物體，更不用說承受內心悲痛的重擔了。我將雙膝抬高，藉此保護自己。父親將菸頭摁熄在咖啡杯上。他知道母親很討厭這種舉動。她說，這會讓咖啡摻上潮濕香菸的味道，摻上第一大死因的味道。

「要是妳不開始拉屎，他們就得在妳肚子裡鑿一個洞，妳的大便會洩進一個袋子裡。妳想要這樣嗎？」

父親從抽菸椅上撐起身子，給壁爐添火。他將自己的憂慮像壁爐旁邊的引火木那樣堆疊著，它們在我們狂熱的頭腦裡熊熊燃燒。我們都想要父親的憂慮，即使它們燃燒不了多久，也提供不了多少溫暖。

我搖搖頭。我想告訴父親關於奧貝與他的手指的事情，以及一切都會沒事的。我也不想讓他失望，因為你不能就這樣讓一個人變得多餘——這樣他會生鏽。

「妳該不會是故意憋著吧？」

我再次搖頭。

父親來到我面前，手裡拿著一根引火木。他的雙眼發黑，瞳孔周圍的藍色部分像是被消磨殆盡。

「就連狗都會拉屎，」他說：「讓我瞧瞧妳的肚子。」

我謹慎地將雙腿擺回地上，他牢牢掐住我的外套下襬。我突然想起那根圖釘。要是父親看見它，他會粗暴地將它拔出來，就像從一頭死掉的牲口耳朵上將耳標扯下來。然後父親和母親就再也不會帶我們去度假了，因為我唯一想到達的地方是我自己。那裡不是給五人住的小木屋，而是只限一人。

「朋友們。」我們突然聽到背後傳來的聲音。父親放開我的外套。他的眼神馬上起了變化，套句杜葳特・布洛克在《聖尼可拉斯新聞》裡的說法：天空經常無預警放晴之島。她回來主持電視節目已經一個禮拜了。她有時會對著我眨眨眼，這時候我就知道我們做的是對的，而一旦我和哈娜不在了，她會照看所有事情。這讓我多少放心了一些。父親打開壁爐的門，將那根引火木扔進去。

「這隻動物前面是健康的，後面生病了。」

獸醫先看了看父親，再望著我。他用這個措辭描述乳牛，但現在，這個措辭是在指我。

獸醫點點頭，逐一解開自己綠色外套的鈕釦。這時父親開始嘆息。「她的屁眼不舒服。」我瞬間想起所有被我塞在床頭櫃裡的肥皂，一共有八條。我可以用它們使整個海洋佈滿泡泡。所有的魚兒、海象、鯊魚和海馬都會被洗得乾乾淨淨。我會在牠們面前攤開一條曬衣繩，用母親的曬衣夾將牠們固定住。

「橄欖油，飲食均衡。」獸醫說。他流著鼻涕，又將鼻涕倒吸回去，在袖口上擦了擦。

那本自然讀物仍然在我的手上，我將它抓得更緊。我忘記在剛讀過的那一頁留下摺角。要是有人為我指點迷津就好了，這樣我就能知道自己的位置、要從哪裡將我的故事繼續活下去，以及那個位置是否就是這裡，還是在彼岸——那應許之地。

父親猛然轉過身去，走向廚房。我聽見他在櫥櫃裡翻找調味料的聲音。他回來的時候，手裡拿著一瓶已經放了很久的橄欖油，瓶蓋的邊緣結滿黃色硬塊。我們煮東西的時候從不使用橄欖油。只有父親有時會用它來潤滑門的絞鍊，使它不再咿呀作響。

「嘴巴張開。」他說。

我看著獸醫。他沒有回望著我，反而盯著一張掛在牆壁上、父親與母親的結婚照。這是唯一一張他們真正注視對方的照片，反映出他們當時是相愛的——即使母親嘴邊的微笑顯得曖昧，父親笨拙地以單膝跪在草地上，巧妙地將他那條畸形的腿排除在畫面之外。他們的身體當時還很光滑，彷彿拍照前先以橄欖油塗抹過似的。父親穿著棕色西裝，母親則穿著一件乳白色洋裝。我望著那張照片越久，他們的微笑就越顯得曖昧；他們彷彿已經知道未來等著他們的是什麼，也就是那些在牧場上、像伴娘一般環繞在他們周邊的乳牛們。

我還沒反應過來，父親就捏住我的鼻子，將瓶嘴堵進我的雙唇之間，把油灌進我體內。我嗆了幾口，父親放開我。

「好啦，這樣肯定夠了。」

我嘗試將那噁心的油吞下去，嗆了幾口，用膝蓋將嘴巴擦乾淨——嘴巴就像塗了油的烤盤一樣油膩——然後用雙臂抱住肚子。**不要吐，不要吐，否則妳會死**。父親指了指外面，獸醫循著他手指的方向走去。我聽不見他們說些什麼。片刻間，我希望上帝某天能將這座牧場抓走，就像抓斗將死掉的乳牛攫走一樣。我的雙手更用力捏住肚子。我想將大便排出，同時又想憋住。或許奧貝得將某個更大的東西插進去？還是我得吞一口母親的凝乳酶，因為它會在乳酪裡面產生小洞？這樣一來我體內也會生成小洞，所有東西終究會拉出來的。然後我就會一絲不苟地將衛生紙對摺——擦屁股用八張，尿尿用四張，這是規定——並且讓手像糞肥鏟一樣，在雙臂之間擺動。

4.

我將小朵的青花菜在餐盤裡搗成泥。它們就像迷你聖誕樹一樣。它們讓我想起馬諦斯再也沒有回來的那個夜晚，讓我想起自己在他死後的幾小時坐在窗檯上，頸子上掛著父親的雙筒望遠鏡。它實際上是用來搜尋色彩鮮豔的大型啄木鳥。我沒有看到大型啄木鳥，也沒有看到我哥哥。望遠鏡的細繩在我的後頸留下一道紅色條紋。要是我能夠把望遠鏡轉過來，透過比較大的玻璃鏡片來將離我們越來越遠的人事物拉近的話，那就好了。我經常用它尋找天空中的東西——找尋那些從樹上躍出的小天使。在我的哥哥死後一個禮拜，奧貝和我偷偷將它們從閣樓的箱子裡取出，拿到他的房間裡，粗魯地讓它們互相摩擦（奧貝裝出呻吟聲，說道「哦我甜美多汁的小天使」，我則回答「我可愛的小陶瓷」），然後才任由它們沿著天窗滑下、掉進簷溝裡。它們經過風吹日曬，已經變成綠色。其中幾個小天使被蓋在那棵橡樹的葉子底下。我們每次過去查看它們是否還躺在原地，都感到失望；如果這些天使只經歷這再小不過的阻礙就失去了飛翔的能力，祂們又怎能和馬諦斯一起在天堂呢？祂們又怎麼能保護他和我們呢？

最後，我將護蓋套回目鏡上，把望遠鏡放回袋子裡。我再也沒有拿它來用過，就算色彩鮮豔的大啄木鳥確實曾經飛回來，鏡中呈現的影像將永遠是一片漆黑。

我吃下一大口青花菜。我們午餐總是會吃熱食，到了晚上，這裡的一切都是冷的：無論是院子、父親與母親之間的沉默、我們的心，還是塗著俄羅斯沙拉的麵包。我不知道該如何坐在椅子上；我在椅子上輕微地前後挪動身子，盡可能不讓自己的屁眼感到灼痛，這讓我想起奧貝的手指。我不能顯露出任何跡象；否則我的哥哥會把我的兔子弄得和夜晚一樣寒冷。何況這不就是我想要的嗎？想讓公牛們平靜下來，就要像母牛那樣露出屁股給牠們看。

我目不轉睛地望著放在桌上、獸醫餐盤旁邊的聽診器。這是我第二次真正看見一具聽診器。我曾經在荷蘭一台看過它，但畫面裡沒有身體的樣貌，因為畫面已經被一大片裸露的皮膚佔滿。片刻間，我幻想著聽診器貼在我裸裎的胸口上，獸醫將自己的耳朵貼在金屬表面，對母親說：「我覺得她的心臟撕裂了。你們有家族遺傳史嗎？還是以前從未出現過？也許她得到海邊去，那裡的空氣比較新鮮，那些液態糞肥通通都會黏附在妳乾淨的衣服上，心臟會更快受到感染。」我眼前浮現一個景象：他從褲袋裡掏出一把史丹利摺疊刀，也就是父親用來割開青貯飼料包裝繩的同一種刀；它會發出「嘶嘶」聲，直到青貯飼料包散裂開為止。然後他會用麥克筆在我胸口畫線。這時我會想起吃掉七隻小羊的大野狼，牠被一把剪刀割開，小羊們才能夠活著出來。或許也會有個大女孩從我體內爬出來，她無憂無慮，或至少是個會被看見的人，已經在一層層皮膚和夾克底下藏了太久。聽診器一從我身上移開，他就得將耳朵貼上我的胸口，而我只需要吸氣吐氣就能讓他的頭上下起伏，讓他理解我。我會說我全身上下都痛，然後指著過去從來沒人到過的地方——從腳趾到頭頂，以及介於這之間的所有部位。我們可以在胎記之間畫輔助線當作不可超越的界限，或者像那些連連看的圖畫從我身上畫出一個人形。但假如他沒有聽見我的求救聲，那我得將那塊金屬從他胸口抓來，盡量張大我的嘴巴，將它圓形的聽筒盡可能往我的喉嚨裡塞。那樣他想必能聽得夠清楚。喉嚨裡卡著東西絕對不是什麼好現象。

奧貝肘擊我的肋骨。

「哈囉，地球呼叫賈絲，把肉汁傳過來。」

母親將肉汁罐遞給我。它的把手脫落了，油花在肉汁上浮動著。我搶在奧貝開始質問我在發什麼呆、將氣氛搞砸以前把肉汁傳給他。這時他會把學校操場上所有男生的名字都唸出來，而我常常想起的那個男生在他停放腳踏車的地點上，只有一個小紀念牌。不過現在乳牛已經全死光了，氣氛好不到哪裡去，獸醫提到口蹄疫對全村農夫造成的影響。他們當中大多數人都不願提起這件事，這樣的人最危險，他說，最容易腦袋灌鉛，最後幹出傻事。

「不懂他們在想什麼，」父親說話時並未看著任何人：「你總還有小孩要顧吧。」

我偷偷往旁邊瞄了瞄奧貝。他的頭幾乎埋進盤子裡，像是在研究小朵青花菜的結構，看能不能將它們當作小雨傘來用，這樣我們就可以躲在底下。我從他握緊的雙拳看出，他對於父親所說的話、或者父親沒說出口的話，感到氣憤。我們全都知道：父親與母親就是兩塊死板的鉛片，就像嵌進窗簾下方增加重量、穩住窗簾的那種鉛片。我一直盯著獸醫看。他時不時用舌頭舔他餐刀的銀色金屬。那舌頭滿好看的，是深紅色。我想到父親溫室裡種的植物，以及他如何用刀割開葉脈，再扦插到育苗土中，葉片朝上，最後用鉤環固定。我想像他的舌頭觸碰我的舌頭時的情景。我能順利伸展開來嗎？當哈娜把舌頭伸進我嘴裡的時候，我嚐出她剛把最後一小滴蜂蜜吃掉了。我很好奇獸醫的舌頭是否有蜂蜜的味道，以及它是否能讓我肚子裡的蟯蟲平靜下來。

父親用雙手捧著臉，坐在桌前。他已經不再聽獸醫說話，獸醫突然神秘地趨身向前，低聲說：「我覺得妳的外套跟妳很搭。」我不知道他為什麼要悄聲說話，因為每個人都聽見了。但我常常看到別人這麼做，他們似乎希望每個人微微趨身，洗耳恭聽，像磁鐵一樣被吸往他們身邊，然後才又重新回到自己的位置，好似一種力量的展現。哈娜今天在朋友家裡過夜，我覺得太可惜了。否則她聽到這句話就會知道，不久之後我們就會得救了。也許我必須忘記乳酪匙的事情。那件事的確使我喪失了一部分對他的信任，就像那次——當時我還在讀小學四年級——父親將我叫到桌前，那是我們第一次，也是最後一次沒有以乳牛為主題在桌前對話。

「我得告訴妳一件事。」父親說。我的手指摸找著刀叉，想要緊握住某個東西作為依靠。

但那時離吃飯時間還很久，餐具還沒擺上桌。

「聖尼可拉斯是不存在的。」

父親說這番話時並沒有看著我，只是望著自己杯裡的咖啡渣，斜握著杯子。父親再度清了清喉嚨，說道：「學校裡的聖尼可拉斯是切耶爾扮的，他是我們家牛奶的忠實顧客，那個光頭佬。」我想起切耶爾，他為了搞笑有時會用手指關節敲自己的頭，同時嘴巴發出空洞的聲音。我們每次都很喜歡看他搞笑。我無法想像他留著鬍子，戴著主教禮冠的樣子。我試著說點什麼，但喉嚨就像花園裡的降雨量杯，已經快要滿溢。最後它終究滿了出來，我開始抽泣。我想著一切被編織成的謊言，想著坐在爐火前、唱著聖尼可拉斯歌曲、滿心希望聖尼可拉斯能夠聽見的場景，哪怕聽見歌聲的頂多只是一隻煤山雀。我想著塞在我們鞋子裡、讓我們的襪子散發出酸味的橘子，想著杜葳特．布洛克或許也是假的，想著我們必須乖乖聽話，否則會被塞進袋子裡帶走[29]。

「那杜葳特．布洛克呢？」

「她是真的，不過電視上的聖尼可拉斯是演員假扮的。」

我望著母親替我放在咖啡濾紙上的胡椒小餅乾。我們所獲得的一切都是經過精心量測

29 根據聖尼可拉斯的傳說，不乖的孩子會被裝進布袋，於聖尼可拉斯返家時載回西班牙。

的，連小餅乾都是。我讓它們原封不動地擺在桌面上，淚水不住地流下。那時父親從桌前起身，取來一條茶巾、粗魯地用它擦乾我的淚水。我已經停止哭泣他還不斷地擦，好像我的小臉上覆滿褐色的、充滿假象的鞋油，就像彼得臉上的煤灰。我多麼想用他多年來大力敲門的方式捶打他的胸口，然後奔入夜色中，暫時不要再回來。一直以來，他們都在說謊。但在接下來的那幾年當中，我仍努力堅守對聖尼可拉斯的信念，一如我對上帝的信仰——只要我能夠想像祂們的形影或者在電視上看到祂們，只要還有能讓我禱告或許願的東西，祂們就是存在的。

獸醫將自己盤中最後一點青花菜塞進嘴裡，再度微微趨身向前，將刀叉交叉擺在盤子上，表示他已經吃完了。

「妳幾歲？」他問。

「十二歲。」

「那妳已經快發育完全了。」

「你是說發瘋完全了吧。」奧貝說。

獸醫沒理他。幾乎發育完全、能夠嫁給某人的想法使我感到驕傲，就算我實際上正在傾頹斷裂——但我總還知道，發育完全是個好跡象。我的牛奶蓋也快要蒐集完全了，現在我手邊只剩三個塑膠套是空的。因此，某個時間點以後，我就能擁有翻閱牛奶蓋蒐集夾、回味每一次輸贏的那種感覺。不過對我來說，翻閱你自己是比較困難的；但也許你得先成年、身高停留在門柱的同一道條紋上不再增長，才能做到這一點。長髮姑娘被鎖在塔樓上、而後被王子救出時，也是十二歲。沒多少人知道她的名字其實是從「萵苣」[30]衍生出來的。

獸醫注視我許久。「我不理解妳為什麼還沒有男朋友。我在妳這個年紀的時候，早就知道該挑誰了。」我的雙頰變得像肉汁罐的邊緣一樣熱。為什麼他才十二歲就已經知道，但作為一個與父親年齡相仿的大人卻又突然不懂了？這到底是什麼原因造成的，大人不是應該什麼都懂嗎？

「明天有可能會下雨。」父親突如其來地插上一句。他對這整段對話充耳不聞。母親持續在流理檯與餐桌之間來回踱步，才不會讓人注意到她幾乎什麼都沒吃。我在自然讀物裡讀到，螞蟻有兩個胃：一個胃供自己使用，另一個用來餵養其他螞蟻。我覺得這個機制真是太感人了。我也想要有兩個胃——這樣我就可以用其中一個胃讓母親的體重維持正常。

獸醫朝我眨眨眼。我決定明天把他的事告訴貝茲。我總算也能用悄悄話討論某個人了。我不會說他的皺紋比一塊沒有熨過的桌布還要多，不會說他像患了流感的小牛那樣咳嗽，不會說他比我父親還老，而且鼻孔大到足以同時插進三根薯條。我會提到他比包德萬・德・赫

30《長髮姑娘》（*Rapunzel*）源自德國童話，而德語Rapunzel為萵苣之意。

羅特還帥。這可是有深意的。放學以後，貝菈和我經常在我位於閣樓的房間裡聽他的歌曲。當我們悲傷欲絕的時候——貝菈有時候會非常鬱悶，如果湯姆傳給貝菈的簡訊尾端沒附上大寫X字母，而是小寫的x[31]，因為句點後面的下一個字母會自動變成大寫，所以，他一定是刻意將大寫字母改成小寫的——我們就會對彼此說：「我肚子裡原本翩翩起舞的蝴蝶淹死了。」我們就只是點點頭，對對方的感受完全了然於心。

5.

我穿著睡衣，帶著一把鐵鍬踏上牧場，走進育種場後面的草地。我們私下戲稱那裡是精子棚。鐵鍬上還黏著一塊奧貝的燈籠紙屑。就在靠近埋著諦仔、奧貝用鐵鍬背面將翻攪過的土弄平的地方旁邊，我挖了個洞。那次奧貝並沒有在洞口插個小棍子，因為他要埋的不是我們日後會想要憑弔、回顧的東西。鏟土時，我肚子的刺痛感越來越嚴重，讓我呼吸困難，我只好夾緊屁股，低聲對自己說：「再等一下下，賈絲，再一下就可以了。」當洞夠深時，我快速環顧四周；父親和奧貝仍在睡覺，哈娜在沙發後面玩她的芭比娃娃。我不知道母親去哪裡了，她可能去鄰居琳恩和凱斯那裡看看，他們為即將到來的新牛群採購了一個新的牛奶槽，容量可達兩萬公升。

我迅速解開睡褲的抽繩，將條紋褲和內褲褪到腳踝，蹲在洞上方，冰冷的風吹在我的屁股上。昨晚，父親最後一次嘗試在《聖經》裡頭找出解決我排便問題的方案時，無意間碰到了《申命記》裡的一句話：「在你器械之中當預備一把鍬，你出營外便溺以後，用以鏟土，轉身掩蓋。」他繼續翻了幾頁，然後邊嘆氣邊闔上《聖經》，表示《聖經》中沒有能解決這問題的有用資訊，但是這句話已經烙印在我腦海裡了，它讓我今晚一直睡不著。我不斷在黑暗中輾轉反側，想著那三個字：「出營外。」上帝指的一定是出院子外面。我可以一個人在那裡大便嗎？我沒對父母說出我的計畫，因為我們現在能談的只有無法排便的事實，當我來到廚房，站在他們面前拉起我的上衣、展示自己那腫得像擁有雙蛋黃的蛋的肚子，他們才會抬眼看看。腫脹的肚子甚至讓我感到驕傲，就像我的烏骨雞生下一顆巨無霸白色蛋一樣。

我從雙腿之間往後看，感覺到屁眼正承受著壓力；管它是橄欖油還是《聖經》句子的功勞，總之有效就對了。不過從我肛門冒出、掉落洞裡的，不是一條熱氣蒸騰、像巨型蟯蟲的褐色細繩狀糞便，而是一丁點糞塊。我繼續用力擠，淚水流過緊繃的下頷；我開始感到頭暈目眩，我必須繼續用力清空一切，要不然我有一天會爆炸，這樣只會離家和離自己越來越遠。糞塊看起來有點像我的兔子杜葳特的糞便，不過大了一號。奶奶曾說過，最健康的大便看起來像她偶爾會弄的、油滋滋的小牛肉香腸，但我的大便看起來完全不像。它比較像是迷你奶酥。

越來越多的蒸氣從洞裡緩緩上升。我捏住鼻子抵擋惡臭，這比滿滿一整個牛舍的牛同時拉屎還臭得多。已經沒有東西再從我的肛門排出，我四處張望想找些葉子，突然發現所有東西不是光禿禿的，就是覆蓋著一層薄薄的冰：我不希望我的屁眼像牧場上那個浴缸裡的塞子一樣冰封起來——牛隻們夏天就從那裡找水喝。所以我沒擦屁股、再次拉起內褲和外褲，很小心地不讓布料接觸皮膚，要不然一切都會髒掉。接著我轉身，在洞口上蹲了一會兒，像老鷹盤旋保護自己的幼崽似的，看著堆成小山似的糞塊，然後開始將洞填平，掩蓋便溺，再用鐵鍬把土壓平，還用我的靴子蹬了幾下，然後在上頭插了一根樹枝，這樣我就會記得自己在哪裡揮別了一部分的自我。我走出牧場，將鐵鍬放回原位，和其他鐵鍬和叉子擺在一起，然後想一想鄰居的男孩們，他們只會在馬桶裡找到自己弄丟的東西：藍色外套鈕釦、樂高積木、園遊會射擊攤位用的塑膠子彈、一組螺帽和螺栓。有那麼一瞬間，我覺得自己真是強大。

6.

貝菈說：「悲傷是不會繼續變大的，只有它佔去的空間會變大。」她說得可輕鬆。她所說的空間等同於一個魚缸的大小，而且是在她的兩條孔雀魚死掉以後才出現的。現在的她十二歲，悲傷就固定成魚缸的大小了。我的情況就不同了：它不斷地變大、再變大，乃至於無法遏阻。它一開始的高度是一百八十公分，之後逐漸變得和《聖經》裡的巨人歌利亞一樣龐大。然而，我還是朝貝菈點點頭。我不希望水族箱的玻璃裂開，不希望她淚如泉湧。我受不了哭泣的人——我只想像處理我的里加餅乾那樣，把他們包在鋁箔紙裡，塞進一個陰暗的抽屜裡，直到他們乾了為止。我不想感受任何哀傷，我要的是行動。我要的是某個能刺穿我每日時光的東西，就像刺穿水泡那樣化解掉最沉重的壓力。但我的思緒還是不斷飄回今天下午的情況：母親在獸醫離開後開始鬧情緒。凡是我們不必太嚴肅對待的事情，父親就會用「鬧情緒」這個字眼形容。因為當時母親突然說：「我想死。」她一如往常，繼續清理餐桌、把餐具放進洗碗機、將砧板上的馬鈴薯芽撥進果皮籃，等著拿去餵雞。

「我想死，」她重複道：「我受夠了。要是明天有輛車把我輾過，把我壓得像被輾死的刺蝟一樣扁，我會很開心。」這是我第一次見到她眼中的絕望。她的眼睛不像我們熟知的彈珠；她的眼睛就像磁磚上的凹陷處，或者說是柏油路上的坑洞，你得把彈珠打進去。她只想要蒐集別人的目光，讓自己隨時都被看見，最好同時有八隻眼睛注視著她。你得讓她贏，自己才不會變成輸家。奧貝從桌前站起，用拳頭按壓自己的頭頂。這並沒有讓他平靜下來。

「想死就去死吧。」

「奧貝！」我小聲說：「她快要崩潰了。」

「妳看到這裡有人崩潰嗎？這裡唯一崩潰的只有我們。」他站起身來，將自己的手機朝爐子上方那片顏色接近臺夫特藍瓷的磚牆扔去，同時吼道：「天殺的！」那支諾基亞手機解體了。我想起裡面的「貪吃蛇」遊戲，那條蛇現在肯定已經死透了。牠的身體通常只會糾結成一團，因為牠吞了太多老鼠，身體已經脹大到螢幕以外。現在牠斷裂了。

四周頓時一片死寂，我只聽見水龍頭的滴水聲。這時父親拖著那條畸形的瘸腿，從客廳衝過來。他粗暴地將奧貝壓在廚房地板上，把他的雙臂扣在背後。

「去啊，趕快去死啊，不然我把你們全殺光！」我的哥哥吼道。

「不可妄稱耶和華你神的名，因為妄稱耶和華名的，耶和華必不以他為無罪。」父親吼道；母親將一點洗碗精噴在海綿布上，擦洗著烤盤。

「看吧，」她低聲說著：「我是個糟糕的母親。沒有我，你們會過得更好。」我用手掩住耳朵，直到吼聲停止，直到父親放開奧貝，直到母親拉開烤箱，將手腕貼在還很燙的烤盤上幾秒鐘，讓自己體內感到比較溫暖為止。「您是最好的母親。」我一邊說，一邊從自己的聲音中聽出我在撒謊——我的聲音就像牛舍一樣空洞無神，那裡再也沒有任何生機。然而母親似乎已然忘記剛剛才發生過的事情。父親揮舞著手臂。「你們這些神經病，快把我們搞瘋了，」他一邊說，一邊朝放置木材的棚子走去。信仰比較虔誠的奶奶曾經說過：你必須立刻扼殺剛剛萌芽的衝突。我們就是那些新芽嗎？然後我心想：不對，是父母繼續活在子女身上，子女是不會繼續活在父母身上的。這種瘋狂狀態會繼續活在我們身上。

「您真的想死嗎？」我問母親。

「是的，」她說：「但是別管我。我是個不合格的母親。」她轉過身，提著裝果皮的籃子朝雞舍走去。我在原地僵立了一會兒，然後向奧貝伸出手。他的鼻子流著血。奧貝將我的手揮開。「膽小鬼。」他說。

在精子棚裡，貝菈和我坐在滿佈塵埃的石頭地板上。牛舍的中心處擺著一頭假乳牛模型，它由金屬框所構成，上端鋪著一塊獸皮，目的是要讓公牛們發情。那塊獸皮的下方擺著一組金屬製的軌道，軌道上放著一張黑色小椅子。那是一張皮革椅，你可以前後移動，以便汲取精液。那塊獸皮已經被撕得破爛，它被稱為「德克四世」，而這個名字得自於一頭生下幾百隻後代的著名公牛。人們還為牠的身軀鑄造一尊銅像，安放在村子裡廣場正中央處的臺座上。貝菈談到悲傷總是由小規模開始衍生再逐漸擴大時，我打斷她的論點。她對人生的理解，就像外來遊客對一座村子的理解；他們不知道該如何找到陰暗的小巷弄，那些禁止閒人進入的通道。我說：「去趴在德克身上。」貝菈沒有追問，就爬上那乳牛模型。我坐到她下方那張黑色皮椅上。那塊獸皮的內側已經被剝空，那裡安插了一根管子來鞏固牛身。貝菈的雙腿在側邊抖晃著；她那雙帆布膠底鞋的鞋尖滿是泥土，鞋帶已經變成灰色。

「然後搖晃妳的屁股，就像騎馬那樣。」

貝菈開始搖擺。我靠到側邊觀察。她抓住獸皮的上端，讓自己趴得更穩一些。

「再快一點。」

她的動作變快。德克四世開始嘎吱作響。幾分鐘以後，她停了下來。她喘著氣說：「這好無聊，我累了。」

我挪動椅子，使自己坐在她臀部的正下方。我還能再往前四格。

「我想到一個刺激的玩法。」我說。

「妳每次都這樣說，但這真的有夠無聊。」

「先試試看再說嘛。」

「假裝這頭母牛是湯姆。妳可以的。」

「然後呢？」

「繼續搖晃。」

「最後會怎麼樣？」

「妳最後會看到很美麗的顏色，就像火球糖不斷變化的顏色一樣，妳將會來到那座橋的對岸；那裡沒有悲苦，妳的孔雀魚都活著，什麼事情全由妳作主。」

貝菈閉上雙眼。她再度開始前後搖擺。她的雙頰變得越來越紅潤，嘴唇被唾液沾濕。我任由自己的身體癱在椅子上。我心想：也許我得為父親與母親做一場簡報。我會談到蟾蜍，為他們說明蟾蜍是怎麼交配的。重要的是，母親得過去趴在父親的身上——她的背部就像薄脆餅一樣脆弱。這是讓母親重新開始進食的唯一辦法，這樣父親才有某個能夠好好掌握的東西。這樣我們就可以在牧場上組織一場蟾蜍遷徙。我們會將父親安置在房間的其中一端，將母親安置在另一端，再讓他們交會。我們也可以將浴缸放滿水，讓他們能夠一起游泳，就像我們獲得那座全新、薄荷綠的浴缸那天一樣——當時是十二月份，那個日子的前兩天，母親和父親一起進入那座浴缸。「現在他們全裸啦。」馬諦斯當時說，我們咯咯地笑個不停，眼前浮現兩塊蘋果餡餅被扔進油鍋裡的景象。他們從那裡出來的時候全身都會變成金棕色，圍在他們腰際的毛巾就像餐巾一樣。

乳牛模型的絞鍊發出的嘎吱聲越來越大。父親以德克四世為傲。每次使用完畢後，他都會拍拍假牛模型的側腹。我突然感到喉嚨發乾，雙眼刺痛。這一年的初雪來得很早，落進我的心裡，感覺起來很沉重。

「我沒看見什麼顏色。」

我從椅子上爬起來站到貝菈身旁，她的雙眼仍然是緊閉的。我迅速穿上父親那件掛在棚裡洗手檯旁邊一張椅子上的淺綠色雨衣；這時穀倉的門板忽然被推開，奧貝在門邊探頭探腦。他的目光在我和貝菈身上來回游移著。接著他走了進來，將門板帶上。

「妳們在玩什麼？」他問。

「一個蠢遊戲。」貝菈說。

「你給我滾。」我說。絕不能讓奧貝加入這個遊戲，否則他一定又會幹出壞事情。他就像這座村子裡的天氣一樣，完全不能信任。他的鼻子上還掛著剛才被壓制在廚房地板上時所留下的血跡。

在內心某處，我也很為他感到遺憾。現在，當他開始高聲咒罵的時候，我的遺憾之意變得越來越淡薄；更惡劣的是他經常偷拿食物，或從壁爐架上放置度假經費的罐子裡偷錢，導致我們去露營的機會化為烏有，同時也毀了父親為了離家出走而準備的私房錢。現在父親能買的，最多就只剩下烤麵包機和曬衣架。總有一天，他會將父親與母親的心也偷走。到了那時候，他就會像一隻嘴上叼著鷓鴣的流浪貓那樣，在牧場上給它們挖一個洞。

「我有個好玩的遊戲。」他說。

「不准你玩。」

「如果好玩的話我不介意，賈絲想出來的東西都很無聊。」

「妳看吧，貝菈說可以。」奧貝一邊說，一邊從洗手檯上方的櫥櫃裡取出一把銀色的輸精槍，以及一盒 Alpha 鞘具。它們是尖端帶有顏色的長條棒狀物體，用來對無法懷孕的母牛進行人工授精。奧貝將一雙藍色手套遞給我。當我不想看他的時候，我就會將目光轉向他下巴的鬍渣。它們摸起來感覺有點像母親有時候要我攪進凝乳裡的孜然籽。前幾天他開始刮鬍子了。我密切盯著他的一舉一動。

「妳是我的助理。」他說。

櫥櫃再度砰然開啟。這回他取出一個裝著某種液態凝膠的小瓶子，將它塗抹在輸精槍上。標籤上寫著「潤滑劑」。

「現在妳把褲子脫下來，趴在母牛身上。」貝菈毫無異議，照著他的指示做。我突然發現，最近這段時間她很少講起湯姆，反而經常提起我的哥哥。她想知道他的嗜好、他最喜歡吃的食物、他喜歡金髮女還是褐髮女，諸如此類。我不希望奧貝碰她。如果水族箱裂開，我們該怎麼辦？如果貝菈趴在德克四世身上，我就得將她的雙臀掰開；如此一來她的屁眼就會像學校的鋼筆座一樣，毫無遮攔地裸露。

「這不會痛吧？」貝菈問。

「不要怕，」我臉上帶著微笑，說：「妳比很多麻雀要貴重多了。」這句話來自《路加福音》，當我在奶奶家過夜，害怕自己會在睡夢中死去時，奶奶曾經對我講過這番話。

奧貝站在一只翻倒過來的飼料桶上，好看得更清楚一點；他將輸精槍對準貝菈的雙臀之間，沒有發出警告，直接將那冰冷的鐵金屬插進她體內。她像一頭受傷的動物般尖叫。我嚇得鬆開她的屁股。

「趴好，」奧貝說：「要不然會更痛。」淚水從她的雙頰滾落，她的身體顫抖著。我激動地想著自己那根漏水的鋼筆。學校老師曾說過：我得讓它在冷水中泡一晚，隔天再沖洗，然後吹乾。我也得將貝菈泡在冷水中嗎？我擔心地望著奧貝，他朝角落那個裝在液態氮中貯存的公牛精液細管的容器點了點頭。父親忘記鎖上那容器了。我猜想奧貝打著同一個主意：沖洗。我打開容器，從裡面掏出一根細管子，將它遞給奧貝。輸精槍仍然插在貝菈的雙臀間。

「妳是世界上最好的助理。」

冰開始融化。我們在做的事情是對的。有時你就是得獻上沒那麼好的祭品，就像上帝要求亞伯拉罕犧牲以撒，但他最後拿來獻祭的是動物。我們也得嘗試各種不同的東西，上帝才會對我們嘗試面對死亡的作為感到滿意，才會放過我們。

隨後，奧貝將那根細管子推入輸精槍。我們明明有許多其他選擇，但還是這麼做了——我們不知道液態氮會灼燒她的皮膚。我衝出穀倉，感覺到膽怯讓自己的雙腿變得越來越沉重。奧貝緊隨在後。我們逃到院子的另一頭。「不要讓我們陷入試探，救我們脫離那惡者。」我呢喃著，同時看到哈娜將自行車停靠在農舍的側牆邊，她的枕頭夾在腳踏車後座的行李架，手上提著過夜用的小行李袋。當她在一段時間後不再到奶奶家過夜時，那行李箱將會長滿蠹蟲，我們都用拇指和食指將牠們捏爛、碾碎成灰，再將牠們從手指上吹落。

「跟我來！」我說，並且搶在她之前跑到位於兔子棚後方的乾草堆前。我們爬過一、兩捆乾草，藉此逃到父親、烏鴉們與上帝的視線之外。

「妳可以抱我嗎？」我問道。

貝菈的尖叫聲仍然在我耳邊迴盪，她睜大的雙眼就像半滿的魚缸一樣爆開。想到這些，我只能努力不哭出來。

「怎麼啦？發生什麼事了？」

哈娜擔憂地望著我。「妳全身都在發抖。」

「因為……因為如果不這樣，我會爆炸。」我說：「就像父親的那隻母雞一樣，當時那顆蛋太大，才剛冒出牠的半個屁股。如果父親沒殺了牠，牠肯定會爆開，內臟鐵定會濺得到處都是。我現在也快要爆炸了。」

「噢，對，」哈娜說：「那隻可憐的小動物。」

「我也是可憐的小動物。現在，妳還願意抱我嗎？」

「我會緊緊抱著妳。」

「妳知道嗎，」我一邊說，一邊將鼻子湊上她那散發出瑞莎嬰兒洗髮精味道的髮梢：「我真的想長大，但不希望自己的手臂跟著長。現在它們剛好適合妳。」

哈娜沉默片刻，然後說：「如果它們變得太長，我會將它們在我身上繞兩圈，就像冬天戴的圍巾一樣。」

7.

那天夜裡我夢見貝菈。我們在村子外圍的森林裡，也就是渡輪口岸旁邊，玩起「獵狐」遊戲。我不知道為什麼，但貝菈穿著母親那件禮拜天專用的斗篷，戴著她禮拜天專用的帽子，帽沿前端有一片像是薄紗的東西，帽緣繫著一條黑色緞帶。斗篷的下襬在地上拖行，沿路勾起許多小樹枝、沾染到泥漿，而且不斷發出沙沙聲。直到那時我才驚覺貝菈與狐狸已經融合為一，成為半人半獸的存在。我們持續往森林深處走去，不知不覺就在高聳而單薄、在黑暗中酷似挺立的脫靴器的樹木之間迷了路。無論我走到哪裡，貝菈都拖著她那紅棕色的狐身，亦步亦趨地隱約跟著。

「妳是狐狸嗎？」她問。

「是，」我說：「在我將妳像鮮嫩的小雞一樣生吞活剝以前，趕快滾吧。」她驕傲地抬起下巴，將頭髮甩到背後。

「笨蛋，」她說：「我才是狐狸。現在我要問妳一個問題。如果妳回答不出來，妳就會嘔吐、拉肚子、早死。」她的鼻子與耳朵突然變尖。所有尖銳的東西都有附加價值；牙齒能咬穿食物，耳朵能聽到聲音。狐狸的身體與她十分相襯。她每向前跨出一步，我就向後退一步。我隨時都準備好目睹、耳聞她會像在育種場的時候那樣，再度發出恐怖的尖叫聲，她的雙眼會瞪大，就像一隻被魚鉤鉤住的魚。毫無抵抗之力。

「妳的哥哥是真的死了，還是『死』就是妳的哥哥？」她終於問道。我搖搖頭，凝視著自己的鞋尖。

「『死』是沒有家人的。因此它會繼續尋找新的身體，這樣它才不會孤單，直到那個人入土了，它才會繼續尋找。」

貝菈伸出手來。我在夢中突然聽見牧師曾經說過的話：「消滅敵人的唯一方法，就是化敵為友。」

我向後望，以便吸一口新鮮且沒有沾附任何病菌的空氣，然後問道：「如果我向妳伸出手，會發生什麼事情？」

貝菈靠近我，身上散發出灼燒的肉味。突然間，她的屁股貼滿了ＯＫ繃。「我會很快把妳吃掉。」

「那如果我不伸手呢？」

「我會慢慢地吃掉妳，這樣會更痛。」

我試著從她身邊逃開，但雙腿在身體下方緩慢地拖行著，我的雨靴突然變得太大，不合腳。

「妳知道狐狸的肚子要塞進多少隻田鼠，牠才不需要再測量自己的空虛嗎？」當我終於從她身邊逃開時，她喚著我，喊聲帶有內建的迴音效果，就是那種玩捉迷藏時所用的聲音。

「親愛的田鼠——田鼠——田鼠。」

8.

父親瞇起雙眼，評估應該將那雙鍍銀的溜冰鞋掛在什麼樣的高度。他的兩片嘴唇之間含著三根螺釘，以防其中一根掉落，手上則拿著一把電鑽。母親站在一小段距離外觀看；她的雙眼濕潤，高舉吸塵器的軟管等著父親製造出飛揚的灰塵。我望著她的白色襯衣；她晨袍的束帶鬆了，襯衣因而露了出來。我透過單薄的布料看見她那鬆垮的乳房。奧貝有時會製作一些蛋白霜，用冷凍袋子將它們以每袋四顆裝起來，拿到學校操場上賣。她的乳房就像兩顆蛋白霜，蛋白放太久也會變得稀軟，最後會讓蛋白霜變得軟糊糊的。父親從廚房梯子上爬下來，母親關掉吸塵器，沉默彷彿也鍍了一層銀似的。

「它們掛得歪歪的。」母親說。

「並沒有。」父親說。

「有，你來看看。從這裡看過去歪歪的。」

「那妳就不要站在那裡。沒有歪這回事，一個東西從不同角度看過去當然會不一樣。」

母親將她晨袍的束帶繫緊，大步快速離開客廳，抓著吸塵器的軟管，拖著吸塵器走——它就像一條溫馴的狗，整天跟著她在屋裡到處轉。有時我會嫉妒這隻醜陋的藍色怪獸；她和它之間的關係，似乎比和她親生子女之間的關係還要好。到了週末，她都會充滿關愛地將它的肚子清理乾淨、換上新的集塵袋，而我的肚子卻幾乎快要爆開了。

我再次望著溜冰鞋。它們的內裡以紅色絲絨綴飾。溜冰鞋的確掛得歪歪的。我什麼都沒說。父親已然坐在沙發上，目光呆滯地望著正前方，肩膀還殘留了一些粉塵。他手上仍然拿著那把電鑽。

「父親，你看起來像個稻草人。」剛走進來的奧貝用挑戰般的口氣說。直到大約凌晨五點鐘，我才聽見我哥回來。我躺著、等待著，一顆心怦怦直跳，分析著每一個聲音；他那酷似滑雪回轉動作的腳步聲，他摸索牆壁的聲音，忘記應該跨過會嘎吱作響的第六階與第十二階所發出的聲音。我聽見他一直打嗝，用不了多久他就會對著浴室的馬桶嘔吐起來。一連好幾個晚上都是如此。我的睡衣依舊汗濕。根據父親的說法，嘔吐是一種老朽、人體必須擺脫掉的罪過。我知道奧貝因為殘殺動物犯了罪，但我不懂，他參加農舍舉辦的派對是犯了什麼罪過。我知道的是：他一直和不同的女生喇舌。我從臥室窗邊看見的——他站在牛舍的燈光下，宛如耶穌般被聖潔的光環圍繞，而我每次都會將嘴貼上自己的下臂，伸出舌頭壓在冒著汗的皮膚上，留下小小的圓圈。它嚐起來鹹鹹的。今天早上，我沒怎麼和奧貝說話，就是不想吸入也會讓我嘔吐的細菌。這使我想起自己第一次、也是最近一次嘔吐的情景，那時馬諦斯還活著。

當時我大概八歲，那天是禮拜三，我和父親一起到村裡的麵包店領麵包。回程路上，他給了我一塊帶葡萄乾的圓麵包——而且是好大一塊。它挺新鮮的，上面沒長藍藍白白的斑點。我們總會留一袋滿滿的麵包給奶奶，抵達奶奶家時，我覺得噁心、想吐。我們繞到屋子後方，因為前門只是裝飾；我就吐在菜園的土上，那些葡萄乾就像腫脹的甲蟲在褐色的泥潭裡游動，奶奶就是將她的紅蘿蔔種在這裡。父親迅速用靴子撥了一層土蓋住那灘嘔吐物。當那些紅蘿蔔被採收後，我預期奶奶隨時會突然發病，因為我的緣故而死掉。當時的我還不怕自己會因此而死，直到馬諦斯再也沒能回來，直到庭院裡那起事件衍生成多個版本，我才有害怕死亡的感覺。在最嚴重的版本裡，我差一點點就死翹翹了。我突然懷疑，也許是那些女生的舌頭太深入奧貝的喉嚨，才會使他嘔吐。就像你的牙刷太深入口腔，它也會讓你作嘔。父親與母親並沒有問他上哪去了，也沒問他為什麼身上一再散發出菸與酒的臭味。

「我們去騎腳踏車吧？」我小聲對坐在沙發後面畫畫的哈娜說道。她所畫出的人形都沒有下半身，只有一顆頭，一如我們只專注於別人的情緒，他們看起來是悲傷還是生氣。她的右手臂下還挾著過夜用的小行李袋。自從她上次過夜回到家以後，就一直將這提袋帶在身邊，彷彿想要保有能夠逃離的機會。我們不能觸碰行李袋，甚至不能評論它。

「去哪裡？」

「去湖邊。」

「去幹嘛？」

「那個計畫。」我只這麼說。

她點點頭。執行我們計畫的時機已經到來，我們不能繼續待在這裡。

哈娜在門廳穿上那件掛在藍色鉤子上的風衣；奧貝的鉤子是黃色，我的則是綠色的。我的鉤子旁邊還有個紅色的鉤子，鉤子上還掛著外套，但穿那件外套的人已經不在了。只有父親與母親的外套掛在木製的掛鉤上；它們沾到外套領口上雨水的溼氣，已經變了形。他們曾經是這座屋子裡最可靠的臂膀，如今也下陷得越來越明顯。

我突然回想起那次，父親牢牢抓住我的兜帽。那是馬諦斯死後幾個禮拜的事情。我問父親為什麼我們不能談論他，還問他知不知道天堂裡有沒有可以借書、沒準時還書也不會被罰錢的圖書館。馬諦斯身上沒有錢。我們實在太常忘記還書——主要是羅爾德．達爾所寫的書、以及《邪惡女巫》[32]的故事書。父親與母親認為那些是不信神且邪惡的書，我們只能偷偷地閱讀。我們不願把它們交回圖書館員的手上，那館員從沒對我們好過。根據馬諦斯的說法，她害怕手指油膩的小孩以及會在書頁上弄出驢耳朵摺角的小孩。會在書頁上摺角的小孩，都沒有真正像家的地方、沒有一個可以隨時依靠的避風港，所以才需要留個紀錄，而我後來也這麼做，只是我的摺角比較像是老鼠耳朵。當我向父親提出這個問題時，他一把拎起我的兜帽，把我掛在那只紅色鉤子上。我的雙腿前踢後蹬，但就是無法掙脫。地面在我腳底下沉淪、縮陷了。

「我們家是誰負責發問？」他說。

「是您。」我說。

「錯。是上帝。」

我陷入深思。上帝可曾向我提出過任何問題？我記不起來了。但我曾經針對人們可能會問我的問題設想過許多答案。或許正是因為如此，我再也沒聽到上帝的聲音——當母親在聽《音樂水果籃》、音量開太大聲的時候，她也聽不見我們吵著要吃糖果。

「妳就掛到馬諦斯回來為止。」

「那他什麼時候回來？」

「妳的腳能夠碰到地面的時候。」

我向下望。根據過去的成長經驗，我知道這要很久。父親作勢要離開，但沒過幾秒鐘就回來了。外套的拉鍊扎得我喉嚨發疼，呼吸變得困難起來。我被重新擺回地面，再也不曾問起我哥哥的事情。我刻意將書久借不還，累積圖書館的罰款，有時則躲在羽絨被套下大聲朗

32〈Boze Heks〉，由荷蘭作家哈娜．克蘭（Hanna Kraan）所著的系列故事。

讀那些故事，希望馬諦斯在天堂能夠聽見，並以一個井字符號作結——當我用我的諾基亞手機留言給貝菈、通知她一場重要的考試時，我也會以這種方式作結。

我沿著堤防踩動著腳踏車，騎在哈娜後方，她那過夜用的小行李袋夾在後座的行李架上。騎到半路，我們和鄰居琳恩擦身而過。雖然我現在已經知道自己不是戀童癖，但我還是努力不去看她那坐在後座的小兒子。他那金色的捲髮使他看起來有點像小天使，而我喜歡小天使，不管祂們比我老，還是比我年輕。不過奶奶說，千萬不能把貓咪和培根肉綁在一起[33]。奶奶家裡沒有貓也沒有培根肉，不過我完全可以想像，就算她將兩者同時放在家裡也絕對不會擺在一起。鄰居琳恩在一小段距離外就向我們打招呼，她的眼神充滿憂慮。現在我們必須露出燦爛的微笑，這樣她就不會提問題，也不會問起父親與母親。

「妳就裝出開心燦爛的樣子。」我輕聲對哈娜說。

「我不知道怎麼裝。」

「想像一下妳在學校拍團體照。」

「噢，這樣啊。」

我和哈娜露出我們能力所及最燦爛的微笑，我的嘴角抽動著。我們和鄰居琳恩擦身而過，沒遇到什麼難題。會車後我轉頭向後張望了一下，看著她那小兒子的背影。我眼前突然浮現他被閣樓的繩索吊住、搖搖晃晃的形影；小天使總是必須被懸吊著，才能繞著自己的軸心旋轉、才能給予他們周圍的人們同樣的支持。我眨了幾下眼睛、將那恐怖的影像抹去，並想起倫克瑪牧師在上個禮拜天做禮拜時說過的話。那段話出自《路加福音》第五十一篇：「我一出母胎便是邪惡；出生之日就充滿了罪。病痛存在於我們的內心。聖殿裡那個收稅的人捶著胸膛禱告。他捶著胸膛，彷彿在說：此乃萬惡之源。」

我握起拳頭在胸口壓了一下，力道大到使我全身緊繃，身體開始在腳踏車上搖晃起來，低聲呢喃著：「上帝啊，請饒恕我。」然後我將手放回把手上，要給哈娜一個好榜樣。她不可以放手騎腳踏車。如果她這麼做，我會開口糾正她，就像我在每次有車輛與我們錯身而過時會喊「有車！」或是「拖拉機！」為了讓她保持專注，我騎到她身邊，告訴她我從奧貝那邊聽來的笑話：「希特勒為什麼自殺？」哈娜揚起眉毛。

「我哪知道。」

「因為他付不起瓦斯費。」

哈娜笑了，她的上排齒縫間有一道縫隙，就像一台播種機那樣。傾刻間，我感到自己緊繃的胸腔得以吸入更多空氣。有時我感覺好像有個巨人站在我身上；每天夜裡，當我屏住氣

---

33 典出荷蘭諺語「將貓和培根肉綁在一起」，意指強烈誘惑某人使之無法抵抗。

息以便更接近馬諦斯時，他就會從我的書桌椅上望著我，他的眼睛跟新生的小牛一樣大。他鼓勵我，說：「再撐久一點，還要很久。」我有時會想：吹夢巨人已經從我的書中逃脫了，因為有一次我打開書、放上床頭櫃，然後就睡著了。不過這個巨人沒有書名寫得那麼友善，它霸道多了，也更咄咄逼人。它並沒有鰓，卻可以憋氣很久，有時能憋上一整夜。

騎到橋邊時，我們就將腳踏車扔上路肩的草坪。欄杆的起點立著一塊木製的告示牌，上面漆著一段話：「**要警醒戒備！你們的仇敵——魔鬼正像咆哮的獅子走來走去，搜索可吞吃的人。**」這段話摘自《彼得前書》。草地上有個空空的口香糖包裝盒，顯然是有人想要帶著清新的口氣前往彼岸。湖水相當平靜，彷彿一張虛情假意、讓你完全找不到任何謊言的臉。水畔已有多處結滿一層薄冰。我扔了一塊小石頭過去，它落在冰面上。哈娜則站在其中一塊大圓石上。她把過夜用的行李袋放在身旁，手像遮雨篷那樣擱在眼睛上方，瞇眼望著彼岸。

「看來他們藏在酒吧裡。」

「誰？」我問道。

「那些男人。妳知道他們喜歡什麼嗎？」

我沒有答話。從後面看我妹妹，她並不是我妹妹，反而像是任何一個人——她深色的頭髮越留越長。我心想：她是刻意要留長髮，這樣母親每天都會為她綁辮子，也會每天都觸碰她。而我的頭髮總是一下就整齊了。

「還沒有失去味道的口香糖。」

「這根本不可能啊。」我說。

「妳一定隨時都要甜甜的，而且要一直都這麼甜。」

「要不然他們就得少嚼一點。」

「而且妳還不能太黏。」

「我的總是很快就沒味道了。」

「但妳還是像乳牛那樣一直嚼。」

我想到母親。她一天咀嚼的次數如此多，這肯定增加了她的焦慮；越來越強烈的緊張情緒就是母親想從飼料筒塔跳下的原因，也是她想把自己用來量測乳酪溫度的水銀溫度計砸爛、將水銀一嚥而下的原因——父親在我們年紀還很小的時候就警告過水銀的危險，他說，水銀會讓人很快斷氣。我從中了解到：人的死法有快有慢，兩者各有其優缺點。

我站在哈娜的後方，將頭貼在她的風衣上。她的呼吸相當沉靜。

「我們什麼時候出發？」哈娜問道。

寒風迎面吹來，穿透我的外套。我打了個冷顫。

「明天，喝咖啡休息時間過後。」

哈娜沒有答腔。

「根據獸醫的說法，我已經發育完全了。」我說。

「他又懂什麼？他只看過發育完全的動物，沒發育完全的動物就會挨上一針。」哈娜的語氣突然聽來有點酸酸的。她是在嫉妒嗎？

我將雙手放在她臀部兩側。只要輕輕一推，她就會摔進水裡。如此我就能看見馬諦斯是如何落入水底，以及這一切是怎麼發生的。

於是我就這麼做了。我將她從大圓石上推進水裡，望著她的頭沉入水中又浮上來，還嗆了幾口水；她那雙被恐懼撐大的眼睛就像兩只釣魚用的浮標。我喊著她的名字。「哈娜，哈娜，哈娜。」然而這些話語被狂風擊碎，砸在大塊圓石上。我在水畔跪了下來，想要抓住她的手臂，拉她上來。在那之後，一切都不一樣了。我全身的重量全落在已經渾身濕淋淋的妹妹身上，不斷重複著：「不要死，不要死。」直到教堂的鐘聲響了五次，我倆才小心翼翼地站起身來。妹妹全身上下不住地滴水。我抓住她的手、將它牢牢握緊，像擰乾一塊潮濕的擦碗布一樣。我們曾經在以郵遞區號樂透彩[34]抽獎中，贏得好幾罐帶有碧翠絲女王[35]頭像的收納罐；此時的我們就像那空空如也的罐子，再也沒人能將我們填滿了。哈娜拎起她那過夜用的行李袋，她的身體就像掛在橋邊的那只紅白相間的風向標一樣，劇烈地顫抖著。我完全不知道該如何繼續騎腳踏車，也幾乎完全不知該如何回到家。我不知道我們該往何處去，位於彼岸的「應許之地」突然變成一張灰暗的明信片。

「我滑倒了。」哈娜說。

我搖搖頭，用拳頭按壓我的太陽穴，將自己的指節用力壓進皮膚裡。

「真的，」哈娜說：「真的就是這樣。」

34 荷蘭國內一種以郵遞區號進行抽獎的樂透彩。

35 荷蘭前任女王，在位時間為西元一九八〇年至二〇一三年。

9.

那天晚上，我再次作起瘋狂而激動的夢，但這次是關於我妹妹的。她雙手背在後，在湖上滑冰，嘴邊吹起薄薄霧氣。倫克瑪牧師將他的福斯汽車停在靠溝渠岸邊，頭燈對準了冰面。燈光照出的亮區正好就是哈娜滑冰的範圍。倫克瑪身穿黑袍坐在引擎蓋上，《聖經》擺在他的大腿上。我們周圍的一切都被雪和冰漂成白色。

然後，大燈突然慢慢轉向我。我不是人類，而是一把折疊椅，被遺棄在碼頭附近，孤伶伶地立著。沒人需要緊抓住我。我的椅腿冰涼，我的椅背想要有人伸手來抓。每當哈娜經過、她的溜冰鞋傳出刮擦聲時，我就想對她大喊。但是椅子沒辦法喊。我想警告她小心風吹出來的冰洞，它們十分險惡而且變化莫測，但是椅子沒辦法警告。我想抱住她，依在我的靠背上，將她抱上大腿。我妹妹每滑完一圈就會看我一下。她的鼻子紅紅的，戴著父親的耳罩——我們有時會戴上這個耳罩，如果我們渴望他的手能罩著我們冷冷的腦袋的話。我想告訴她我有多愛她，多到我的椅背一度開始發光，椅背的木頭變熱了，好像訪客在上面坐了一天。但是椅子無法說出它們有多愛一個人。沒有人知道那張椅子就是我，沒有人知道賈絲變成了折疊椅。遠方有幾隻白冠水雞緩緩走過，牠們沒有陷進冰裡，這讓我感到放心，雖然我的妹妹至少有三十五隻白冠水雞那麼重。正當我的目光再次搜尋冰面時，我發現哈娜走出車燈照出的亮區，慢慢從視線中消失。倫克瑪開始按喇叭，閃著頭燈。我妹妹戴的黃色針織帽像夕陽一樣慢慢下沉。我不希望她沉入水底，我想把自己像冰鎬一樣釘鑿在她身上。我想要救她，但是椅子沒辦法救人。它們只能保持沉默，等著某人過來找它們休息。

10.

「只要地上有枝條，那裡就有鼴鼠來。」父親一邊說，一邊給我一把鐵鍬。我握住把柄中段。我覺得在一片漆黑中掉進陷阱裡的鼴鼠們實在很可憐。我就像牠們一樣；白天似乎變得越來越黑暗，晚上則是伸手不見五指。我的雙眼就像毛茸茸的哺乳類小動物，深深地陷進皮膚裡。我在自己的腳邊稍微挖掘了一會兒，將我們之前覆蓋在草皮底下的所有東西全挖出來。今天大清早，我捻亮放在床頭櫃上的地球儀，看見一條光束迅速閃過，隨後四周又一片漆黑。我再按了一下開關，不過什麼事也沒發生。一時間，地球儀表面的海洋似乎流出來了——我的睡衣被尿浸濕，散發出尿味。我屏住呼吸，想著馬諦斯。四十秒鐘。隨後我稍微吸入一點新鮮空氣，將地球儀的螺絲轉開。燈泡看起來還好好的。我在一瞬間想到：這就是黑暗，最終之災。這樣一來，我們也算是經歷過所有災禍了。我把這個念頭甩掉。老師在懇親會的那晚告訴父親與母親我的想像力過於豐富時，她說的沒錯——我會用樂高積木在自己的周圍蓋出一個世界。自己動手就能夠輕易地將一切組合起來，或拆散它們，由我決定誰是敵人、誰是朋友。她也向他們提到，我上個禮拜曾經在教室門口比出希特勒致敬禮——我的確有將手臂舉起，並說「希特勒萬歲」。奧貝告訴我可以這麼做，還說這樣能逗老師笑。老師沒有笑，反而在放學後讓我罰寫：「我不會拿歷史開玩笑，正如我不拿上帝開玩笑。」我心想：您不了解我是站在善良那邊的，我媽收留猶太人藏匿在地下室，還給他們吃點心，包括迷你小餅乾，讓他們無限暢飲氣泡飲料。我告訴她迷你小餅乾有兩面，一面是巧克力，一面是薑餅。依此類推，我肯定也有兩面：我既是希特勒也是猶太人，有錯誤的一面，但也有正確的一面。我在浴室裡脫掉溼答答的睡衣，將它鋪在以暖氣供熱的地板上。我身穿乾淨的內褲與外套、靠在浴缸旁邊等著睡衣變乾。這時門被打開，奧貝走了進來。他望著我的睡衣，彷彿那裡躺了一具死屍。

「妳尿褲子啦？」

我用力搖頭。我手中還牢牢抓著那顆從地球儀上摘下的小燈泡。那是一顆扁平的小燈泡。

「沒有，水是從我的地球儀流出來的。」

「妳說謊，那裡面才沒有水。」

「真的有水，」我說：「那裡有五大洋。」

「那這裡為什麼會有尿騷味？」

「海聞起來就是這個味道啊，魚也會尿尿。」

「隨便啦，」奧貝說：「犧牲的時候到了。」

「明天吧。」我向他承諾道。

「好，」他說：「那就明天。」他瞄了一眼我的睡衣，然後說：「否則我會在學校操場上告訴每一個人，妳是一隻尿尿小怪物。」他離開時，隨手將門帶上。

我趴在鋪了墊子的浴室地板上，練習起蝶泳動作；接著我的動作變成只剩下用胯下磨蹭那毛茸茸的墊子，它彷彿變成了我的小熊，我感覺自己就像悠游於大洋中，在魚兒之間穿梭。

我跟在父親後方走進牧場，雨靴靴底的草地因霜凍而變得堅硬。自從乳牛們不在了以後，他每天都去檢查鼴鼠夾。他的右手牢牢抓著幾個新鼠夾，用來替換那些已經闔上的舊鼠夾。我寫作業的時候，常常透過臥室窗戶看到他循相同路徑穿越農地。母親和奧貝有時候會跟著他一起去。從上方望去，那片田野很像是德國十字戲的棋盤；當他們像棋子一樣安全地回到牧場，安全地進入畜舍時，我都感覺欣慰。但我們越來越難以共處一室。牧場裡的每一個房間都只擺得下一枚棋子，如果擺超過一枚棋子，就會爆發爭吵。這時候父親也會將他那些鼴鼠夾擺在室內。除此之外他手邊再也沒有別的事情可做，整天像隻填充蒼鷺標本一樣坐在抽菸專用的椅子上，沉默不語，直到他能把我們變成獵物為止。蒼鷺很愛吃鼴鼠。他如果開口說了什麼話，通常都是在考驗我們對《欽定版聖經》的了解程度。誰掉了頭髮，因而失去所有的力量？誰變成鹽柱？誰被吞進鯨腹？誰殺了自己的哥哥？《新約聖經》裡面共有多少福音書？我們像躲避瘟疫那樣，避免經過那張抽菸專用的椅子；但有時你總得從那邊經過，比如說在正餐時間以前。那時候父親就會一個勁地提出問題，問到湯變冷，問到麵包條軟掉為止。只要一答錯，你就得回房間反省、冥想。父親有所不知的是：要反思冥想的事情已經很多了，未來還會有更多，我們的身體還在成長，這種冥想並不像在教堂長凳上那樣可以用薄荷糖打發過去。

「以前你可以用一張鼴鼠皮換到一塊荷蘭盾，我都把它們釘在板子上晾乾。」父親說。他在其中一根枝條旁邊蹲坐下來。現在，他就在牛舍後方將捕獲的鼴鼠拿去餵蒼鷺。蒼鷺會先把牠們泡進水裡，乾的鼴鼠牠們可不會吞下肚。蒼鷺吃下鼴鼠時不會咀嚼，而是直接嚥下，就像父親對待上帝的話語一樣，也是囫圇吞下。

「沒錯，小子，這裡你要保持冷靜；要是它『啪』一聲夾上，你就死定了。」父親一邊低語著，一邊將那根枝條往地裡插得更深。那裡什麼也沒有。我們走到下一處鼴鼠夾前；那裡也是什麼都沒有。鼴鼠最喜歡獨自生活。牠們隻身進入黑暗中，就像每個人長遠來看都得獨自與黑暗搏鬥。我的腦袋越來越常陷入一片漆黑，哈娜的腦袋則是每天都不太一樣。哈娜三不五時還能挖出通往地表的通道、探出頭來，而我再也不知道該如何從那該死的、我在任何角落都能妨礙父母親的龐雜隧道中脫身，雙臂就像軟弱、疲乏的彈簧垂在身體兩側，就像農舍裡那些生鏽但已證明自己的功能、現在被當作裝飾品懸掛在鉗子與螺絲起子旁邊的鼴鼠夾那樣。

「這對那些牲畜來說太冷了。」父親說。他的鼻子上黏附著一滴東西。他已經幾天沒刮鬍子了。他先前被樹枝刮到，鼻子上留下了一條紅色的疤痕。

「是的，太冷了。」我附和著，將自己的肩膀像擋風板一樣挺起。父親凝視著擺放在遠處的枝條，然後突然說：「村子裡的人都在八卦妳的事情，他們在討論妳的外套。」

「我的外套有什麼問題嗎？」

「底下的鼴鼠丘已經開始發育了？是這樣嗎？」父親露齒而笑。我滿臉通紅。貝菈的已經漸漸開始發育了。她在學校上體操課的時候，曾經在更衣室讓我見過她的胸部；她的乳頭是粉紅色的，像棉花糖一樣鼓脹著。「該妳了。」她當時這麼說。我搖搖頭。「我的在黑暗中成長，就像水芹一樣，不能突然打擾，否則它會塌下來、變得軟趴趴的。」她理解，但過不了多久她就會開始不耐煩。儘管我和奧貝已經讓她保持沉默了好一陣子。她沒有將那起事件告訴父母，因為我們沒接到暴怒的電話。現在在學校，只有一本歷史課本像柏林圍牆那樣隔開我們的桌面。自從那起事件以後她就不太跟我說話，也對我蒐集的里加餅乾徹底失去興趣。

「每個健康的女生都會有鼴鼠丘。」父親說。

他站起身，來到我前方。他的嘴唇被酷寒凍出了裂痕。我很快地指了指遠處的一根小樹枝。

「我覺得，那裡面有隻鼴鼠。」

父親轉過身，盯著我指的位置看。他金色的頭髮已經長得很長，跟我的一樣。我們的髮長快要及肩。要是平時，母親老早就送我們去小廣場上的那家理髮廳了。而現在她忘了這回事。或是她可能希望我們的頭髮像雜草一般蔓生，讓我們像爬滿常春藤的房子正面一樣，緩緩地消失。如此一來，就沒人會看出我們是多麼卑微，而且正在萎縮。

「妳覺得像妳那副樣子，將來能在上帝面前結婚嗎？」

父親用鐵鍬敲敲地面——他取得一比零領先。我班上的男生完全沒有人盯著我看，一個也沒有。只有在把我當成取笑的對象時，他們才會指著我。昨天皮勒就將手放在褲襠裡，食指從褲子拉鍊的開口伸出來。

「妳來摸摸看，」他說：「我硬了喔。」

我想都沒想，立刻抓住他的手指用力捏下去。隔著他那單薄、因為抽菸而發黃的皮膚，我感受到他勃起的陰莖。全班開始大聲鼓譟。我有點驚駭地走回自己位於窗戶邊的座位，四周的笑聲越來越大，柏林圍牆的基石搖晃著。

「我永遠不會結婚，我要到對岸去。」我說話的同時，心思還留在教室裡。我反應過來以前這番話就已經脫口而出。父親面無血色，彷彿我講出的詞是「裸體」，這比暗示我們在談胸部的發育還要糟糕。

「誰有一天想要闖過橋去，就永遠不要再回來。」父親用響亮的嗓音說。自從馬諦斯再也沒能回來的第一天起，他就持續警告我們，還把城市形容成一座肥料池，你一踏入就會被吸進去，還會癱瘓你。

「對不起，父親，」我小聲地說：「我剛才沒有想清楚。」

「妳知道妳哥哥最後是怎麼送命的，妳也想要那樣嗎？」他將鐵鍬拔出地面，從我身邊走開，讓風有機會闖進我們之間。父親在最後一只鼴鼠夾旁邊蹲下。

「妳明天就把外套脫掉。我會一把火燒了它，以後再也不提這件事。」他吼道。

我眼前突然浮現父親的身體被鼴鼠夾的金屬夾住的畫面，我們將一根枝條放在他的頭旁邊，這樣就能知道那顆棋子死在哪裡。我們用兔子棚旁邊大桶子裡的澆花水管將鼴鼠夾沖洗乾淨，我搖搖頭，想要擺脫那可怖的影像。我不害怕鼴鼠丘，但我怕黑，鼴鼠丘在黑暗中越長越大。

毫無所獲，我們動身返回牧場。他一路上不時用鐵鍬猛敲鼴鼠丘，將地面弄平。

「有時妳就是得嚇嚇牠們。」父親說，隨後他又接口：「妳想要像妳母親一樣平嗎？」

我想起母親的胸部，它們就像教會裡的兩只奉獻袋一樣鬆垮垮的。

「那是因為她都不吃東西。」我說。

「她滿腦子擔憂，已經什麼東西都容不下了。」

「她為什麼擔憂？」

父親沒有答話。我知道這跟我們有點關係。我們的行為從來無法正常——就算努力表現正常，我們還是讓人失望，好像我們品種不對，就像今年收成的馬鈴薯那樣。母親覺得它們要嘛太易碎，要嘛太硬。我也不敢提起自己書桌下有蟾蜍，以及牠們即將交配的事情。我知道這將會發生，牠們在那之後又會開始進食，一切都會好轉的。

「妳要是把外套脫掉，她就會再胖回來。」父親斜斜地看了我一眼。他努力想要擠出一抹微笑，但嘴角似乎被凍僵了。傾刻間，我感到自己還真強大。強大的人會對彼此大笑，會理解彼此——即使他們並不理解自己。我將手放在外套的拉鍊上。當父親將目光轉開的時候，我用另一隻手從鼻子裡挖出一小塊鼻屎，將它塞進嘴裡。

「我不能脫掉外套，那樣我會生病。」

「妳是要讓我們繼續被人看笑話嗎？妳惹出奇怪的麻煩，會把我們全都搞死的。明天就脫掉。」

我放慢腳步，讓自己微微落後，望著父親的背。他穿著一件紅色夾克，背著一只捕獸者專用的獵物袋。袋子裡面什麼都沒有，當然也沒有鼴鼠。他腳下的草地正咯吱嘎吱作響。

「我不要你們死。」我對著風尖叫。父親沒有聽到。他手裡的那對鼴鼠夾在風中輕輕地碰撞著。

11.

蟾蜍們的頭就像浮著的小球芽那樣，停留在水面。我小心地用食指將兩隻蟾蜍當中比較胖的那隻壓回我偷偷從廚房取來的牛奶鍋裡，直到牠再度「噗通」一聲浮上來。牠們還不夠強壯，無法游動；但漂浮牠們倒是勝任愉快。

「再一天，我們就永久離開這裡。」我對著牠們說道，將牠們從水裡取出，用紅色條紋襪輕輕沾點牠們粗糙的皮膚，擦乾牠們。我聽見母親在樓下尖叫。她和父親正在爭吵，原因是常向他們買牛奶的一名老主顧向教會投訴。這次投訴的原因不是牛奶太白或水水的，而是針對我們這三位國王——特別是我臉色太白，雙眼也水水的。母親說這是父親的錯，他完全不關心我們；父親說這是母親的錯，她完全不關心我們。隨後兩人都開始威脅、放話要一走了之，不過那是不可能的。也就是說，一次只有一個人可以打包行囊，一次只有一個人可以被悼念，一次也只有一個人能夠在事情結束以後回來，接著假裝什麼事情都沒發生過。現在他們又針對誰要滾蛋大吵起來。我暗自希望滾蛋的是父親，因為他常常在喝咖啡的時候就回來了。他沒喝咖啡就會頭痛。但對於母親我就不那麼確定，我們沒辦法用甜食或其他食物當誘餌來吸引她回家；我們必須懇求她，甚至努力展示自己所有的弱點，才能爭取她回頭。看起來他們正漸行漸遠，就像他們每個禮拜天一前一後騎著腳踏車越過堤防、前往歸正會教會那樣。母親越騎越快，父親就得一路追趕。他們爭吵時也是如此：父親必須解決這個情況。

「他們明天就會剝下我的外套。」我悄聲說道。

蟾蜍們眨了眨小眼睛，似乎被這條通知給嚇到了。

「我覺得自己就像大力士參孫那樣，只不過我不是把我的力量藏在頭髮裡，而是藏在外套裡。沒有了外套，我就會成為死亡的奴隸。你們聽得懂嗎？」

我站起身來，將那條濕掉的襪子塞進床下，擺在我濕掉的內褲旁邊，把蟾蜍們裝進外套的口袋裡，朝哈娜的房間走去。房門虛掩，她背對著門躺臥著。我走進她的房間，將手伸入她的睡袍底下，貼在她裸裎的下背部。她的皮膚起了雞皮疙瘩，觸摸起來就像一塊樂高積木，我可以將自己「喀」一聲嵌上去，再也不鬆開。我告訴她關於鼴鼠的事情，以及父親堅決要脫掉我的外套。我也告訴她他們在吵架，威脅著要一走了之。他們總是威脅要一走了之。

「我們會變成孤兒的。」我說。

哈娜心不在焉地聽著。我從她的眼神看得出來，她的心思不在這裡。這讓我緊張。我們在一起時，通常會在院子裡閒晃。我們會思考脫逃路線，遐想著更美好的生活，假裝世界就像《模擬市民》遊戲一樣。

「是掉進鼴鼠夾好，還是把溫度計裡的水銀吞下去？」

哈娜沒有答話。她用手電筒照著我的臉，我伸出手臂擋住眼睛。難道她看不出我們的處境很不利嗎？她看不出我們處在一片漂浮的蓮花葉上，即將緩緩地從父親與母親身邊漂離，而不是他們漂離我們？死亡不單已經進入父親與母親體內，它也已經存在我們身上——它隨時都在尋找某個人的身體或某隻動物的軀體，在抓住某個物體以前，它絕對不會安靜下來。我們很容易選擇另外一種結局，不同於我們在書上讀過的結局。

「我昨天聽說，你可以幻想自己的死亡。你的身體裡將會出現越來越多個洞，因為它會侵蝕你，直到把你擊倒。如果你能夠嘗試讓自己壞掉，就會好一點——就不會那麼痛苦。」妹妹將臉湊近我的臉。「那些只會在黑暗中趴在妳身上的人都在對岸等著，就像夜晚將白天壓進地裡一樣——只不過感覺好一點。然後他們會扭動屁股，像兔子會做的動作，妳知道的。在那之後，妳就會變成這個世界的女人，就像塔樓裡面的長髮姑娘一樣，頭髮想留多長就留多長。妳可以變成一切。一切。」哈娜的呼吸開始變快。我的雙頰發燙。我看著她將手電筒擱在枕頭上，一隻手將睡袍往上掀，另一隻手推了推她那條佈滿彩色小點點的內褲。她閉上雙眼，嘴巴微微張開。她的手指移向小內褲。在哈娜開始呻吟、她小巧的身體像隻受傷的動物般蜷曲的時候，我動也不敢動。她輕輕地前後推著那支小手電筒，很像我對小熊玩偶做的動作，但又有點不一樣。我不知道她在想什麼。我只知道她並不想要ＣＤ隨身聽，也不是想著交配的蟾蜍。她在想什麼呢？我從枕頭上拿起那支手電筒，對著她照。她的前額有幾滴汗珠，那汗珠很像人體在自然冷涼的空間下一旦過熱時所會出現的凝結。我不知道自己是否應該伸出援手。我不知道她是否感到疼痛，或者是否該去樓下把父親找來，因為哈娜好像在發燒，或許已經燒到四十度了。

「妳在想什麼？」我悄悄地說。

她的雙眼如玻璃般呆滯。我看得出她在某個我沒有到過的地方，就像那次的可樂罐拉環事件。這使我緊張。我們一向是在一起的。

「裸體的男人。」她說。

「妳在哪裡看到的？」

「在范勞克的店，雜誌架上。」

「可是我們根本不能去那裡。妳去買火球糖嗎？嗆辣口味的嗎？」

哈娜沒有回答，我開始擔憂。她抬高下巴，瞇緊雙眼，牙齒緊咬著下嘴唇，發出一聲呻吟，讓自己落回床上，倒在我身邊。她全身冒汗，一縷頭髮黏在側臉上。她看起來似乎很痛苦，又好像不太痛苦。我試著合理解釋她的行為：是我將她推進水裡造成的嗎？她是否會像破蛹而出的蝴蝶那樣褪下自己的皮膚，努力想要飛翔，卻撞在窗戶上、撞在奧貝的手心內側，終致粉身碎骨？我想對她說抱歉，我將她推入湖中沒有惡意。我當時是想看看馬諦斯的頭是如何沒入水中，但哈娜的頭不是我哥哥的頭，我怎麼能混為一談？我想告訴她我作的惡夢，想問她能不能跟我保證絕對不會去湖上溜冰——尤其是現在，冬天已然乘著雪橇駛進了這座村莊。但是哈娜看起來很開心。就在我生氣不已，想要轉過身去不再管她時，我聽見那熟悉的「劈啪」聲。她從睡袍口袋掏出兩顆紅色的火球糖。我們心滿意足地靠在彼此身旁，吸吮著糖果，吹著泡泡，不時開懷地大笑出聲，而火球糖則辣到發燙。哈娜用身體壓住我。我們的意識就像她睡袍上噝噝作響的細肩帶一樣薄弱。我們聽到隔壁傳來房門重重關上的聲音，還有母親的哭叫聲。接著是一片死寂。以前，我們偶爾會聽到父親的手像除塵撣子那樣，充滿關愛地輕拍她的背，讓她將在白天吸進的一切全宣洩出來：灰暗的物質、一天當中積累的塵埃、一層層的悲傷。但是那個除塵撣子已經消失很長一段時間了。

哈娜吹出一個大泡泡。它「啵」一聲破掉。

「妳剛剛在幹嘛？」我問道。

「不知道，」她說：「我最近常常這樣。嘿，妳別告訴父親和母親喔。」

「不會，」我柔聲說：「當然不會。我會為妳祈禱。」

「謝謝妳，妳是最可愛的姊姊。」

12.

每當我醒來，我的計畫似乎總變得更宏大；就像你的椎間在清晨會積累比較多的水氣，使你似乎增高了一、兩公分。但這次它們的大小沒有改變——今天我們要前往彼岸。我不知道自己是否因為這樣而感覺怪怪的，圍繞在我周圍的一切似乎變得越來越陰暗。我和奧貝一同站在牛舍後方，今年的初雪落在我們身上，厚實的雪片黏附在我們的臉頰，彷彿上帝從空中將糖粉撒落在我們的頭上，就像母親今天早晨將糖粉撒在第一批油炸麵包球[36]上。你用牙齒咬住麵包球時，油脂會沿著你的嘴角滴落。母親今年比較早開始準備，她親手烘焙了這些糕點，並把擠奶桶內的空間區分為三層，分別放進油炸麵包球、廚房吸油紙巾與油炸蘋果餡餅。她將兩個裝得滿滿的擠奶桶帶往地下室，帶給那些猶太人，因為他們也值得慶祝新年。削完製作餡餅所需的蘋果皮後，她的手指都彎曲了。

奧貝的頭髮被雪漂得花白。他保證，只要我做出犧牲，他就不會將我尿床的事情講出去，最後的審判之日就一定可以延後。他已經將父親豢養的其中一隻公雞從籠子裡抓出來。父親很以這隻家禽為傲。他偶爾會說：「就像一隻擁有七個乳房的乳牛那樣驕傲。」原因在於牠那亮紅色的鞍羽、綠色的頸羽、寬大的耳垂與閃亮的雞冠。發生了這麼多事情以後，這隻公雞是唯一未受任何影響的動物；牠還能抬頭挺胸，在院子裡昂首闊步。此刻的牠平靜地站在我們的面前，睡眼惺忪地盯著我們。我感覺到蟾蜍們在我的外套口袋裡移動。希望牠們不會著涼，我應該將牠們裝在一隻手套裡的。

「一旦牠啼叫三聲，妳就可以停了。」奧貝說。

他將鎚子遞給我。這是我第二次握住它的把手。我想起父親與母親，想起杜葳特，想起我的哥哥馬諦斯，想起我那塞了綠色肥皂的身體，想起上帝以及祂的缺席，想起母親肚子裡的石頭，想起我們所沒能找到的星星，想起我那件必須脫掉的外套，以及死去乳牛體內的那把乳酪匙。牠只啼了一聲，隨即那把羊角鎚扎進了牠的身體裡。那隻公雞倒在石頭上，死了。母親也是用同一把鎚子將我的撲滿砸得稀爛，現在並沒有錢流出來，反而是血流了出來。這是我第一次親手殺死動物，之前我都只是扮演助手的角色。我曾在奶奶的獨居安養院——名為獨居實為放生——踩死過一隻蜘蛛，那時她說：「死亡是一個過程，能被分解為許多行動，這些行動又分成不同階段。死亡從不會平白無故發生在妳身上，它一定是由某件事造成的。只是這次是妳。妳也會殺死生命。」奶奶說的對。淚水開始將我雙頰上的雪片融解。我的雙肩不規律地顫動著。我努力想讓它們保持平穩，但就是做不到。奧貝若無其事地

36　為荷蘭新年傳統食物，上面常會撒上糖粉。

將那把羊角鎚從公雞的身體裡拔出，在牛舍旁邊的水龍頭下方將它沖洗乾淨，然後說：「妳真的有病，妳也做了。」隨後他轉過身，掐住公雞的腳，抓著牠朝牧場上走去；雞頭隨風輕輕地前後擺動。我注視著自己顫抖的雙手，任由驚嚇將自己變得渺小。當我再站起時，感覺我的關節似乎裝了開口銷，它們把所有部位連接起來，動作卻完全不協調。忽然間，一隻醋栗尺蛾在我身旁飄搖著，翅膀上有著宛如墨水灑落的黑色斑點。我猜想，牠應該是從奧貝的收藏裡逃脫的。一定是的，十二月根本不會出現蝴蝶或飛蛾，牠們全都在冬眠中。我把手心托成碗狀，捉住了牠，然後將牠貼近我的耳朵。你可不能碰奧貝的任何東西，包括他的頭髮以及玩具在內，否則他會大發脾氣，或又開始罵髒話。你最好也遠離他的頭頂，雖然他自己隨時都在壓自己的頭頂。我聽見那隻尺蛾恐慌地在我的手心裡拍動翅膀，於是捏起拳頭，彷彿牠是一張廢紙，上面寫滿辱罵的字眼。然後是一片死寂。

只有我內心的暴力還在發出噪音，它像悲痛一樣持續增長、擴大。就像貝菈之前說過的，悲傷只會需索更多空間；暴力則是將空間一把奪去。我任由那隻死掉的尺蛾從手裡摔落、掉在雪地上，接著用靴子撥了一層雪覆蓋在牠身上；這是一座冰冷的墳。我生氣地搥打著牛舍的牆壁，搥到幾個指關節都破皮。我咬牙切齒看著牛舍，這裡不久之後又會被填滿——父親與母親正在等候新一批牲口的到來。父親甚至已經幫飼料塔重新粉刷一層新漆。這讓我不安，因為這樣飼料塔更能吸引母親的注意力，成為她求死路上的一線希望。不過，一切看起來會再度如往常般運作；除了我以外，每一個人似乎都已經擺脫了馬蹄斯和口蹄疫的陰影。或許對死亡的渴望是有傳染力的，它或許會像哈娜班上到處傳來傳去的頭蝨那樣，跳到下一個人的頭上——也就是我的頭上。我任由自己向後癱倒在雪裡，伸展雙臂上下揮動。現在我要作出許多犧牲才能夠起身，才能夠讓自己變成陶瓷，只要有人不小心讓我掉到地上，我就會裂成無數碎片。這樣一來，就會有人看到我壞掉了，我就像那些該死的、被包在鋁箔紙裡的小天使一樣，再也沒有用處了。從我嘴邊冒出的霧氣越來越少。我還感覺得到握在掌心的羊角鎚把手，也還聽得見公雞的哀啼聲。「汝不可殺生，亦不可報復。」我已經報復了，而這絕對又是一項新的災禍。

突然我感覺到兩隻手插進我的腋下，我的身體被直直抬起。我轉過身時，父親就站在我面前——他那頂黑色貝雷帽已經不再是黑色，反而變成了白色。他緩緩將手伸到我的臉頰邊。有那麼一瞬間，我以為我們會像在牲畜市場上那樣互拍手掌[37]，鑑定一下我身上的肉是健康的還是染病的，但是他彎起手指，飛快地撫過我的臉頰，動作快到我事後懷疑這件事是否真的發生過，懷疑自己是不是被寒氣與霧氣誤導而幻想出一隻手，而其實那不過是風的傑作。我顫抖地凝視著院子裡的血跡，但父親並未看到血跡，雪緩慢地將死亡掩蓋。

37 傳統荷蘭牲畜交易市集上買賣雙方達成協議的方式。

「進去，我很快就會來脫掉妳的外套。」父親說道，並走向牛舍的側邊。他站在甜菜粉碎機的握柄前穩定地轉動握柄，生鏽的滾輪在轉動時發出咿咿呀呀的聲音，甜菜的小碎塊在他四周飛散，大部分落進下方的鐵籃子裡。這些是用來餵兔子的，牠們超愛吃甜菜。我走開時，身後的雪地上留下了一道足跡。我仍然希望有某人能夠發現我，某個能夠協助我找回自己，並說出冷、冷、溫、暖、更暖、熱的人。

奧貝從牧場回來時，完全看不出任何異狀。他背對父親，在我面前停下，將手貼上我外套的拉鍊，突然粗暴地將它往上拉，夾到我下巴的皮膚。我尖叫一聲，向後退了一步。我小心翼翼地將拉鍊往下拉，觸碰到被刮破而疼痛的皮膚。它被拉鍊的金屬鉤劃破了。

「背叛就是這種感覺，剛才那個只是開始。妳膽敢告訴父親那是我的主意，妳就倒楣了。」奧貝低聲說。他用手指在自己喉嚨上比了個切割的動作，然後轉過身，舉起手向父親打招呼。父親准許他跟進牛舍。過了這麼久以後，父親再一次踏上他所養乳牛全數被撲殺的地點。他並沒有問我想不想跟進去，而是將我冷落在寒氣之中，我一小塊肉還被夾在拉鍊間，剛才被他摸了一下的臉頰還灼熱不已。我本應該像耶穌那樣，把另一邊的臉頰也露出來，看看他是不是真心的。我回身朝著牧場走去，看到哈娜正在滾雪球。

「我的胸口坐著一個巨人。」我在她身旁停下腳步，說道。她停下手邊的動作，抬頭看了看；她的鼻子因酷寒而凍成紅色。她戴著馬諦斯那雙藍色連指手套；當時是獸醫將它們從湖邊帶回，把它們像晚餐的肉塊一樣盛在盤子裡，放在壁爐後方解凍。母親那時把兩隻手套用一條繩子串起來，因為她怕他會弄丟，而我的哥哥覺得這樣很幼稚。她的說法是：手指頭凍僵是最嚴重的事情。她從沒想過如果有一顆心長期以來處在冰冷中會怎樣，沒想過那有多麼嚴重。

「巨人在那裡幹嘛？」哈娜問。

「就只是坐在那裡，很重。」

「他什麼時來的？」

「他待在這裡已經很久了，但這次他不想站起來了。他是在奧貝和父親走進牛舍的時候來的。」

「哦，」哈娜說：「妳在嫉妒啊。」

「哪有！」

「絕對有。說謊者的嘴唇，為上帝所憎恨。」

「我沒有說謊。」

我鼓起胸口，接著又向內縮，彷彿我的胸口也被羊角鎚扎了一下。我仍然感覺得到它，就像奧貝壓在我身上留下的壓痕，在洗完澡一段很長時間後都還感覺得到。我嫉妒的並不是奧貝可以跟在父親身旁，而是他和我一樣對父親最愛的公雞之死都問心有愧，卻沒有讓他栽進雪裡。為什麼他將我們扯進自己那些冷酷犯行，卻從來不會心裡發寒？我想告訴哈娜那隻公雞的事情，告訴她我為了讓父親與母親繼續苟活下去被迫做出的犧牲，可是我什麼都沒說。我不願讓她陷入無謂的不安。也許她再也不會過來依偎著我，不會再貼著我那隱藏許多心事、多得超出她想像的胸口。這樣的一個午後，我心想，我會用普樂士口紅膠在日記裡把這一頁和與下一頁黏起來，等到以後再小心翼翼地撕開看看。先不要去看它，以後再看看自己是不是真的經歷過那些事。

「妳可以把自己變大，這樣就可以把巨人變小。」哈娜說著，將兩顆雪球疊起來，一個是頭一個是身體。這讓我想起那次我、哈娜和奧貝——那時是聖誕節第一天——一起堆了個雪人，將它取名為哈利。

「妳還記得哈利嗎？」我問哈娜。妹妹的嘴角持續向上蜷曲，直到雙頰鼓起，像白色餐盤上的兩個莫札瑞拉乳酪。

「我們把胡蘿蔔放錯地方的那次。母親很慌亂，把所有冬蘿蔔的庫存全部拿去餵兔子了。」

「是妳害的。」我說著，同時露齒而笑。

「是范勞克店裡的雜誌害的。」哈娜糾正我。

「哈利第二天早上就不見了。父親站在客廳裡，身上滴著雪水。」

「重要訊息發布：哈利死了。」哈娜用做作的沉重口吻說道。

「在那之後我們吃豌豆再也不配胡蘿蔔，就只吃豌豆。他們很怕我們一旦看到胡蘿蔔就生出糟糕的念頭。」

哈娜笑到彎腰，我想都沒想就張開雙臂。哈娜將膝蓋上的雪掃掉，站起身來，將我抱緊。在光天化日之下擁抱感覺挺奇怪，好像白天時手臂比較僵硬似的，但到了晚上手臂就像我們的臉一樣，彷彿塗上了凡士林。她突然從外套口袋裡掏出一根折斷的香菸，她在院子裡撿到的。香菸一定是從奧貝的耳朵後方掉下來的，他都把它夾在耳朵後面，因為村子裡的所有男生都把菸夾在耳後。哈娜用嘴唇叼著這根菸，過了一會兒，她將它插到雪人的頭部，固定在胡蘿蔔下方的位置。

13.

我望著自己的手。我的指關節發紅，其中兩處還破了皮。那裡的指肉比較偏粉紅色，邊邊滴血泛紅，很像一隻爆裂開來的蝦頭。我走進牛舍，將一隻腳擺在另一隻腳的腳踝上，試著不用手就脫掉靴子。我不要用脫靴器，此刻的它正孤獨地站在一旁，再也沒有人向它尋求協助了。自從母牛們全部死光後，父親與母親就只穿他們的黑色木拖鞋。以前我們也有過鑄鐵材質的脫靴器，不過它已經被父親那隻瘸腿弄彎了。我將長靴踢到一邊，穿過隔間門走進廚房。廚房乾淨無比，一塵不染，每張椅子與桌子的距離甚至完全一致，底部朝上的咖啡杯擺在鋪有茶巾流理檯上，每根小茶匙整整齊齊地擺在它們旁邊，還與流理檯的邊緣保持相同的距離。流理檯上擺著一本記事簿，上面寫著：「睡得很差。」這行字的上方寫著日期，是撲殺的前一天。自從口蹄疫爆發以來，母親都用簡短的句子記錄自己的一天。她在乳牛全數被撲殺的那天寫道：「馬戲團開演了。」一字不多，一字不少。那本記事簿旁邊則擺著一張紙條：「前廳有訪客，小聲點。」

我穿著襪子、躡手躡腳地走進客廳，將耳朵貼在前廳的門板上。我聽見長老們用肅穆的聲調講話。他們每個禮拜來這裡一次，看看「講道是否開花結果」或「《聖經》話語的種籽播下以後，莊稼是否已經長成」。我們是不是忠實而虔誠的信徒，有沒有專心聆聽倫克瑪牧師講道？在那之後，他們開始一再提到寬恕，同時攪動著咖啡杯裡的漩渦，就像他們犀利的眼神在我肚子裡所造成的漩渦。這些來做家庭訪問的人主要都由父親與母親一起接待，我們這三位國王每個月只需要跟隨他們參加一次。我們主要會被問到自己熟悉《聖經》的哪些章節，被問到我們如何面對、或想要如何面對網路和酒精問題，被問到成長過程中的豐盛與美好，以及我們的外貌。在那之後，我們總是會聽到這類警告的話語：「得著恩典以後還要稱義行善，兩者是密不可分的。要當心那些偽善的法利賽人。」

現在，新的一批牲口即將到來，父親為各類準備事項忙得不可開交，因此今天由母親獨自接待家庭訪問的訪客。我從門板另一端聽到長老們所提的其中一個問題：「妳最近的生活方式有多純淨？」我把耳朵更緊密地貼在木門上，不過還是聽不見回答。如果母親輕聲細語，基本上就已經說明一切：她不希望讓上帝聽見，而我們大家其實都知道，這些長老們的耳朵就是祂的耳朵；畢竟祂親手塑造了他們的耳朵。

「你們想來點奶油酥餅嗎？」我聽見母親忽然高聲問道。那個蓋子上有碧翠絲女王頭像的餅乾罐被打開了。奶油酥餅散發出微弱的甜味，我從這裡就能聞到。絕對不能將奶油酥餅浸到咖啡裡，它們會馬上裂開，這麼一來，你就得用小茶匙將餅渣從杯底撈起。然而這些長老們每次還是會小心翼翼地將酥餅浸到咖啡杯裡，那動作就像將羸弱的新生兒泡進水裡施洗，並且柔聲吟誦《馬太福音》中與浸禮有關經文的牧師一樣謹慎。

我看了看時鐘，發現家庭訪問才剛剛開始；他們至少會待上一小時。真是完美，沒有人能干擾我了。我輕輕地敲了敲通往地下室的門板，低語道：「友人們。」沒有回應。自從殺死父親的公雞以後，我鐵定不再屬於「友人們」的一員；然而當我說「敵人們」時，卻也什麼都沒聽見——沒有焦急的曳步聲、沒有人趕緊躲到蘋果泥罐子的後方，而蘋果泥幾乎全沒了。奧貝和哈娜不管吃什麼都喜歡配蘋果泥，甚至會將它塗抹在麵包上。

我推開門，手沿著牆面摸索著能將燈打開的細繩。那盞燈微微地顫抖，似乎在猶豫是否要提供光線，隨後才啪吱亮起。地下室裡瀰漫著一股油膩的烘焙氣味，這味道來自裝滿著油炸蘋果餡餅與甜甜圈的擠奶桶。我沒看到猶太人，也沒見到他們外套上那些螢光星星發出的光線。一瓶瓶黑醋栗果汁擺在架子上，完全沒動過，旁邊還有成打的熱狗香腸罐頭與蛋奶酒瓶。也許他們逃走了？母親該不會已經向他們報訊，將他們安置到其他地方去了？我將門關上，朝地下室深處走去，同時低下頭以免觸碰到蜘蛛網。現在再也沒人藏在這裡，此地只剩下灰色薄紗一般的死寂。我感覺到外套口袋裡的蟾蜍們。牠們終於疊坐在彼此的身上，像冰塊一樣黏在我外套的布料上。「我馬上就放你們自由。」我安撫牠們，聯想起《出埃及記》裡面的一句話：「不可欺壓外僑；因為你們曾經寄居埃及，嘗到寄居異地的滋味。」我放牠們自由的時候到了，因為牠們的皮膚冰冷得像母親在荷瑪生活用品店買的巧克力。那種巧克力裡面填了糖果軟餡，有老鼠和青蛙兩款造型，我總會用指甲將它們像小外套一樣的銀色包裝紙摳平，然後保存起來。

杜葳特・布洛克昨天在電視上咬掉一顆紫色青蛙巧克力的頭部。她展示白色的內餡，裡面的餡是冰淇淋。她還眨眨眼說：一切都會沒事的，彼得們迷路了，不過一個眼尖的農夫發現了他們，所以他們現在又上路了。每個小朋友只要把煙囪刷得乾乾淨淨，就像所有孩子們的心靈那樣乾淨，還是會準時收到自己的禮物。

在那之後，母親站在熨衣板後方觀賞《林果》節目。哈娜建議過：母親也該上電視一次，我們一定要幫她報名。我緊張地對著她搖搖頭；要是母親真的坐在電視機的玻璃後面，我們就再也找不回她了。一旦電視畫面出現雪花雜訊干擾，我們或許只能看到寥寥幾個映像點而已。那樣的話父親又會變成什麼樣子？要由誰來猜特別字的項目呢？母親可是這方面的行家。昨天的單字是由字母d開頭。這是她第一次沒猜中，但我卻立刻知道了：「黑暗」[38]。對我來說，這似乎是個無法忽視的徵兆。

我在緊靠牆壁的冷凍庫前方停下腳步。我將掛在冷凍庫上、四個角落帶有水果形狀小

38《林果》節目的特別字猜謎項目中，參賽者必須猜出一個由十個字母組成的單字，沒有人答對的話會開放觀眾以簡訊方式搶答，答對可獲得獎金。這裡主角所猜出的詞是duisternis。

鉛塊的布移開——它顯得有點不必要，因為地下室裡從來就沒有起過風——然後打開冷凍庫的上蓋。我只看到幾條冰凍的聖誕節麵包；父親與母親每年都會從肉鋪、滑冰俱樂部與工會那邊收到幾條這種蛋糕。我們根本懶得再啃，連小雞都吃膩了，任由它們在雞欄裡緩慢地腐爛，完全不碰它們。

冷凍庫的上蓋跟鉛一樣重，你必須用力拉才能將蓋子與膠條分離。母親隨時都會警告我們小心，還會說：「要是你掉進去的話，我們快到聖誕節的時候才會再看到妳。」這時哈娜小小的身體就像冷凍糕點糊一樣浮現在我眼前，母親則會忙不迭地將她挖掉，因為母親喜歡糕點的硬皮，不喜歡甜膩的內餡。

我一打開上蓋，就迅速架起冷凍庫旁的桿子，撐著上蓋讓冷凍庫保持開啟，再把自己的身體從開口塞進去，從冰洞擠進去。酷寒馬上奪去了我的呼吸。我想到馬諦斯，他是否也歷過這種感覺呢？他的呼吸是否也如此驟然被切斷呢？突然間，我憶起獸醫在與艾弗特森一同將我哥哥從水裡打撈起來時所說過的話：「假如有人體溫過低，就得把他們當成陶瓷來處理。就算輕輕一碰都可能要了他的命。」這些日子以來，我們是如此小心謹慎地對待馬諦斯，甚至完全不提，這樣他在我們的腦海中就永遠不會碎裂。

我躺在一條條聖誕節麵包之間，將雙手合攏、擱在肚子上。肚子再次膨脹起來、被塞得鼓鼓的。我感覺到圖釘刺穿我的外套，感覺到冷凍庫側面的冰，聽到溜冰鞋的冰刀拍擊冰面的聲音。這時，我從外套口袋取出蟾蜍，將牠們擺在身邊，和我一起待在冷凍庫裡。牠們的皮膚看起來藍藍的，眼睛緊閉著。我在別的地方曾經讀到過：蟾蜍一旦彼此交疊，公蟾蜍拇指上會出現黑色、像雞眼一般的腫塊，這樣才能把母蟾蜍抓得更緊。牠們是如此安靜，如此貼近彼此，這幕景象讓我心中油然升起一絲感動。我從外套另一側口袋裡掏出已經被撫平的青蛙造型巧克力彩色鋁箔紙，小心地裹住蟾蜍們的身體，讓牠們保持溫暖。隨後我不再多想，一腳將桿子從冷凍庫的蓋子下方踢掉，低聲說：「親愛的馬諦斯，我來了。」隨之而來是一聲砰然巨響，冷凍庫裡的燈光頓時熄滅。一切變得漆黑與死寂。冰冷而死寂。

譯者後記

二〇〇七年，荷蘭傳奇作家揚．沃克斯（Jan Wolkers，代表作為《重回烏斯海斯特》〔*Terug naar Oegstgeest*〕）去世，但他不斷反覆處理的「農村」與「信仰」等兩個主軸，卻沒有離開荷蘭文壇。這十多年來，從二〇〇九年法蘭卡．特蘿爾（Franka Treur）和她的《五彩碎紙灑滿曬穀場》（*Dorsvloer vol confetti*）以降，許多年輕荷蘭作家都以這兩個元素為主軸創作，不斷提醒讀者它們未曾遠颺。農場常被認為是未言說的情緒溫床：人們敬天畏地，不怎麼說話，頂多只有牢騷，但這樣的地方卻允許了更多粗蠻。

細心的讀者會細數萊納菲爾德的作品與這些作家的共同點：充滿年少時期的自傳色彩，背景都是務農的基督教歸正會家庭、家中食指浩繁，同時對自然與動物有許多著墨。但萊納菲爾德顯然更接近沃克斯：他們都是詩人，詩句都相當冷酷乖戾，也都以令人不安的方式處理性。而萊納菲爾德與這幾位作家最大的不同，或許是她沒有與信仰決裂。

自陳需要「不平靜」才能寫作的萊納菲爾德，在第二本小說《親愛的最愛》（*Mijn lieve*

gunsteling，暫譯）延續本書「無法平靜」的基調，讀者也將會再次看到農村與信仰的回歸。

感謝新經典文化和荷蘭文學基金會的同仁編校譯文，還有熱愛文學並反覆與我討論的 Floris Meertens、郭騰堅以及愛倫（Ellen Severijns），他們的協助讓本書的翻譯能順利完成。

郭騰傑

文學森林 LF 0147

無法平靜的夜晚

De avond is ongemak

作者
瑪麗珂・盧卡絲・萊納菲爾德（Marieke Lucas Rijneveld）

一九九一年出生於荷蘭北布拉班特省（North Brabant）。二〇一五年，二十四歲的萊納菲爾德出版首部詩集《小牛膜》（*Kalfsvlies*），初登場文壇就獲得了獎勵最佳詩集處女作的C．布丁（C. Buddingh'）獎，並被譯成西班牙文。二〇一九年萊納菲爾德第二本詩集《魅魘》（*Fantoommerrie*）出版，獲得艾達・赫哈特（Ida Gerhardt）詩歌獎。

二〇一八年她寫出了第一部小說《無法平靜的夜晚》（*De avond is ongemak*），不但獲得非凡好評，銷量也亮眼，光在荷蘭就超過十萬冊，已經被譯成三十國語言出版。英文譯本 *The Discomfort of Evening* 由米雪兒・赫欽森（Michele Hutchison）翻譯，榮獲二〇二〇年布克國際獎，這是荷蘭有史以來第一位獲頒此獎的作家。

譯者
郭騰傑

荷蘭文學基金會核可譯者，荷蘭政府認證譯者。文學愛好者。荷蘭文作品譯有圖像小說《梵高》，繪本《莫瑞鼠》系列、《爸爸，牽手嗎？》、《便便工廠主題樂園》等。

封面插畫 Faber
插畫照片出處 Emilio Brizzi / Millennium
封面設計 莊謹銘
編輯協力 羅士庭
行銷企劃 楊若榆
版權負責 陳柏昌
副總編輯 梁心愉

初版一刷 二〇二一年九月一日
定價 新臺幣三八〇元

ThinKingDom 新經典文化
發行人 葉美瑤
出版 新經典圖文傳播有限公司
地址 10045臺北市中正區重慶南路一段五七號十一樓之四
電話 886-2-2331-1830 傳真 886-2-2331-1831
讀者服務信箱 thinkingdomtw@gmail.com
臉書專頁 http://www.facebook.com/thinkingdom/

總經銷 高寶書版集團
地址 11493臺北市內湖區洲子街八八號三樓
電話 886-2-2799-2788 傳真 886-2-2799-0909
海外總經銷 時報文化出版企業股份有限公司
地址 桃園市龜山區萬壽路二段三五一號
電話 886-2-2306-6842 傳真 886-2-2304-9301

Nederlands letterenfonds
dutch foundation for literature
This publication has been made possible with financial support from the Dutch Foundation for Literature.

無法平靜的夜晚 / 瑪麗珂・盧卡絲・萊納菲爾德 (Marieke Lucas Rijneveld)著；郭騰傑譯. -- 初版. -- 臺北市：新經典圖文傳播有限公司, 2021.09
312面；14.8×21公分. --（文學森林；LF0147）
譯自：De avond is ongemak
ISBN 978-986-06699-2-3（平裝）

881.657 110012833